牛　虻

[爱尔兰] 艾捷尔·丽莲·伏尼契◎著

耿　雨◎译

中国民族文化出版社

北　京

图书在版编目（CIP）数据

牛虻 /（爱尔兰）艾捷尔·丽莲·伏尼契著；耿雨译 . —— 北京：中国民族文化出版社有限公司，2024.3
ISBN 978-7-5122-1777-5

Ⅰ.①牛… Ⅱ.①艾… ②耿… Ⅲ.①长篇小说 – 爱尔兰 – 近代 Ⅳ.① I562.44

中国国家版本馆 CIP 数据核字（2023）第 178544 号

牛虻
NIUMENG

作　　者	［爱尔兰］艾捷尔·丽莲·伏尼契◎著　　耿雨◎译	
责任编辑	张　宇	
责任校对	李文学	
出 版 者	中国民族文化出版社　地址：北京市东城区和平里北街 14 号	
	邮编：100013　联系电话：010-84250639　64211754（传真）	
制　　版	北京市大观音堂鑫鑫国际图书音像有限公司	
印　　装	德富泰（唐山）印务有限公司	
开　　本	889 mm × 1194 mm　32 开	
字　　数	245 千字	
印　　张	11.5	
版　　次	2024 年 3 月第 1 版	
印　　次	2024 年 3 月第 1 次印刷	
标准书号	ISBN 978-7-5122-1777-5	
定　　价	98.00	

目　录

第一部

第二部

第三部

第一部

第一章

亚瑟坐在比萨神学院的图书馆里，浏览着一堆布道手稿。

这是六月的一个炎热的晚上，窗户全都敞开，百叶窗却是半掩着，为的是有些凉意。神学院院长蒙泰尼里神父停下笔来，慈祥地看着埋在手稿里的那一头黑发。

"亲爱的，找不到吗？没关系的，那一节我就重写一遍。可能是被撕掉了，让你白忙了这么长的时间。"

蒙泰尼里的声音低沉而浑厚，悦耳的音色给他的话语增添了一种特殊的魅力。一位天生的演说家才会具备这种抑扬顿挫的声音。他在跟亚瑟说话时，语调中总是含着一种爱意。

"不，神父，我一定要找到它。我敢肯定您是放在这里的。再写一遍，不可能和以前的一模一样。"

蒙泰尼里继续伏案工作。一只昏昏欲睡的金龟子停在窗外，正在那里无精打采地鸣叫。"草莓！草莓！"水果小贩的叫卖声从街道那头传来，悠长而又凄凉。

"《麻风病人的治疗》，就在这里。"亚瑟从房间那边走过来，他那轻盈的步伐总让他的家人感到恼火。他长得又瘦又小，不像是三十年代的一位英国中产阶级青年，更像是一幅十六世纪肖像画中的一位意大利人。从长长的眉毛、敏感的嘴唇到小巧的手脚，他身上的每一个部位都显得过于精致，太弱不禁风了。要是安静地坐在那里，别人会误以为他是一个身着男装的女孩，长得楚楚动人。但是在他走动的时候，他那轻盈而又敏捷的体态使人想到一只驯服的豹子，已经没有了利爪。

"真的找到了吗？亚瑟，没有了你，我该怎么办呢？我肯定会老是丢三落四的。算了，我现在就不写了。到花园去吧，我来帮你温习功课。哪个小地方你有什么不懂的？"

他们走进修道院的花园，这里很幽静，绿树成荫。神学院所占的建筑曾是多明我会的一座修道院。两百多年以前，这个四四方方的院落曾被收拾得整整齐齐。笔直的黄杨树之间长着丛丛的迷迭香和薰衣草，被剪得短短的。现在，那些曾经栽种过它们的白袍修士全都入土为安，没有人再去想起他们。但是幽香的药草仍在静谧的仲夏夜晚开花吐艳，尽管再也没有人去采集花蕊炮制草药了。丛生的芝菱和耧斗菜填满了石板路的裂缝，院中央的水井已经让位给了羊齿叶和纵横交错的景天草。玫瑰花恣意生长，舒枝展叶，蔓越过了小径；黄杨树篱闪耀着硕大的红罂粟；高高的毛地黄在杂草的上面低垂下了头；无人照看的老葡萄藤也不结果，藤条从一棵已为人们遗忘的枸杞树枝上垂挂下来，摇晃着叶茂的枝头，慢悠悠的，却不停下来，带着一种哀怨。

一棵夏季开花的木兰树挺立在院落的一角，高大的树干像是一座由茂密的树叶堆成的巨塔，四下探出乳白色的花朵。

一只做工粗糙的木凳挨着树干，蒙泰尼里就坐在上面。亚瑟在大学里主修哲学，因为他在书上遇到了一道难题，所以就来找他的"神父"解惑答疑。他并不是神学院的学生，但是蒙泰尼里对他来说却是一部百科全书。

"这会儿我该走了。"等那一个章节讲解完了以后，亚瑟说道，"要是没有别的事情，我就走了。"

"我不想接着去工作，但是如果你有时间的话，我希望你能待上一会儿。"

"那好！"他靠在树干上，抬头透过影影绰绰的树叶，遥望寂静的天空。第一批暗淡的星星已经在那里闪烁。他那黑色的睫毛下面长着一双深蓝色的眼睛，梦幻一般神秘。这双眼睛遗传自他那位出生于康沃尔郡的母亲。蒙泰尼里转过头去，避免看见那双眼睛。

"你看上去挺累，亲爱的。"蒙泰尼里说。

"没办法。"亚瑟的声音带着倦意，神父立即就注意到了。

"你不应该这么早就上大学，那会儿照料病人整夜都睡不了觉，身体都给拖垮了。你在离开里窝那之前，我应该坚持让你好好休息一段时间。"

"不，神父，那有什么用呢？母亲去世以后，那个鬼家我就待不下去了。朱丽亚会把我逼疯的！"

朱丽亚是他同父异母兄长的妻子，对他来说她是一根毒刺。

"我不应该让你和家人住在一起，"蒙泰尼里轻声地说道，"我清楚那样对你一点好处都没有。但是我希望你能接受你那位做医生的英国朋友的邀请，如果你在他家住上一个月，回头再去上学，你的身体会好得多。"

"不，神父，我不该那样做啊！华伦一家人都非常好，和气得很，但是他们就是不明白。而且他们还觉得我可怜，我从他们的脸上能够看出来。他们会设法安慰我，还会谈起母亲。琼玛当然不会那样，她总是知道不该说些什么，甚至在我们很小的时候她就这样。但是其他的人会说的。还有——"

"还有什么，我的孩子？"

亚瑟从一根低垂的毛地黄枝条上捋下了几朵花来，神经质地用手揉碎它们。

"那个小镇我待不下去了。"他在片刻之后说道。

"那里的几家店铺，在我小时她常去给我买玩具；沿河的道路，她在病重以前我常扶她去散步。不管我走到哪里，总是让我触景生情。每一位卖花的姑娘都会向我走来，手里捧着鲜花，好像我现在还需要它们似的！还有教堂，我必须离开那里，看见那个地方就让我伤心不已——"

他打住了话头，坐下来把毛地黄撕成了碎片。悠长而又深沉的寂静，以至于他抬起头来，纳闷神父为什么不说话。木兰树下，天色渐渐地暗了下来，一切都显得若隐若现。但是还有一丝余光，可以看见蒙泰尼里脸色煞白，怪吓人的。他正低着头，右手紧紧地抓住木凳的边角。亚瑟转过头去，心中油然产生一种敬畏之情，惊愕不已。他仿佛是在无意之间踏上了圣地。

"我的上帝！"他想，"在他身边，我显得多么渺小，多么自私！即使是他遇到了我这样的不幸，他也不可能觉得伤感。"

蒙泰尼里随即抬起头来，四下看了看。

"我不会强迫你回到那里去，现在无论如何我都不会那么做，"他满含深情地说道，"但是你必须答应我，今年放暑假时好好地休息一下。我看你最好还是远离里窝那地区，我可不能眼看着你的身体垮下去。"

"神父，您在神学院放假时到哪儿去？"

"我会带着学生进山，就像以往那样，照看他们在那里安顿下来。可是到了 8 月中旬，副院长休完假后就会回来。那时我就会去阿尔卑斯山散散心。你会跟我去吗？我带你到山里作长途旅行，而且你会愿意研究一下阿尔卑斯山的苔藓和地衣。可是，只有我一个人在身边，你会觉得十分乏味吗？"

"神父！"亚瑟拍起手来，朱丽娅说这种动作暴露出"典型的外国派头"，"能和您去，叫我干什么我都行。只是，我不知道——"他打住了话头。

"你认为伯顿先生不同意吗？"

"他当然不会乐意的，但是他也不好对我横加干涉了。我现在都已十八岁了，想干什么就能干什么。话又说回来，他只是我的同父异母兄长，看不出我就该对他俯首帖耳。他对母亲总是不好。"

"但是他如果当真反对，我最好就不要违背他的意愿。不然的话，你会发现在家里的处境会更难——"

"一点也不会更难！"亚瑟怒形于色，打断了他的话，"他们总是恨我，过去恨我，将来还会恨我——这与我做什么没有关系。此外，我是同您，同我的忏悔神父一道外出，杰姆斯还怎么能真反对呢？"

"可是你要记住，他是一位新教徒。你还是给他写封信吧，我们不妨等一等，看他怎么说。但是你也不要操之过急。孩子，不管人家是恨你还是爱你，都要检点你的所作所为。"

他委婉地道出责备的话来，一点也不会让亚瑟听了脸红。

"是的，我知道。"他答道，并且叹息了一声，"可这也太难了——"

"星期二晚上你没能过来，当时我觉得很遗憾。"蒙泰尼里说道，突然之间换了一个话题，"阿雷佐主教到这儿来了，我是想让你见见他。"

"我答应了一个学生，要去他的住处开会。当时他们在那儿等我。"

"什么会？"

听到了这个问题，亚瑟好像有些窘迫。"它……它不……不是一次普通的会议，"他说道，因为紧张而有点口吃，"有个学生从热那亚来了，他给我们做了一次发言，算是……是讲演吧。"

"他讲了一些什么？"

亚瑟有些犹豫。"神父，您不要问他的名字，好吗？因为我答应过——"

"我不会问你什么，而且如果你已经答应过保密，你当然就不该告诉我。但是到了现在，我想你该信任我了吧。"

"神父，我当然信任您。他讲到了我们，以及我们对人民

8

的责任，还有对我们的责任，还讲到了我们可以做些什么，以便帮助——"

"帮助谁？"

"帮助农民——和——"

"和什么？"

"意大利。"

一阵长久的沉默。

"告诉我，亚瑟，"蒙泰尼里说罢转身看着他，语调非常庄重，"这事你考虑了多长时间？"

"自从去年冬天。"

"是在你母亲去世之前？她知道这事吗？"

"不……不知道。我……我那时对此并不关心。"

"那么现在你——关心这事吗？"

亚瑟又揪下了一把毛地黄花冠。

"是这样的，神父，"他开口说道，眼睛看着地上，"在我去年准备入学考试时，结识了许多学生。你还记得吗？呃，有些学生开始对我谈论所有事情，并且借书给我看。

但是我对这事漠不关心。当时我只想早点回家去看母亲。你知道的，在那所地牢一般的房子里，和他们低头不见抬头见，她十分孤单。朱丽亚那张嘴能把她给气死。后来到了冬天，她病得非常厉害，我就把那些学生和他们那些书全给忘了。后来，你知道的，我就根本不到比萨来了。如果我想到了这事，当时肯定会跟母亲说的。但是我就是没有想起来。后来我发现她要死了。你知道的，我几乎是一直陪着她，直到她死去。我经常整夜不睡，华伦·琼玛白天会来换我睡觉。呃，就是在那些漫漫长夜里，我这才想起了那些书来，以及那些学生所说的话——并且思考他们说的对不对，以及我们的主对这事会怎么说。"

"你问过他吗？"蒙泰尼里的声音并不十分平静。

"问过，神父。有时我向他祈祷，求他告诉我该做些什么，或者求他让我同母亲一起死去。但是我得不到任何的答复。"

"你一个字也没有跟我提过。亚瑟，我希望当时你能信任我。"

"神父，您知道我信任您！但是，任何人往往都有一些不能同别人谈的事。我——在我看来，那时没人能够帮我，甚至连您和母亲都帮不上我。我必须从上帝那里直接得到我自己的答复。您知道的，这关系到我的一生和我整个的灵魂。"

蒙泰尼里转过身去，凝视着枝繁叶茂的木兰树。在暗淡的暮色之中，他的身形变得模糊起来，就像是一个黑暗的鬼魂，潜伏在颜色更暗的树枝之间。

"后来呢？"他慢声细语地问道。

"后来——她就死了。您知道的，最后的三天晚上我一直陪着她——"

他说不下去了，停顿了片刻，但是蒙泰尼里一动也不动。

"在他们把她安葬之前的两天里，"亚瑟继续说道，声音放得更低，"我什么事情都不能想。后来，我在葬礼以后就病倒了。您总记得，我都不能来做忏悔。"

"是的，我记得。"

"呃，那天深夜我起身走进母亲的房间。里面空荡荡的，只有神食里那个巨大的十字架还在那里。我心想，也许上帝会给予我帮助。我跪了下来，等着——等了一整夜。到了早晨，我醒悟了过来——神父，没有用的。我解释不清。我无法告诉您我看见了什么——我一点儿都不知道。但是我知道上帝已经回答了我，而且我不敢违抗他的意愿。"

他们默不作声，在黑暗之中坐了一会儿。蒙泰尼里随后转过身来，把手放在亚瑟的肩上。

"我的孩子，"他说，"上帝不许我说他没有跟你讲过话。但是记住在发生这件事的时候你的处境，不要把悲痛或者患病所产生的幻想当作是他向你发出了庄严的感召。如果他的确是通过死亡的阴影对你做出了答复，那么千万不要曲解他的意思。你的心里到底在想些什么呢？"

亚瑟站起身来。一字一顿地作了回答，好像是在背诵一段教义问答。

"献身于意大利，帮着把她从奴役和苦难中解救出来，并且驱逐奥地利人，使她成为一个共和国，没有国王，只有基督。"

"亚瑟，想想你在说些什么！你甚至都不是意大利人啊！"

"这没有什么区别，我是我自己。既然我已经得到了上帝的启示，那我就要为她而献身。"

又是一阵沉寂。

"刚才你讲的就是基督要说的话——"蒙泰尼里慢条斯理地说道，但是亚瑟打断了他的话。

"基督说：'凡为我而献身的人都将获得新生。'"

蒙泰尼里把一只胳膊撑着一根树枝，另一只手遮住双眼。

"坐一会儿，我的孩子。"他最终说道。

亚瑟坐了下来，神父，紧紧地握住双手。

"今天晚上我不能跟你展开辩论，"他说，"这件事对我来说太突然了，我没有想过，我必须安排时间仔细考虑一下。然后我们再确切地谈谈。但是现在，我要你记住一件事。如果你在这件事上遇到了麻烦，如果你死了，会让我心碎的。"

"神父——"

"不，让我把话说完。有一次我告诉过你，在这个世上除了你之外我没有一个人。我并不认为你完全理解这话的意思。人在年轻的时候很难理解这话的意思。如果我像你这么大，我也理解不了。亚瑟，你就像我的，就像我儿子，你懂吗？你是我眼里的光明，你是我心中的希望。为了不让你走错一步路，毁了你的一生，我情愿去死。但是我无能为力。我不要求你做出什么承诺。只要求你记住这一点，并且事事小心。在你毅然决然地走出这一步时好好想一想，如果不为了你那在天的母亲，那也为了我想一想。"

"我会的——而且——神父，为我祈祷吧，为意大利祈祷吧。"

他默默地跪了下来，蒙泰尼里默默地把手放在他那垂下的头上。过了一会儿，亚瑟抬起头来，亲吻了一下那只手，然后踏着沾满露水的草地，轻轻地离去。蒙泰尼里独自坐在木兰树下，直愣愣地望着眼前的黑暗。

"上帝已经降罪于我了，"他想，"就像降罪于大卫一样。我已经玷污了他的圣所，并用肮脏的手亵渎了圣体。他对我一直都很有耐心，现在终于降罪于我。'你在暗中行这事，我却要在以色列众人面前、日光之下报应你。故此你所得的孩子必定要死。'①"

———————
①　引自《圣经》之《撒母耳记下》。

第二章

同父异母的弟弟打算和蒙泰尼里去"漫游瑞士",杰姆斯·伯顿先生一点儿都不乐意。但是断然拒绝随同一位神学教授去旅行,增长对植物的认识,亚瑟会觉得没有道理,过于专横了。他可不知回绝这件事的理由。他会立即把这归结于宗教偏见或者种族偏见,而伯顿一家素以开明和忍让而自豪。

早在一个世纪以前,自从在伦敦和里窝那建立伯顿父子轮船公司以来,整个家族都是坚定不移的新教徒和保守派人物。但是他们认为甚至在和天主教徒打交道时,英国绅士也必须秉承公正的态度。因此,当这家的主人发现鳏夫的生活乏味时,他就娶了教导小孩的那位家庭女教师——一位美貌的天主教徒。杰姆斯和托马斯这两个年长的儿子,虽然对比他们大不了多少的继母很反感,但还是含怒不语,顺从了天意。自从父亲死了以后,老大的婚姻使得原本就已难处的局面愈加复杂。但是只要格拉迪丝活着,弟兄俩都还尽量保护她,不让她受到朱丽亚那张毫不留情的嘴巴的伤害,并且按照他们所理解的方式照顾亚瑟。他们甚至都不装出喜欢这位少年的样子，他们的慷慨主要表现在拿出大笔的零花钱，而且一切都听他自便。

因此在给亚瑟回信时，他们送了一张支票给他支付花销，并且冷言冷语地同意他在假期里愿做什么就做什么。他把剩下的一半钱用来购买植物学方面的书籍和标本夹，然后随同神父动身，第一次去游历阿尔卑斯山。

蒙泰尼里心情愉快，亚瑟有很长一段时间没有看到他这样。那次在花园里谈过话，他头一次感到震惊不已，现在他已经逐渐地恢复了平稳的心境，并且更加坦然地看待那件事情。亚瑟还很年轻，没有什么经验；他的决定不大可能到了无法挽救的地步。当然还有时间把他争取回来，可以晓之以理，让他离开那条危险的道路，他还不算是已经踏上了那条道路。

他们原来打算在日内瓦待上几天，但是一看到白得刺眼的街道和尘土飞扬、游客如云的湖滨大道时，亚瑟就微微皱起了眉头。蒙泰尼里饶有兴趣地望着他。

"亚瑟，你不喜欢吗？"

"我说不上来。这与我所想的差距太远。是的，这湖很美，我喜欢那些山的形状。"他们正站在卢梭岛上，他指着萨瓦那边绵延不绝、形如刀削的群山。"但是那个市镇看上去那么拘谨，那么整齐，不知怎的——那么富有新教的气息。它有一种自满的氛围。不，我不喜欢这个地方，它让我想起了朱丽亚。"

蒙泰尼里哈哈大笑。"可怜的孩子，真是不幸之至！嗨，我们来这里可是自娱自乐，所以没有理由停下来。假定我们今天在湖中划船，明天早晨进山，你看如何？"

"但是，神父，您想要待在这里吗？"

"我亲爱的孩子，所有这些地方我都看过十几次了。我来度假就是要看你玩得高兴。你愿意到哪里去呢？"

"如果您真的不在乎的话，我想溯河而上，探寻它的发源地。"

"罗纳河吗？"

"不，是奥尔韦河。河水流得多快啊。"

"那么我们就到夏蒙尼去吧。"

下午，他们坐在一只小帆船里随波荡漾。美丽的湖泊给亚瑟留下的印象，远没有灰暗浑浊的奥尔韦河给他留下的印象深。他是在地中海边上长大的，已经看惯了碧波涟漪。但是他渴望见识一下湍急的河流，因而急流而下的冰河使他感到无比的喜悦。"真是势不可挡啊！"他说。

第二天早晨，他们早早地就动身前往夏蒙尼。乘车经过肥沃的山谷田野时，亚瑟兴致很高。但是当他们上了克鲁西附近的盘山道路，看到周围陡峭的大山时，他变得非常严肃，一句话也不说。他们从圣马丁徒步走向山谷，在道旁的牧人小屋或小村里投宿，然后再次信步前行。亚瑟对自然景致的影响特别敏感，经过第一道瀑布时，他流露出一种狂喜，那副模样看了真让人高兴。但是当他们走近雪峰时，他没了那股欣喜若狂的劲儿，转而变得如痴如醉。这情景蒙泰尼里以前没有看见过。仿佛他与大山之间存在着某种神秘的联系。他会一动也不动，躺在幽暗、隐秘、松涛呼啸的森林里，透过笔直而又高大的树干，望着那个阳光明媚的世界，那里有闪烁的雪峰和荒芜的悬崖。蒙泰尼里注视着他，带着一种伤感的嫉妒之情。

"我希望你能告诉我看到了什么，亚瑟。"有一天他这么说道。他从书上抬起头来，看见亚瑟舒展身体躺在苔藓上，姿势还是和一个小时前一样，瞪着一双眼睛，出神地望着光彩夺目的蓝天白云。他们离开了大路，到了迪奥萨兹瀑布附近一个宁静的村子里投宿。太阳低垂在无云的天空，此时已经挂在长满松树的山冈上，等着阿尔卑斯山的晚霞映红勃朗山大大小小的山峰。亚瑟抬起头来，眼里充满了惊叹和好奇。

"神父，您是问我看到了什么吗？我看到了蓝天里有个巨大的白色之物，没有起始，也没有终结。我看到它经久历年地等在那里，等待着圣灵的到来。我是通过一个玻璃状物模模糊糊地看到它的。"

蒙泰尼里叹息了一声。

"从前我也看到这些东西。"

"您难道从来都看不到它们了吗？"

"从来也没有看到过。我再也不会看到它们了。它们就在那里，这我知道。但是我没有能够看到它们的慧眼。我看到的是截然不同的东西。"

"您看到了什么东西？"

"亲爱的，你是说我吗？我看到蔚蓝的天空、白雪皑皑的山峰，这就是我抬头仰望所看到的东西。但是在这下面，景物就不同了。"

他指着下面的山谷。亚瑟跪了下来，俯身探过陡峭的悬崖。高大的松树在夜色渐浓的傍晚显得凝重，就像哨兵一样耸立在小河的两岸。红红的太阳犹如一块燃烧的煤，不一会儿就落到刀削斧劈的群山后面，所有的生命和光明全都远离了大自然的表层世界。随即就有某种黑暗和可怕的东西降临到了山谷，气势汹汹，张牙舞爪，全副武装，带着奇形怪状的武器。西边的群山光秃秃的，悬崖峭壁就像是怪兽的牙齿，伺机抓住一个可怜的家伙，并且把他拖进山谷深处。那里漆黑一片，森林发出低声的吼叫。松树是一排排的刀刃，轻声说道："摔到我们这儿来吧！"在越来越为凝重的夜色之中，山泉奔腾呼啸，怀着满腔的绝望，疯狂地拍打着岩石建起的牢房。

"神父！"亚瑟颤抖着站了起来，抽身离开了悬崖，"它就像是地狱！"

"不，我的孩子。"蒙泰尼里缓缓地说道，"它只像是一个人的灵魂。"

"就是那些坐在黑暗和死亡的阴影之中的灵魂？"

"是那些每天在街上经过你身边的灵魂。"

亚瑟俯身望着那些阴影，浑身抖个不停。一层暗淡的白雾悬挂在松树之间，无力地抓着汹涌澎湃的山泉，就像是一个可怜的幽灵，无法给予任何的安慰。

"瞧！"亚瑟突然说道，"走在黑暗里的人们看见了一道巨大的光亮。"

东边的雪峰在夕阳的反射下被映得通亮。在那道红光从山顶上消失以后，蒙泰尼里转过身来，轻轻地拍了一下亚瑟的肩膀。

"回去吧，亲爱的。天都暗下来了。如果我们再待在这里，我们就得在暗中走路，会迷失方向的。"

"就像是一具僵尸。"亚瑟说道。他已转过身来，不再去看在暮色之中闪耀的偌大山峰那副狰狞的面目。

他们穿过黑漆漆的树林，前往他们投宿的牧人小屋。

亚瑟正坐在屋里的餐桌边等着。当蒙泰尼里走进去的时候，他看见这个小伙子已从阴暗的幻梦中摆脱了出来，完全变成了另外一个人。

"噢，神父，快来看看这只滑稽的小狗！它能踮起后腿跳舞呢。"

他忘情地望着小狗，并且逗它表演，就像他沉湎于落日的余晖之中一样。这家女主人的脸红扑扑的，身上系着围巾，粗壮的胳膊叉在腰间。她站在一旁，笑盈盈地望着他扯着小狗玩耍。"如果他老是这样，别人会说他无忧无虑。"她用方言对女儿说道，"这小伙子长得真帅！"

亚瑟脸红了起来，就像是一个上学的女孩子。那个女人这才明白他听懂了她的话，看着他发窘的样子她赶紧走开。吃晚饭的时候，他什么也不说，只是谈论短途旅行、登山和采集植物标本的计划。他那些梦吃般的幻想显然没有妨碍他的情绪和胃口。

当蒙泰尼里在第二天醒来的时候，亚瑟已经不见了。天亮之前，他就去了山上的牧场，"帮着嘉斯帕赶羊"。

没过多久早饭就摆到了桌上，可在这时他一溜小跑奔进屋里。头上没戴帽子，肩上扛着一个三岁大的乡下女孩，手中拿着一大把野花。

蒙泰尼里抬起头来,笑容满面。亚瑟在比萨和里窝那时不苟言笑,现在这副模样与那时判若两人,真有意思。

"你这个疯疯癫癫的家伙,你野到哪儿去了?满山遍野地乱跑,连早饭都不吃了?"

"噢,神父,太有意思了!日出的时候,群山真是蔚为壮观。露水可重了!您瞅瞅!"

他抬起一只靴子,上面湿漉漉的,沾满了泥巴。

"我们带了一些面包和奶酪,又在牧场弄了一些牛奶。噢,那才叫棒呢!可我这会儿又饿了,我还想给这个小家伙一点东西吃。安妮塔,吃点蜂蜜好吗?"

他坐了下来,并把那个孩子放在膝上,然后帮她把鲜花摆好。

"不,不!"蒙泰尼里插嘴说道,"我可不能看你着凉。快去换下湿衣服。过来,安妮塔。你是在哪儿把她给弄来的?"

"是在村头。她的父亲我们昨天见到过,就是村子的鞋匠。您瞧她的眼睛多美!她的兜里装着一只乌龟,她管它叫'卡罗琳'。"

当亚瑟换完衣服回来吃饭时,他看见孩子就坐在神父的膝上,正在津津乐道地对他说起她的那只乌龟。胖胖的小手托着四脚朝天的乌龟,好让"先生"欣赏蹬个没完没了的小脚。

"瞧啊,先生!"她用半懂不懂的方言严肃地说道,"瞧瞧卡罗琳的靴子!"

蒙泰尼里坐在那儿逗着孩子玩,抚摸着她的头发,赞美着她的宝贝乌龟,并给她讲着美妙的故事。那家的女主人进来准备收拾桌子，望着安妮塔乱翻这位一脸严肃、教士装束的绅士口袋，她吃了一惊。

"上帝教导小孩子家辨别好人。"她说道，"安妮塔总是怕和生人打交道。您瞧，她见着教士一点也不扭扭捏捏的。真是怪极了！跪下来，安妮塔，快请这位好先生在走前为你祈福，这会给你带来好运的。"

"我不知道您能这么逗着孩子玩，神父。"一个小时以后，在他们走过阳光明媚的牧场时，亚瑟说道，"那个孩子老是看着您。您知道，我想——"

"你想什么？"

"我只是想说，在我看来，教会禁止神职人员结婚是一件憾事。我不大明白这是为什么。您知道，教育孩子是一件极其严肃的事情，对他们来说从一开始就受到良好的熏陶格外重要，所以我认为一个人的职业越高尚，他的生活越纯洁，他就越适合担起父亲的职责。我确信，神父，如果您不是起过誓，终身不娶——如果您结了婚，那么您的孩子就会很——"

"嘘！"

这一声来得如此突然，以至于随后的寂静显得格外的深沉。

"神父。"亚瑟再次开口说道，看到对方表情阴郁，他的心中很苦恼，"您认为我说的话有什么不对之处吗？当然我可能说错了，但是我只能认为我是自然而然就想到这件事的。"

"也许，"蒙泰尼里轻声地答道，"你并不十分明白你刚才所说的话是什么意思。再过几年，也许你会改变你的想法。在此期间，我们最好还是谈点儿别的什么东西吧。"

在这次假日旅行中，他们一直处得非常融洽和谐，这是他们第一次闹了别扭。

他们从夏蒙尼途经泰特努瓦山到了马尔提尼，然后在那里歇脚休息，因为天气热得让人喘不过气来。吃完饭以后，他们坐在旅馆的阳台上。这里晒不到太阳，而且还能一览群山的景致。亚瑟拿出了他的标本盒，并用意大利语和蒙泰尼里认真地讨论植物学。

两位英国画家正坐在阳台上，一个在写生，另一个在懒洋洋地说着话。他没有想到这两位陌生人能够听懂英语。

"你就别在那儿乱画什么风景了，威利。"他说，"你就画画那个妙龄的意大利男孩吧，他正在神魂颠倒地捣鼓那几片羊齿叶呢。你看看他那个眉毛的线条！你只需要把放大镜换成十字架，再把上衣和灯笼裤换成罗马式的宽袍，然后你就能画出一个形神兼备的早期基督徒来。"

"去你的早期基督徒吧！我在吃饭的时候就和那个小伙子坐在一起，他对那只烤鸡和对这些野草一样着迷。他是够漂亮的，橄榄色的肤色确实很美，但是远远没有他的父亲上画。"

"他的，谁啊？"

"他的父亲啊，就是坐在你前面的那位。这么说你是把他给忽略了？那张脸才叫精彩绝伦呢。"

"你这个循规蹈矩的卫理公会教徒真是个死脑瓜子！碰上一个天主教的教士你都认不出来吗？"

"教士？我的天啊，他原来竟是教士！对了，我忘了这碴儿了。他们要发誓永保处子之身，诸如此类的名堂。那好吧，我们就行行善事，假定那个男孩是他的侄子。"

"这些人真是愚不可及！"亚瑟小声地说道，两只眼睛扑闪着乱转，"可是，多承他们的美意，认为我长得像您。我希望我真的是您的侄子——神父，怎么了？您的脸色可真白啊！"

蒙泰尼里站起身来，一只手扶着前额。"我有点头晕。"他说，奇怪的是他的声音很弱，无精打采，"也许今天上午我待在太阳底下的时间太长了。我要去躺一会儿，亲爱的。没什么，只是天气太热了。"

在吕森湖畔逗留了两个星期以后，亚瑟和蒙泰尼里经过圣·戈塔尔山口回到了意大利。值得庆幸的是天气一直不错，而且他们还做了几次愉快的徒步旅行。但是最初的那种欢愉已经荡然无存。蒙泰尼里老是忐忑不安，想着安排一次"更加正式的谈话"，这次假期就是进行这种谈话的机会。在安尔维山谷，他尽力避免提到他们在木兰树下所谈的话题。他认为亚瑟是个具有艺术气质的人，这样的谈话会破坏阿尔卑斯山的景致所带来的那种喜悦的心情，而这次谈话肯定是痛苦的。从在马尔提尼的那天起，他每天早晨都对自己说："我今天就说。"每天晚上他对自己说："明天吧，明天吧。"一种无法言喻的冷酷之感使他难以启齿，从来没有这种感觉，这种感觉就像是一张无形的薄纱落在他和亚瑟之间。直到最后的那天晚上，他才突然意识到如果要说的话，他必须现在就说。他们那天晚上是在卢加诺过夜，准备第二天上午返回比萨。至少，他会发现他的宝贝疙瘩，陷进性命攸关的意大利政治漩涡有多深。

"雨已经停了，亲爱的。"他在日落以后说道，"这是我们的赏湖机会。来吧，我想和你谈谈。"

　　他们沿着湖边走到一处僻静的地方，坐在一段低矮的石头墙上。紧挨着他们的旁边长着一丛玫瑰，上面结着猩红的果子。一两簇迟开的乳白色花儿仍然挂在高处的一根花茎上，带着沉重的雨滴在凄凉地摆动。在碧绿的湖面上，一只小船在裹着露水的微风中荡漾，白色的风帆无力地抖动。小船显得轻盈柔弱，就像是一束银白色的蒲公英被扔到了水上。高处的萨尔佛多山上，某个牧人小屋的窗户敞开着，就像是一只金黄色的眼睛。玫瑰花垂下头来，在九月里悠闲的白云下浮想联翩。湖水拍打着岸边的鹅卵石，发出喃喃地低语。

　　"在很长的一段时间里，唯有这次机会我才能和你平心静气地谈一谈。"蒙泰尼里开口说道，"你将会回去上学，回到你的那些朋友那里。我呢，在今年冬天也会很忙。我想要清楚地了解我们应该如何相处。所以，如果你——"他停顿了片刻，然后接着说了下去，说得更慢。"如果你觉得你还能像过去那样信任我，我想让你告诉我，比在神学院花园的那天晚上更加明确，你在那条路上走了多远。"

　　亚瑟望着湖的那边，静静地听着，一句话也没有说。

　　"我想知道，如果你告诉我的话，"蒙泰尼里接着说道，"你是否受到誓言的约束，或者别的什么。"

　　"没有什么好说的，亲爱的神父。我并没有约束我自己，但是我确是受到了约束。"

　　"我不明白——"

　　"誓言有什么用？誓言约束不了人。如果你对一件事情有

24

了某种体会，那就会约束你。如果你没有某种体会，什么也不会约束你。"

"那么，你是说这件事情，这种体会是不可改变的吗？亚瑟，你想过你在说些什么吗？"

亚瑟转过身来，直盯着蒙泰尼里的眼睛。

"神父，您问我能否信任您。您就不能信任我吗？如果有什么好说的，我肯定会告诉您的。但是谈论这些事件是没有用的。我还没有忘记您在那天晚上对我说过的话。我永远也忘记不了。但是我必须走我自己的路，跟随着我所看见的那片光明。"

蒙泰尼里从花丛中摘下一朵玫瑰，一片接着一片地扯下花瓣，并把花瓣扔进水里。

"你说的对，亲爱的。好吧，这些事情我们就谈到这里。看来长篇大论也是没有什么用的，呃，呃，我们进去吧。"

第三章

　　秋冬两季平淡无奇地过去了。亚瑟读书很用功，没有多少空闲的时间。他设法每个星期去看望蒙泰尼里一两次，哪怕只有几分钟的时间。他时不时地会带上一本晦涩难懂的书，让他帮着解疑答惑。但是在这些场合，他们只是切实谈论学习上的事情。与其说蒙泰尼里观察到了，倒不如说他感觉到了一道难以琢磨的小小障碍横在他们中间，所以他一举一动都很谨慎，不让自己显得像是尽量保持过去那种亲密的关系。

　　亚瑟的来访现在给他带来的不安要大于愉快，所以老是装出若无其事、显得一切都没有改变的样子是件痛苦的事情。亚瑟也发现到了神父的举止有了微妙的变化，但是不大明白个中的缘由。他隐约地觉得这与恼人的"新思潮"问题有关，所以他避免提到这个话题，尽管他满脑子都是这些东西。可是他从来都没有像现在这样深爱着蒙泰尼里。从前他在朦胧之间老是有一种难以满足的感觉，而且觉得精神空虚，他一直是在神学理论和宗教仪式的重压下努力抑制这些感觉。但在接触到青年意大利党后，这些感觉全都烟消云散。因为孤独和照料病人而产生的所有那些不健康的幻想已经无影无踪，曾经求助于祈祷的疑惑也已消失，用不着驱邪祓魔。随着一种新的激情觉醒以后，一种更加清晰、更加崭新的宗教理想（因为他是从这个方面而非从政治发展来看待学生运动的，所以他更是如此）已经成了一种恬适充实的感觉，体现了世界和平、四海之内皆兄弟的理念。在这种庄重温和的欢快气氛之下，他认为全世界都充满了光明。在他最喜欢的那些人身上发现了某种可爱的因素。五年以来，他一直把蒙泰尼里当作理想中的英雄。在他的眼里，蒙泰尼里现在又增添了新的光环，就像是那种新信仰的一个潜在先知。他怀着满腔的热情聆听神父的布道，试图在他的话中捕捉到与新共和理想的某种内在关系。他还潜心钻研《福音书》，庆幸基督教在起源时就具备了民主的倾向。

　　1月里的一天，他到神学院归还一本索借的书。听说院长神父出去以后，他径直走进蒙泰尼里的书房，把那本书放在书架上，然后准备离开房间。这时搁在桌上的一本书引起了他的注意。这是但丁的《帝制论》。他开始阅读这本书，并且很快地入了迷，连房门打开和关上的声音都没有听见。直到蒙泰尼里在他背后说话，他才醒悟过来。

　　"我没有料到你今天会来。"神父说道，并且拿眼看了一下那本书，"我准备派人去问你今天晚上能否来一下。"

　　"有什么要紧的事吗？我今晚有个约会，不过我可以不去，如果——"

　　"没什么要紧的，明天来也行。我想见你一面，因为星期二我就要走了。我应召去罗马了。"

"去罗马？要去多长时间？"

"信上说'直到复活节以后'。信是梵蒂冈发来的。我本想立即就告诉你的，但是一直忙着处理神学院的事情，并且安排迎接新院长。"

"可是，神父，您当然不会放弃神学院吧？"

"只能如此。但是我可能回到比萨，至少待上一段时间。"

"可是您为什么要放弃这个地方呢？"

"呃，现在还没有正式宣布，但是已经任命我为主教。"

"神父！在什么地方？"

"就是为了这件事情，我才一定要去罗马一趟。究竟到亚平宁山区升任主教，还是留在这里担任副主教，现在还没有做出决定。"

"已经选定了新院长了吗？"

"卡尔迪神父已被任命为院长，他明天就会到达这里。"

"是不是有点突然？"

"是的，但是，梵蒂冈的决定有时要到最后才会公布。"

"您认识新院长吗？"

"没有见过面，他的口碑极佳。勤于笔耕的贝洛尼神父说他是一位学识渊博的人。"

"神学院里的人会非常想念您的。"

"神学院的事我不知道，但是我相信你会想念我的，亲爱的。你也许会像我想念你那样想念我。"

"我肯定会想念您的。但是尽管如此我还是非常高兴。"

"是吗？我不知道我是什么样的心境。"他坐在桌边，脸上露出倦容，看上去不像是一个就要升任高职的人。

"亚瑟，你今天下午忙吗？"过了片刻他说道，"如果不忙的话，我希望你能陪我一会儿，因为你今天晚上不能过来。我看我是有些不大舒服。在我离开之前，我想尽量地多看你几眼。"

"行啊，我可以待上一会儿。他们六点钟等我。"

"去参加一个会吗？"

亚瑟点点头，然后蒙泰尼里匆忙换了一个话题。

"我想和你谈谈你自己的事。"他说，"在我不在的时候，你需要另外一位忏悔神父。"

"在您回来的时候，我可以继续向您忏悔，难道这样不行吗？"

"我亲爱的孩子，你怎么能这样说话呢？当然我只是说我不在的三四个月内。你去找圣特琳娜教堂的一位神父好吗？"

"很好。"

他们又谈了一会儿别的事情，然后亚瑟站起身来。

"我该走了，神父。那些学生会等我的。"

蒙泰尼里的脸上又露出憔悴的表情。

"时间到了吗？你几乎已使我郁闷的心情好起来。呃，再见吧。"

"再见。我明天肯定会来的。"

"尽量早点来，那样的话我也许能有时间单独见你。卡尔迪神父会来这里。亚瑟，孩子，我不在的时候小心一点。不要受人误导做出轻率的事来，至少在我回来之前。你想象不出离开你，我是多么不放心啊。"

"没有这个必要，神父。一切都很平静。事情还远着呢。"

"再见。"蒙泰尼里脱口说道，然后坐在桌旁拿笔写了起来。

当亚瑟走进学生们举行小型集会的房间时，他看到的第一个人是他孩童时的伙伴——华伦医生的女儿。她坐在靠窗的一角，聚精会神地听着一位发起人对她讲话。那是一个身材高大的伦巴第人，身上穿着一件破旧的外套。近几个月她有了变化，发育得很快，现在看上去已像是一位成熟的年轻女性，尽管粗黑的辫子还垂在背后，仍旧是一位女学生的打扮。

她浑身上下都是一袭黑衣，头上裹着一条黑色的围巾，因为屋里冷风飕飕。她的胸前插着一串柏枝，这是青年意大利党的党徽。那位发起人热情洋溢，正对她描绘卡拉布里亚农民的苦难。她静静地听着，一只手托着下巴，眼睛看着地上。在亚瑟看来，她仿佛就是黯然神伤的自由女神，正在哀悼毁于一旦的共和国（朱丽亚会认为她只是一个发育过快的野女孩，肤色蜡黄，鼻子长得又不规则，所穿的那件旧布衣料做的连衣裙又太短了）

"吉姆，你也在这儿！"他说。在那位发起人被叫到房间另一头去的时候，他朝她走了过去。她在受洗礼时取了"詹妮弗"这个奇怪的名字，结果给小孩子们叫走了样，成了"吉姆"。她的意大利同学叫她"琼玛"。

她吃了一惊，抬起头来。

"亚瑟！噢，我不知道你，你也属于这个地方！"

"可我也不知道你的情况啊。吉姆，你是什么时候——"

"你不明白的！"她马上插嘴说道，"我并不是这里的成员。只是我做过一两件小事。你知道，我结识了毕尼，你知道卡洛·毕尼吗？"

"当然知道。"毕尼是里窝那支部的组织人，青年意大利党全都知道他。

"呃，他先和我谈起这些事情，然后我就请他带我参加了一次学生会议。那天他写信给我，要我到佛罗伦萨去——你知道我在佛罗伦萨过的圣诞节吗？"

"我现在不常接到家里的信。"

"噢，对了！反正去的时候，我住在赖特姐妹的家里（赖特姐妹是她的同学，她们搬到佛罗伦萨去了）。然后毕尼写信告诉我，让我回家时在今天路过比萨，这样我就到了这里。啊！他们开始了。"

演讲的内容是有关理想共和国，以及为了实现这个共和国青年人应该担负什么责任。演讲人对这个题目理解得并不深刻，但是亚瑟怀着虔诚的敬意认真听着。在这个时期，他的大脑非常缺乏批判能力。在接受一个道德理想时，他就吞下所有的东西，没有去想是否消化得了。演讲结束以后长时间的讨论，然后学生开始散去。他走到琼玛那里，琼玛仍然坐在屋子的那一角。

"让我来送你吧，吉姆。你住在什么地方？"

"我和玛丽塔住在一起。"

"你父亲的老管家？"

"对，她住的地方离这儿挺远。"

他们默不作声地走了一段时间。然后亚瑟突然开口说话：
"你现在已经17岁了吧？"

"10月份我就满17岁了。"

"以前我就知道，你长大以后不会像其他的女孩一样，光是想着参加舞会，以及那些东西。吉姆，亲爱的，我心里常想你会不会成为我们中间的一员。"

"我也常这么想。"

"你说过曾为毕尼做过事情，我以前并不知道你认识他。"

"不是为毕尼做事，是为另外一个人做事。"

"另外一个人？"

"就是今晚和我说话的那个——波拉。"

"你和他很熟吗？"亚瑟的话中有一丝妒意。谈起波拉他就不高兴，他们之间曾经争着去做某件事情，但是青年意大利党委员会最终还是让波拉去了，而且竟然还说亚瑟太年轻，没有经验。

"我和他挺熟，我很喜欢他。他一直住在里窝那。"

"我知道，他是十一月份去的——"

"就是有关轮船的事情。亚瑟，你不认为进行这项工作，你家要比我家更安全吗？没有人会怀疑像你们那样一个经营船运的富家，而且你几乎认识码头上的每一个人——"

"嘘！亲爱的，别那么大声嚷嚷！这么说从马赛运来的书籍就藏在你的家里？"

"只藏一天。噢！也许我不应该告诉你。"

"为什么呢？你知道我是这个组织中的人。琼玛，亲爱的，世界上没有什么能比你们参加到我们中来更让人高兴，我是说你和神父。"

"你的神父！他当然——"

"不，他的看法不同。可我有时幻想，也就是我希望。我不知道——"

"亚瑟，他可是一位教士啊！"

"这又怎么样？我们这个组织里就有教士——有两位还在报上发表过文章呢。为什么不行呢？教士的使命就是引导世界实现更高的理想和目标，我们这个组织还想做些什么？归根到底，这不单是一个政治问题，还是一个宗教和道德问题。如果人们都配享受自由，都配成为尽责的公民，那么谁都不能奴役他们。"

琼玛皱起了眉头。"在我看来，亚瑟，"她说道，"你的逻辑有些紊乱。一个教士传授宗教的教义，我看不出这与赶走奥地利人有什么关系。"

"教士传授的是基督教的教义，在所有的革命家当中，最伟大的是基督。"

"你知道吗，那天我对父亲谈起教士，他说——"

"琼玛，你的父亲是一位新教徒。"

停顿片刻以后，她率直地打量着他。

"听着，我们最好不要谈起这个话题。一谈到新教徒，你总是带有偏见。"

"我不是带有偏见。但认为谈起了教士，新教徒一般都带有偏见。"

"大概是吧。反正我们谈及这个话题时，我们经常争执不休，所以不值得再提起这个话题。你认为演讲怎么样？"

"我非常喜欢，特别是最后一部分，使我高兴的是他强调了实现共和国的必要性，而不是梦想其成。就像基督所说的那样：'天国就在你的心中。'"

"这个部分我不喜欢。有关我们应该思考、感知和实现的美好事物，他谈得太多了。但是从头至尾，他基本上没有告诉我们应该做些什么。"

"到了紧要关头，我们会有许多事情要做。但是我们必须耐心等待，天翻地覆的变化不是一蹴而就的。"

"实现一件事情的时间越长，那就更有理由立即动手去做。你谈到了配享受自由，你还知道有谁比你的母亲更配享受自由吗？难道她不是你见过的最完美的天使般的女性吗？

可她所有的那些美德又有什么用呢？直到她死的那一天，她都是一个奴隶，受尽了你哥哥杰姆斯和他妻子的欺凌、骚扰和侮辱。如果她不是那样的温柔和耐心，她的境况就会好得多。意大利的情况也就是如此。需要的并不是耐心——得有人挺身而出，保卫他们——"

"吉姆，亲爱的，如果愤怒和激情能够挽救意大利，她早就得到了自由。她需要的并不是仇恨，她需要的是爱。"

在他说出这个字时，他的前额突然露出了赧色，但是随即又消失了。琼玛并没有看出来，她正皱着眉头，抿着嘴直视前方。

"你认为我错了，亚瑟，"她停顿了片刻说道，"但是我是对的,总有一天你会明白这个道理的。就是这家。你进来吗?"

"不了,时候不早了。晚安,亲爱的!"

他站在门口,双手紧握着她的手。

"为了上帝和人民——"

她缓慢而又庄重地说完那句没有说完的誓言:"始终不渝。"① 琼玛抽回了她的手,然后跑进了屋子。当她随手关上门时,他弯腰拾起从她胸前落下的那串柏枝。

_____

① 青年意大利党的口号是:为了上帝和人民,始终不渝。

第四章

亚瑟走回住处，感觉像是长了翅膀。他真是高兴极了，心里没有一丝愁云。在那次会上，有人暗示准备进行武装暴动。

现在琼玛已经成了同志，而且他也爱她。为了那个将要实现的共和国，他们可以一起工作，甚至可能死在一起。实现希望的时机已经到来，神父将会看到它，并且相信它。

可是第二天早晨，一觉醒来以后清醒许多。他想起了琼玛要去莱亨，神父要去罗马。1月、2月、3月——要过3个月才到复活节！如果琼玛在家中受到"新教徒"的影响（在亚瑟的词汇中，"新教徒"就是"腓力斯人"①的意思）——不会的，琼玛永远也学不会卖弄风情，引诱游客和秃头的船主，就像里窝那其他的英国女孩那样。但是她的日子也许非常难过。她是那么年轻，没有朋友，完全是孤苦伶仃地生活在那些木头人中间。如果母亲还活着——

① 腓力斯人是指古代地中海东岸的腓力斯国居民。《圣经》把他们描绘成伪善、狭隘、缺乏教养的人。在西方文化中，腓力斯人被用来指自私的伪君子。

他在傍晚去了神学院，并在那里见到蒙泰尼里正在招待新院长，看上去他感到疲惫不堪，百无聊赖。神父没有像往常那样露出喜色，他的表情变得更加阴郁。

"这就是我给你讲起的学生，"他说，态度生硬地介绍亚瑟，"如果您容许他继续使用图书馆，我会不胜感激。"

卡尔迪神父是位年长的教士，长得慈眉善目。他随即就开始跟亚瑟谈起了萨宾查大学。他谈吐轻松自如，看得出来非常熟悉大学生活。他们很快转而讨论起大学校规，这在当时是一个热门话题。新院长强烈反对大学当局采取种种限制性的措施，认为这些措施毫无意义，而且令人恼火，搞得学生们不得安宁。对此亚瑟感到极为高兴。

"我在引导年轻人方面有着丰富的经验，"他说，"而且我有一条原则，没有充足的理由永远都不要禁止什么。如果对他们表示适当的重视，并且尊重他们的人格，那么很少会有学生惹麻烦。但是，当然了，如果你总是扯紧缰绳，那么最温顺的马也会踢人的。"

亚瑟瞪大眼睛，没有想到这位新院长会为学生辩解。蒙泰尼里没有插话，他对这个话题显然不感兴趣。他的脸上露出难以言喻的绝望和厌烦，所以卡尔迪神父突然中断了谈话。

"恐怕我已经使您过于劳累了，神父。您得原谅我侃侃而谈。我非常热衷于这个话题，忘掉了别人对它也许会兴趣索然。"

"正好相反，我很感兴趣。"蒙泰尼里并不习惯这种约定俗成的客套，他的语调在亚瑟听来很不舒服。

当卡尔迪神父走回自己的房间以后，蒙泰尼里转向亚瑟。

整个晚上，他的脸上都挂着焦急和忧虑的表情。

"亚瑟，我亲爱的孩子，"他缓慢地说道，"我有些话要告诉你。"

"他一定是获悉了什么坏消息。"亚瑟焦急不安地望着那张憔悴的面孔，他的心中闪过这个念头。很长的时间，他俩都没有说话。

"你认为新院长怎么样？"蒙泰尼里突然问道。

这个问题来得有些突然，亚瑟竟然不知如何回答。

"我，我很喜欢他，我认为至少不，我并不十分清楚我喜欢他。但是见了一次面很难说出什么来。"

蒙泰尼里坐了下来，轻轻地敲打着椅子的扶手。每当他焦急不安或者疑惑不解时，他就有这个习惯。

"关于罗马之行，"他再次开口说道，"如果你认为有什么，呃，如果你希望我不去的话，我可以写信，说我不能去。"

"神父！但是梵蒂冈——"

"梵蒂冈方面可以另外找个人。我可以写信表示歉意。"

"可是为什么呢？我不明白。"

蒙泰尼里用手拂了一下前额。

"我是担心你。我的脑子老是想这想那，毕竟，我没有什么必要去。"

"可是主教的职位——"

"噢，亚瑟！主教职位又有什么益处，如果我失去了——"

他停了下来。亚瑟以前从没见过他这样，所以他心慌意乱。

"我不明白，"他说，"神父，如果你能够更加——更加明确地对我解释你的想法——"

"我什么也不想，我为一种恐怖感所缠绕。告诉我，有什么特别的危险吗？"

"他是听到了什么。"亚瑟想起了关于准备举行起义的种种谣传，但是他不能泄漏这个秘密。于是他只是反问了一句：
"有什么特别的危险呢？"

"别问我，回答我的问题！"情急之下，蒙泰尼里的声音有些粗暴，"你有危险吗？我并不想知道你的秘密，我只要你回答这个问题！"

"我们的命运都掌握在上帝的手里，神父。什么事情都可能发生。但是我不知道有什么理由，在您回来的时候，我不应在这里平安无事地活着。"

"在我回来的时候，听着，亲爱的。这事我让你决定。你不必跟我讲什么理由，只要跟我说一声'留下'，那么我就放弃这次行程。这不会伤害谁，而且我也会觉得有我在你的身边，你就更加平安无事。"

这种病态的胡思乱想与蒙泰尼里的性格毫不相符，所以亚瑟怀着非常焦虑的心情望着他。

"神父，您肯定是不舒服。您当然得去罗马，争取彻底休息一下，治好您的失眠和头痛。"

"很好。"蒙泰尼里打断了他的话，仿佛对这个话题已经感到厌倦。"我明天一早乘驿车动身。"

亚瑟望着他，心里很纳闷。

"您有什么要告诉我吗？"他说。

"没有，没有。没有什么，没有什么要紧的事情。"他的脸上露出了一种惊愕，几乎是恐惧的表情。

蒙泰尼里走后几天，亚瑟到神学院的图书馆去取一本书。

在上楼梯时，他遇到了卡尔迪神父。

"啊，伯顿先生！"院长大声说道，"我正想见你呢。请进来帮我解决一个难题。"

他打开书房的门，亚瑟跟着他走进屋子，心中暗自涌上一股无名的怨恨。看到神父至爱的私人书房被一个陌生人占用，他心里感到不大对劲。

"我是嗜书如命的人。"院长说道，"我到了这里以后，做的第一件事就是查看图书馆。这个图书馆很有意思，只是我不明白图书是怎么分类的。"

"分类的方法不尽完善，近来又增加了不少善本书。"

"你能花上半个小时给我解释一下编目的方法吗？"

他们走进图书馆，亚瑟仔细地解释了图书的分类。当他起身拿帽子时，院长却笑着拦住了他。

"不，不！我不能让你这样匆忙走开。今天是星期六，时间多着呢，功课可以留到星期一嘛。既然我已经耽搁了你这么长的时间，索性就陪我吃顿饭吧。我一个人颇感无聊，要是能有你做伴我会不胜荣幸。"

他的言谈举止开朗而又怡人，亚瑟随即就觉得和他在一起没有了拘束。他们海阔天空地聊了一会儿以后，院长问他认识蒙泰尼里有多长时间了。

"大约有7年了。在我12岁那年，他从中国回来了。"

"啊，对了！他曾是一名传教士，他在那里出了名。自那以后，你就是他的学生吗？"

"他是在一年以后开始教导我的，大约就在那时，我初次向他忏悔。在我进入萨宾查大学以后，他还继续辅导我学习——我想学而正课又学不到的东西。他对我非常和蔼可亲——您想象不出他对我是多么和蔼可亲。"

"这我非常相信。没有谁不对此表示钦服——他品格高尚、性情温和。我遇见过和他同去中国的一些传教士，对他身处困境所表现出来的毅力、勇气，以及矢志不渝的虔诚，他们都称赞不已。你在年轻的时候，幸运的是有这样的人帮助和引导你。我从他那里得知你已经失去了双亲。"

"是的。我父亲在我小的时候就死了，我的母亲是去年过世的。"

"你有兄弟姐妹吗？"

"没有。我倒是有两个同父异母的哥哥，可是我还在襁褓之中时，他们就已从商了。"

"你的童年一定很孤独，也许就是因为这个原因，你才会更加珍视蒙泰尼里神父的慈爱。顺便说一下，在他不在的这段时间里，你已经选定了忏悔神父吗？"

"我想过要去找圣·卡特琳娜的一位神父，如果他们那里忏悔的人不太多的话。"

"你愿意向我忏悔吗？"

亚瑟惊讶地睁大眼睛。

"尊敬的神父，我当然——应该感到高兴，只是——"

"只是一位神学院的院长通常并不接受世俗的忏悔人。这一点也不假。但是我知道蒙泰尼里神父对你非常关注，而且在我看来他对你有点放心不下——如果我丢下一位心爱的学生，我也会一样感到放心不下——他会乐意见到你接受他的一位同事给予你以精神上的引导。而且坦率地跟你说，我的孩子，我喜欢你，我愿意尽力帮助你。"

"如果您这样说的话，能够接受您的引导我当然感激不尽。"

"那么你下个月来好吗？就这么说定了。晚上有时间的话，我的孩子，你就过来看我一下。"

复活节之前不久，蒙泰尼里被正式任命为布里西盖拉教区的主教，布里西盖拉是在伊特鲁里亚地区的亚平宁山区。他怀着愉快而平静的心情，从罗马给亚瑟写来了信。他的忧郁之情显然已经荡然无存。"每个假期你都一定要来看我，"他在信上写道，"我也会经常去比萨。即使我不能像我所希望的那样常常见到你，我也希望多见你几次。"

华伦医生已经邀请亚瑟上他家去，和他及孩子们一起欢度复活节，从而不必回到那个沉闷不堪、老鼠横行的豪华旧宅，现在朱丽亚已在那里主宰一切。信里附寄了一张便条，琼玛用幼稚而不规则的书法恳求他尽量去，"因为我想和你谈点事情"。更加让人感到鼓舞的是，大学里的学生相互串联，每个人都在准备复活节以后将有大的举动。

所有这些都让亚瑟处在一种喜不自禁的期待之中。在这种情况下，学生中传播的那种最不切合实际的空想，在他看来都是自然而然的事情，很有可能在两个月以后就会实现。

他安排在受难周的星期四回家，放假的前几天准备就在那里过。这样拜访华伦一家的快乐和见到琼玛的喜悦就不会影响他参加庄严的宗教默念仪式，教会要求所有教徒在这个季节参加默念仪式。他给琼玛写了回信，答应在复活节星期一到她家去。所以他在星期三夜晚怀揣着一颗肃穆的心灵走进卧室。

他在十字架前跪了下来。卡尔迪神父已经答应在第二天早晨接待他，而且因为这是他在复活节圣餐前的最后一次忏悔，所以他必须长久而又认真地祈祷，以使自己做好准备。他跪在那里，双手合掌，脑袋低垂。他回顾了过去一个月里的所作所为，历数急躁、粗心、急性子所犯下的轻微罪过，那些已经在他纯洁的心灵里留下了淡淡的细小污点。除此之外，他没有发现什么。在这个月里，他实在是太高兴了，所以没有时间犯下太多的罪过。他在胸前画了一个十字，然后站起来开始脱衣服。

正在他解开衬衣纽扣时，一张纸条从里面飘了出来，落在地上。这是琼玛写来的信，他把它塞在衣服里已有一整天。

他把它捡了起来，把它展开，吻着那些倍感亲切的潦草字迹。

他把那张纸折叠起来，模模糊糊地觉得自己做了某件非常可笑的事情，这时他注意到信纸的背后有几句附言，他在先前没有读到。"务必尽快到来，"上面写道，"因为我想让你见见波拉。他一直住在这里，我们每天都在一起读书。"

在他读着这几句话时，一股热血涌上了亚瑟的前额。

总是波拉！他又在莱亨做些什么？为什么琼玛想要和他一

起读书？他就凭着走私把琼玛给迷住了吗？在一月份的那次会议上，很明显就能看出他已经爱上了她；因此，他才如此热心从事宣传工作。现在他就在她的跟前，每天都和她在一起读书。

亚瑟突然把信扔到了一边，再次跪在十字架前。这就是准备请求基督赦罪的灵魂，准备接受复活节的圣餐——那颗要与上帝和其本身以及世界和平相处的灵魂！这颗灵魂竟能生出这等卑鄙的妒恨和猜忌、自私的恶意和狭隘的仇恨——

而且对方竟是一个同志！他羞愧难当，不禁用双手捂住脸。只是在五分钟以前，他还梦想着能够成为一名烈士。现在他却为这么一个卑鄙、龌龊的念头而深感愧疚。

当他在星期四上午走进神学院的小教堂时，他看见卡尔迪神父一个人在那里。他背诵了一遍忏悔祷文，随即就讲起了前天晚上所犯的罪过。

"我的神父，我指控自己犯下嫉妒和仇恨的罪过，我对一个于我没有过失的人起了不洁的念头。"

卡尔迪神父十分清楚，知道他在应付一个什么样的忏悔者。他只是轻声说道："你还没有告诉我事情的前前后后，我的孩子。"

"神父，那个我对之起了非基督教念头的人是我应该热爱和尊敬的人。"

"一个跟你有血缘关系的人吗？"

"比血缘关系更加密切。"

"什么样的关系呢？"

"志同道合的关系。"

"什么方面志同道合？"

"一桩伟大而又神圣的工作。"

短暂的停顿。

"你对这位——同志的愤恨，你对他的嫉妒，是因为他在这桩工作中比你取得更大的成功而引起的吗？"

"我，是的，这是部分原因。我嫉妒他的经验，他的才干。还有，我想，我怕他会从我那里夺去我爱的那位姑娘的心。"

"那么这位你爱的姑娘，她是圣教中的人吗？"

"不是，她是一位新教徒。"

"一位异教徒吗？"

亚瑟紧握双手，非常焦虑不安。"是的，一位异教徒。"他重复说道，"我们是一起长大的，我们的母亲是朋友。我——嫉妒他，因为我看见了他也爱她，因为——因为——"

"我的孩子，"停顿片刻以后，卡尔迪神父说道，声音缓慢而又庄重，"你还没有把一切全都告诉我呢。你的灵魂之上远非只有这些东西。"

"神父，我——"他支吾着，又停了下来。

"我嫉妒他，因为我们那个组织——青年意大利党，我是这个组织的成员。"

"唔？"

"把一项我曾希望接受的工作分配给了他——这项工作本来有望交给我的，因为我特别适合这项工作。"

"什么工作？"

"运进书籍，政治书籍，从运进这些书籍的轮船取来，并为它们找到一个隐藏地点，是在城里。"

"党把这项工作交给你的竞争对手了吗？"

"交给了波拉——我嫉妒他。"

"他没有什么引起这种感情的原因吗？你并不责备他对交给他的任务疏忽大意吗？"

"不，神父。他工作起来非常勇敢，而且也很忠诚。他是一位真正的爱国者，我只该热爱并且尊敬他。"

卡尔迪神父陷入了沉思。

"我的孩子，如果你的心中燃起一线新的光明，一个为你的同胞完成某种伟大的工作的梦想，一种为减轻劳苦大众负担的希望，这样你就要留意上帝赐予你的最宝贵恩惠。所有美好的东西都是他的赐予，只有他才会赐予新生。如果你已经发现了牺牲的道路，发现了那条通向和平的道路，如果你已经结识了至亲至爱的同志，准备解救那些在暗中哭泣和悲痛的人们，那么你就务必要使自己的心灵免受嫉妒和激情的侵扰，要使自己的心灵成为一个圣坛，让圣火在那里永远燃烧。记住有一个高尚而又神圣的事业，接受这一事业的心灵必须纯洁得不受任何自私的杂念影响。这种天职也是教士的天职。它不是为了一个女人的爱情，也不是为了转瞬即逝的片刻儿女私情，这是为了上帝和人民，它是始终不渝的。"

"啊！"亚瑟吓了一跳，紧握着双手。听到这句誓言他几乎激动得热泪盈眶。"神父，你是以教会的名义拥护我们的事业啊！基督站在我们的一边——"

"我的孩子，"那位教士神情庄重地说，"基督曾把金钱兑换者赶出了神庙，因为他的圣地应该叫作祈祷的圣殿，可是他们却把它变成了贼窝。"

沉默了好长一段时间以后，亚瑟颤巍巍地小声说道："赶走他们以后，意大利就会成为上帝的圣殿——"

他停了下来，那个柔和的声音就响了起来："主说：'大地和大地上的全部财富都是属于我的。'"

第五章

那天下午，亚瑟感到有必要多散一会儿步。他把行李交给了一位同学，然后徒步走向里窝那。

那天湿度非常大，天上布满了乌云，但是并不冷。一望无际的平原在他看来仿佛比以前更加美丽。脚下踩着柔软的湿草，春天开放的野花在路旁露出羞答答的目光，这一切都让亚瑟感到赏心悦目。在一小片树林边上的一丛刺槐上，一只小鸟正在筑窝。当他走过的时候，那只小鸟吓得鸣叫一声，拍打着褐黄色的翅膀匆匆飞走了。

因为这是耶稣受难日的前一天，所以他试图集中思想，进行虔诚的默念。但是他却老是想着蒙泰尼里和琼玛，以至于他只得放弃这种虔诚的默念，任凭他的思绪随意想着即将到来的起义之种种奇迹和荣耀，并且想着他给他的两位偶像所安排的角色。神父将是领袖、使徒和先知，在他的圣怒之下，黑暗的力量将会逃之夭夭，在他振臂高呼下，保卫自由的青年将会温习旧的教义，并且将从一个全新的、未曾想象过的角度认识旧的真理。

琼玛呢？噢，琼玛将会冲锋在前。她是用塑造女英雄的材料铸造出来的，她会是一个完美的同志，她是无数诗人梦寐以求的那种无畏的战士。她会和他肩并肩站在一起，在肆虐的死亡暴风雨中狂喜。他们会共赴死亡，也许是在取得胜利的时刻——毫无疑问将会取得胜利。他绝不会向她流露他的爱情，他怕这样会影响她的内心宁静，或者破坏平淡之交的同志情谊。对他来说，她是一个圣洁的东西，一个无瑕的牺牲物，为了解救大众而被贡献到祭坛上焚化。他算是什么，竟敢走进只知热爱上帝和意大利的那片心灵洁白的圣地？

上帝和意大利，当他走进"宫殿街"中那座宏大、沉闷的住宅时，他在突然之间像从云端上坠落下来。朱丽亚的管家在楼梯上遇见了他，他还是那样穿着考究，神态安详，彬彬有礼，但却不把人放在眼里。

"晚上好，吉朋斯。我哥哥在家吗？"

"托马斯先生在家，先生。伯顿夫人也在家。他们都在客厅。"

亚瑟怀着沉重的心情走了进去。多么让人感到压抑的房子啊！生活的洪流好像绕它而去，总是让它留在高水位上。一切都没有变化，人没变，家族的画像也没变，笨重的家具和丑陋的餐具也没变，粗俗的豪华摆设也没变，一切什物不具生命的方方面面也没变。甚至连铜花瓶里的花看上去都像是抹了油彩的铁花，在春风和煦的日子里，从来不知焕发花的青春活力。朱丽亚身着进餐的装束，正在客厅里等着客人。

对她来说客厅就是生活的中心，她坐在里面就像是让人描绘时装图样，脸上挂着木然的笑容，头上盘了淡黄色的发卷，膝上趴着一只小狗。

"你好，亚瑟。"她生硬地说道，随即伸出手指让他握了一下，继而转去抚摸小狗柔软的皮毛，这种动作来得更加亲切。"我希望你一切都好，并在大学里取得了让人满意的成绩。"

亚瑟含糊不清地说了几句临时想起来的客套话，然后就陷入一种拘谨不安的沉默之中。杰姆斯气度不凡地走了进来，身边跟着一位不苟言笑、已经上了年纪的船运经纪人。他们来了以后也没有打破这种冷场面。当吉朋斯宣布开饭时，亚瑟站了起来，如释重负。

"我不吃饭了，朱丽亚。如果你不介意的话，我就回房间了。"

"你的斋戒也斋过头了，我的孩子。"托马斯说道，"这样下去，你肯定会生病的。"

"噢，不会的！晚安。"

亚瑟在走廊里遇见一位打下手的女用人，请她在早晨6点钟敲门叫醒他。

"少爷要去教堂吗？"

"是的。晚安，特丽萨。"

他走进自己的屋子。这里原是母亲住的地方，在她久病不愈期间，窗户对面的神龛被改装成一个祈祷室，一个巨大的十字架带着黑色的底座占据圣坛的中间，坛前挂着一盏古罗马式的小吊灯。她就是在这里去世的。她的肖像就挂在床边的墙上，桌上摆着她曾用过的瓷钵，里面装着她心爱的紫罗兰花。她正好去世一年了，那些意大利仆人还没有忘记她。

他从手提包里取出一个包裹，里面精心装着一帧镶嵌了镜框的画像。这是蒙泰尼里的一张蜡笔肖像画，只是在前几天才从罗马寄来。他正在打开这件无价之宝的包装，这时朱丽亚的小厮端着一个盛有晚餐的托盘进来了。在新女主人到来之前侍候格拉迪丝的厨娘弄了一些小吃，她以为她的小主人也许在不犯教规的情况下肯吃这些小吃。亚瑟什么也不吃，只是拿了一块面包。那个小厮是吉朋斯的侄子，刚从英国过来。在他拿走托盘时，意味深长地笑笑。他已经加入了仆人之中的新教徒阵营。

亚瑟走进壁龛，在十字架前跪了下来。他试图静下心来，抱着祈祷和默念的正确态度。但是他发现很难做到这一点。正如托马斯所说的那样，他执行四旬斋戒过于严格了。他就像喝了烈性酒一样。阵阵轻微的兴奋从背上贯穿下去，眼前的十字架在云中翻滚。只是经过长时间的连续祈祷以后，机械地背诵经文，收回任意驰骋的思绪，聚精会神地思考赎罪的玄义。最后纯粹的体力疲劳压制了神经的狂热，使他摆脱了所有焦虑不安的念头，于是躺了下来，平静而又安详地睡着了。

他正沉睡着，突然响起了一阵急促的敲门声。"啊，特丽萨！"他一边想着一边懒洋洋翻了一个身。敲门声又响了起来，他猛地吓了一跳，并且醒了过来。

"少爷！少爷！"有人用意大利语喊道，"看在上帝的分儿上快点起来！"

亚瑟跳下了床。

"什么事啊？是谁啊？"

"是我，吉安·巴蒂斯塔。起来，快点，看在圣母的分儿上！"

亚瑟匆忙穿好衣服，然后打开了房门。当他带着困惑的眼睛注视马车夫那张苍白、惊慌的面孔时，从走廊那头传来了沉重的脚步声和银铛的金属声。他突然明白了这是怎么一回事。

"是来抓我的？"他冷静地说道。

"是来抓你的！噢，少爷，快点！你有什么要藏的？瞧，我可以把——"

"我没有什么可藏的。我哥哥知道吗？"

第一个身穿制服的人出现在过道的另一头。

"老爷已被叫起来了，屋里所有的人都醒了。天啊！祸从天降，真是祸从天降啊！竟然是在神圣的星期五！贤明的众神啊，行行好吧！"

吉安·巴蒂斯塔情不自禁地哭了起来。亚瑟上前几步，等候着那些宪兵。他们走了过来，后面跟着一群瑟瑟发抖的仆人，身上穿着随手抓来的衣服。就在宪兵们围住亚瑟的时候，这家的主人和太太出现在这个奇异的行列后面。主人穿着睡衣和拖鞋，太太穿着长睡袍，头发扎着卷发纸。

"肯定又有一场洪水，这些两两结伴的人都在走向方舟！这不，又来了一对怪异的野兽！"

亚瑟看到这些形态各异的人们，心里闪过这么一段话。他忍住没有笑出声来，因为感到这样很不合适——现在应该考虑更为重要的事情。"再见，圣母马利亚，天国的女王！"他小声地说道，并把眼光转向别处，免得让朱丽亚头上跳动不已的卷发纸再次引起他做出轻率的举动。

"麻烦你给我解释一下，"伯顿先生走近那位宪兵军官，"这样堂而皇之地闯入私宅是什么意思？我警告你，除非你准备给我一个满意的解释，否则我就有责任向英国大使投诉。"

"我以为，"那位军官生硬地答道，"你会把这个当作是充足的解释，英国大使当然也会这么认为。"他取出一张逮捕证，上面写着亚瑟·伯顿的名字，并且注着是主修哲学的学生。他把它递给杰姆斯，并且冷冷地说道："如果你希望得到进一步的解释，你最好还是亲自去找警察局长。"

朱丽亚从她丈夫手中一把抢过那张纸，扫了一眼，然后朝着亚瑟扔了过去，俨然像是一位勃然大怒的时髦女人。

"这么说是你给这个家丢人现眼了！"她尖声说道，"这下可让城里那些乌合之众大眼瞪小眼了，可好好看上一场热闹！这么说你要坐班房了，你那么虔诚竟也落到这等地步！我们原本就该料到那个信奉天主教的女人养出的孩子——"

"你不能对犯人说外语，太太。"那位军官打断了她的话。

但是朱丽亚滔滔不绝，在她那一番连珠炮般的英语中，他的劝告根本就没人能听见。

"果真不出我们所料！又是斋戒，又是祈祷，又是虔诚的默念。骨子里干的就是这样的事情！我还以为也就如此，不会出什么事呢。"

华伦医生曾经把朱丽亚比作沙拉，厨子把醋瓶子打翻在里面了。她那尖刻而又刺耳的声音直让亚瑟怒不可遏，所以他突然想起了这个比喻。

"这种话你就用不着说了。"他说，"你不必害怕将会引起什么不愉快的事情，大家都明白你是一点干系都没有的。先生们，我看你们是想搜查我的东西吧。我没有私藏什么东西。"

宪兵们在他的房间里胡乱翻找，阅读他的信件，检查他在大学写的文章，倒空了抽屉和柜子。他坐在床边，因为兴奋而有些脸红，但是一点也不苦恼。搜查并没有使他感到心神不安。他总是烧毁那些可能危及任何人的信件，除了几首手抄的诗歌，半是革命性的，半是神秘性的，两三份《青年意大利》报，宪兵们折腾了一阵什么也没有发现。朱丽亚经不住小叔子的再三恳求，还是上床睡觉去了。她摆出鄙夷的神态，从亚瑟身边走过，杰姆斯乖乖地跟在后面。

托马斯一直在屋里踱来踱去，尽量装出不以为然的样子。

当他们走了以后，他走到那位军官面前，请求准许他同犯人说上几句话。得到对方点头同意以后，他走到亚瑟跟前，扯着略显沙哑的声音说道："我说，这真是一件非常尴尬的事情。对此我深感遗憾。"

亚瑟抬起头来，脸上如同夏日的早晨那样镇静。"你对我一直很好，"他说，"对这事没有什么可遗憾的。我会平安无事的。"

"呃，亚瑟！"托马斯使劲一捋胡子，提出一个难以启口的问题，"是——这些是与——钱有关吗？因为，如果是的话，我——"

"与钱没有关系！噢，没有！怎么可能与——"

"那么是某种政治上的轻率举动吗？我是这么想的。呃，不要垂头丧气——也不要介意朱丽亚说的那些话。就是她那讨厌的舌头作怪。如果你需要我帮忙的话——现金或是别的什么——尽管跟我说一声，好吗？"

亚瑟默默地伸出他的手，托马斯离开了房间。他尽量装出一副无所谓的样子，这使他的脸显得冷漠。

宪兵们这时已经结束了搜查。那位负责的军官要求亚瑟穿上出门的衣服。他立即遵命照办，然后转身离开房间。这时他突然有些迟疑，并且停下了脚步，好像很难当着这些宪兵的面离开母亲的祈祷室。

"你们能否离开房间一会儿？"他问，"你们知道我逃不掉的，而且也没有什么地方可以藏身。"

"对不起，与这个倒没关系。"

他走进祈祷室，跪下身来，亲吻着蒙难耶稣的双脚和十字架的底座。他轻声说道："主啊，让我至死不渝吧。"

当他站起身时，那位站在桌旁的军官正在查看蒙泰尼里的肖像。"这是你的亲戚吗？"他问道。

"不，是我的忏悔神父，布里西盖拉的新主教。"

那些意大利的仆人在楼梯上等着，又着急又伤心。他们全都喜爱亚瑟，因为他和他母亲都是好人。他们拥到他的身边，带着真切的悲痛亲吻他的双手和衣服。

吉安·巴蒂斯塔站在一边，眼泪顺着他那灰白的胡子流了下来。伯顿家的人没有一个出来送他。他们的冷淡越发突出了仆人的友善和同情心。当他握紧伸过来的手时，亚瑟快要哭出声来。

"再见。吉安·巴蒂斯塔。替我亲亲你家的小孩。再见，特丽萨。大家为我祈祷吧！再见，再见！"

他匆忙下了楼梯跑到前门。片刻之后，一群沉默的男人和抽泣的女人站在门口，望着马车远走。

第六章

　　亚瑟被带进港口那个巨大的中世纪城堡里。他发现监狱生活相当难过。他那间牢房又湿又暗，让人感到很不舒服。但是他是在维亚·波拉街的一座豪华住宅里长大的，对他来说，密不流通的空气和令人作呕的气味都不是什么新奇的东西。食物也差得要命，而且量也不够。但是杰姆斯很快就获得准许，从家里给他送来了生活的必需品。他被单独关着，尽管狱卒对他的监视并不像他想象的那样严格，但他还是没能查明逮捕他的原因。可是他却保持平静的心态，这种心态自他进入城堡以后就没有发生变化。因为不许他带书来看，所以他只是祈祷和做虔诚的默念，借此消磨时间，不急不躁地等着事态的进一步变化。

　　有一天，一名士兵打开了牢门，并且向他喊道："请往这边走！"提了两三个问题，得到的回答却是："不许交谈！"亚瑟只得听天由命，跟着那位士兵穿过迷宫一样的庭院、走廊和楼梯，一切都多少带着一点霉味。然后他们走进了一个宽敞明亮的房间，里面有三个身着军服的人坐在一张铺着绿呢的长桌子旁，桌上杂乱地堆着文书。他们正在懒洋洋地闲聊。

当他走进来时，他们摆出一副正经八百的样子。他们之中年长的那位看上去像是一个花花公子，此人留着灰白色的络腮胡子，穿着上校军服。他用手一指对面的一把椅子，然后就开始了预审。

亚瑟想过会受到威胁、侮辱和谩骂，并且准备带着尊严和耐心来应答。但是他们对他很客气，这使他感到失望。对他提出了通常的那些问题，诸如他的姓名、年龄、国籍和社会地位，对此他都做了回答。他的回答也都按照顺序被记录下来。他开始觉得乏味，有些不耐烦。这时那位上校问道："现在，伯顿先生，你对青年意大利党有何了解？"

"我了解这是一个组织，在马赛出版了一份报纸，并在意大利散发，旨在动员人们挺身而起，把奥地利军队从这个国家赶出去。"

"我看你是读过这份报纸吧？"

"是的，我对这件事情挺有兴趣。"

"在你读报的时候，你认识到你的行动是违法的吗？"

"当然。"

"我们在你房间所发现的报纸，你是从哪里弄来的？"

"这我就不能说了。"

"伯顿先生，不许说'我不能说'。你有责任回答我的问题。"

"如果你不准我说'不能'，那么我就说'不愿意'。"

"如果你容许自己使用这些字眼，你将会后悔莫及。"上校严肃地说。因为亚瑟没有回答，所以他接着说道："我可以这么跟你说，从我们所掌握的证据来看，你与这个组织的关系密切，不仅仅是阅读违禁读物。你还是坦白交待，这对你有好处。不管怎样，事情总会弄个水落石出的，你会发现用回避和否认就想开脱自己于事无补。"

"我无意开脱自己。你们想知道什么？"

"首先，作为一个外国人，你怎么牵涉到这种事情当中？"

"我曾考虑过这件事情，读了我所能找到的所有东西，并且得出了我自己的结论。"

"谁劝说你参加这个组织的？"

"没有什么人，我希望参加这个组织。"

"你这是在和我磨时间。"上校厉声说道，他显然正在失去耐心。"没有人能够不通过别人参加一个组织。你向谁表达过想要参加这个组织的愿望？"

一阵沉默。

"请你回答我这个问题好吗？"

"你要是提出这样的问题，我是不会回答的。"

亚瑟怒气冲冲地说道，他产生了一种莫名其妙的恼火。到了这个时候，他知道已在里窝那和比萨逮捕了许多人。尽管他仍不清楚这场灾难范围有多大，但是风言风语他已听了许多，因而他为琼玛及其朋友的安危感到极度的不安。这些军官们故作礼貌，狡诈阴险的问题和不着边际的回答有来有往，他们相互之间玩弄着搪塞和回避这种乏味的把戏，这一切都让他感到担心和烦恼。门外的哨兵迈着沉重的脚步走来走去，刺耳的脚步声让他难以忍受。

"噢，顺便说一下，你上次是什么时候见到乔万尼·波拉的？"争辩了一阵以后，上校问道。"就在你离开比萨之前，对吗？"

"我不知道有人叫这个名字。"

"什么！乔万尼·波拉？你肯定认识他，一个高个子的年轻人，脸上总是刮得干干净净的。噢，他可是你的同学。"

"大学里有许多学生我不认识。"

"噢，但是你一定认识波拉，你肯定认识波拉！瞧，这是他的手迹。你看看，他对你可很熟。"

上校漫不经心地递给他一张纸，抬头写着"招供自白"，并且签有"乔万尼·波拉"的字样。亚瑟扫了一眼，看到了他的名字。他惊讶地抬起头来。"要我读吗？"

"是的，你读一读，这事与你有关。"

于是他读了起来，那些军官默不作声地坐在那里，观察他的面部表情。这份文件包括对一长串问题所做的供词。波拉显然也已被捕。供词的第一部分是通常的那一套，接下去简短地叙述了波拉与组织的关系，如何在里窝那传播违禁读物，以及学生集会的情况。后面写着"在参加我们这个组织当中有一位年轻的英国人，他叫亚瑟·伯顿，属于一个富有的船运家族"。

亚瑟的脸上涌起一股热血。波拉已经出卖了他！波拉，这个挺身担当一位发起人之庄严职责的人——波拉，这个改变了琼玛信仰的人——他还爱着她呢！他放下那张纸，凝视着地面。

"我希望这份小小的文件已经使你恢复了记忆吧？"上校

彬彬有礼地问道。

亚瑟摇了摇头。"我不认识叫这个名字的人。"他重复说道，声音单调而又坚决。"肯定是弄错了。"

"弄错了？噢，胡说八道！得了吧，伯顿先生，骑士风格和堂吉诃德式的侠义精神，就其本身来说是非常美好的品德，但是过分实践这些品德则是毫无益处的。你们这些年轻人一开始总犯这样的错误。得了吧，想一想！委屈自己，为了一个出卖你的人，竟然拘泥于小节，从而毁了你一生前程又有什么好处？你看看你自己，他供出你来可是没有给予你什么特别的关照。"

上校的声音里含着一种淡淡的嘲弄口吻。亚瑟吃了一惊，抬起头来。他的心头突然闪过一道光亮。

"撒谎！"他大声喊道。"这是伪造的！我能从你的脸上看得出来，你们这些懦夫——你们一定是想要陷害某个犯人，要么你就是想引我上钩。你们伪造了这个东西，你是在撒谎，你这个混蛋——"

"住嘴！"上校大声吼道，一下子站了起来，"托马西上尉，"他面对身旁的一个人继续说道，"请你叫来看守，把这个年轻人带进惩戒室关他几天。我看需要教训他一顿，那样他才会变得理智起来。"

惩戒室是地下一个洞穴，里面阴暗、潮湿、肮脏。它没有使亚瑟变得"理智"起来，相反却把他彻底激怒起来。他那个奢侈的家庭已经使他养成了爱好个人清洁卫生的习惯，可在这里，污秽的墙上爬满了毒虫，地上堆积着垃圾和污物，青苔、污水和朽木散发出令人作呕的臭味。这里的一切对他产生的最初影响足以使得那位受到冒犯的军官感到满意。亚瑟被推了进去，牢门随后关上。他伸出双手，小心谨慎地向前走了三步。他的手摸到滑溜溜的墙壁，一阵恶心使他浑身颤抖起来。他在漆黑之中找到一个不那么脏的地方，然后坐了下来。

就在黑暗和沉默之中，他度过了漫长的一天。夜晚什么事儿也没有发生。一切都是那样的空虚，完全没有了外界的印象。他逐渐失去了时间的概念。在第二天早晨，当一把钥匙在门锁里转动时，受到惊吓的老鼠"吱吱"地从他身边跑过，他突然吓得站起身来，他的心怦怦跳得厉害，耳朵里嗡嗡直响，仿佛他被关在一个隔绝光与声的地方已有几个月，而不是几个小时。

牢门打开了，透进一丝微弱的灯光——对他来说则是一道耀眼的光亮。看守长走了进来，手里拿着一块面包和一杯水。亚瑟向前走了一步，他深信这个人是来放他出去的。没等他说出话来，看守就把面包和茶杯塞到他的手里，转过身去，一句话没说就走了，再次锁上牢门。

亚瑟跺起脚来。他这一生还是第一次感到怒火中烧。但是随着时间的推移，他逐渐失去了对时间和地点的把握。黑暗像是无边无际，没有开始也没有结束。对他来说，生命似乎已经停止了。在第三天的傍晚，牢门被打开了，看守长带着一位士兵站在门槛上。他抬起头，惶惑而又茫然。他用手遮住眼睛，以便避开不太习惯的亮光。他迷迷糊糊，不知道他在这个坟墓里已经待了多少个小时，或者是待了多少个星期。

"请往这边走。"看守正色说道。亚瑟站了起来，机械地往前走去。他脚步蹒跚，晃晃悠悠，像是一个醉汉。他讨厌看守想要扶他走上陡峭而又狭窄的台阶，但是在他走上最后一层台阶时，他突然觉得头晕目眩，所以他摇晃起来，要不是看守抓住他的肩膀，他就会向后摔下去。

"好啦，现在他就会没事的，"有人高兴地说道，"他们这样走出来，大多数人都会昏过去的。"

亚瑟挣扎着，拼命想要喘过气来。这时又有一捧水浇到他的脸上。黑暗好像随着"哗啦啦"的浇水声从他眼前消失了，这时他突然恢复了知觉。他推开看守的胳膊，走到走廊的另一头，然后登上楼梯，几乎是稳稳当当的。他们在一个门口停顿了片刻，过后门打开了。没等他想出他们把他带到什么地方，他已站在灯火通明的审讯室里惊疑不定地打量着那张桌子，以及那些文件和那些坐在老位置上的军官。

"啊，是伯顿先生！"上校说道。"我希望我们现在能够好好地谈一谈。呃，喜欢那间暗无天日的？不如你哥哥家中那间客厅豪华，是吗？嗯？"

亚瑟抬眼注视上校那张笑嘻嘻的面孔。他突然产生了一种难以遏制的欲望，直想扑上前去，掐住那个留着络腮胡子的花花公子的喉咙，并用牙齿将它咬断。很可能他的脸上流露出什么，因为上校立即换了一种截然不同的语气说道："坐下，伯顿先生，喝点水。你有些激动。"

亚瑟推开递给他的那杯水。他把双臂支在桌上，一只手托住前额，试图静下心来。上校坐在那里，老练的目光敏锐地打量着他那颤抖的双手和嘴唇，以及湿漉漉的头发和迷离的眼神。

他知道这一切说明体力衰弱，神经紊乱。

"现在，伯顿先生，"在几分钟以后，他说，"我们就接着我们上次的话题往下谈，因为我们之间产生了一些不愉快的事情，所以我不妨先向你说明，除了宽容待你别无他意。如果你的举止是得当和理智的，我向你保证我们不会对你采取任何不必要的粗暴措施。"

"你想让我干什么？"

亚瑟怒气冲冲地说道，声音与他平时说话的腔调大不相同。

"我只要你坦率地告诉我们，你对这个组织及其成员了解多少？直截了当，大大方方。先说说你认识波拉有多长时间了？"

"我这一辈子都不曾见过他。我对他一无所知。"

"真的吗？那好，我们一会儿再回到这个话题上来。你认识一个叫作卡洛·毕尼的年轻人吗？"

"我从来都没听说过这个人。"

"这就活见鬼了。弗兰西斯科·奈里呢？"

"我从来没有听说过这个名字。"

"但是这儿有一封你写的信，上面写着他的名字。瞧！"

亚瑟心不在焉地瞥了一眼，然后把它放在一边。

"你认出这封信了吗？"

"认不出来。"

"你否认是你写的信吗？"

"我什么也没有否认。我不记得了。"

"也许你记得这封信吧？"

又一封信递给了他,他看出是他在秋天写给一位同学的信。

"不记得了。"

"收信的人也不记得吗?"

"连人也不记得了。"

"你的记忆真是太差了。"

"这正是我常感到苦恼的一个缺陷。"

"那是!可我那天从一位大学教授那里听说你是一点缺陷也没有,事实上却是聪明过人。"

"你可能是根据暗探的标准来判断聪明与否,大学教授们用词是不同的。"

从亚瑟的声音里,显然能够听出他的火气越来越大。由于饥饿、空气污浊和直想睡觉,他已经精疲力竭。他身子里的每一根骨头好像都在作痛,上校的声音折磨着他那业已动怒的神经,气得他咬紧牙关,并且发出石笔摩擦的声音。

"伯顿先生,"上校仰面靠在椅背上,正色说道,"你又忘记了你的处境。我再次警告你,这样谈话对你没有好处。你肯定已经尝够了黑牢的滋味,现在不想蹲在里面吧。我把话给你挑明了,如果你再这样好歹不分,我就会采取断然的措施。别忘了我可掌握了证据,确凿的证据,证明这些年轻人当中有人把违禁书报带进港口,而且你一直与他们保持联系。现在你是否愿意主动交待一下,你对这件事了解多少?"

亚瑟低下了脑袋。他的心中开始萌发出了一股盲目、愚昧和疯狂的怒火,难以遏制。对他来说,失去自制比任何威胁都更加可怕。他第一次开始认识到在任何绅士的修养和基督徒的虔诚下面，都隐藏着那种不易觉察的力量，于是他对自己感到害怕。

"我在等待着你的回答呢。"上校说道。

"我没有什么要回答的。"

"你这是一口拒绝？"

"我什么也不会告诉你。"

"那么我只好下令把你押回到惩戒室去，并且一直把你关在那里，直到你回心转意。如果你再惹麻烦，我就会给你戴上手铐脚镣。"

亚瑟抬起头，气得浑身上下抖个不停。"随你的便。"他缓慢地说道，"英国大使将会做出决定，是否容忍你们如此虐待一个无罪的英国臣民。"

最后亚瑟又被领回到那间牢房。进去以后，他就倒在床上，一直睡到第二天早晨。没有给他戴上手铐脚镣，他也没有再被关进那间可怕的黑牢。但是随着每一次的审讯，他与上校之间的仇恨日益加深。对亚瑟来说，在他这间牢房里祈求上帝的恩惠来平息心中炽烈的怒火，或者花上半夜的时间思考基督的耐心和忍让，都是一点儿用处也没有的。当他又被带进那间狭长的空屋时，一看到那张铺着绿呢的桌子，面对上校那撮蜡黄的胡子，非基督教的精神立即就再次占据他的内心，使他做出辛辣的反驳和恶意的回答。没等他在监狱里待上一个月，他们相互之间的愤恨就已达到水火不容的地步，以至于他和上校一照面就会勃然大怒。

这种小规模的冲突开始严重影响他的神经系统。他知道受到了密切的监视，而且也想起了那些令人毛骨悚然的谣言。

他听说偷偷给犯人服下颠茄，把他们的谵语记录下来，所以他逐渐害怕睡觉或吃饭。如果一只老鼠在夜里跑过他的身边，他会吓得一身冷汗，因为恐惧浑身发抖，并且幻想有人藏在屋里，显然企图诱使他在某种情况下作出承认，从而供出波拉。他非常害怕因为稍有疏忽而落进陷阱，以至于仅仅是由于紧张而做出这样真有危险的事。波拉的名字昼夜都在他的耳边响起，甚至扰乱了他的祈祷，以至于在他数着念珠时也会说出波拉的名字，而不是马利亚的名字。但是最糟糕的事情是他的宗教信仰，就像外面的世界一样，它也好像一天天地离他而去。他怀着狂热的固执劲儿抓住这最后的立脚点，每天他都花上好几个小时用于祈祷和默念。但是他的思绪常常转到波拉的身上，可怕的是祈祷正在变得机械。

他最大的安慰是结识了监狱的看守长。一个身材不高的老头，胖胖的，头已秃顶。起先他竭力板着一张严肃的脸。时间一长，他那张胖脸上的酒窝都露出善良，这种善良抑制了职务在身而应注意的顾忌。他开始为犯人们传递口信和纸条，从一间牢房传到另一间牢房。

5月的一天下午，这位看守走进牢房。他皱着眉头，阴沉着脸。亚瑟吃惊地望着他。

"怎么了，恩里科？"他大声说道，"你今天究竟是怎么了？"

"没什么。"恩里科没好气地说道。他走到草铺跟前，开始扯下毛毯。这条毛毯是亚瑟带来的。

"你拿我的东西做什么？我要搬到另一间牢房里去吗？"

"不，你被释放了。"

"释放？什么——今天吗？全都释放吗，恩里科？"

亚瑟激动之下抓住那位老人的胳膊，可是他却愤然挣脱开了。

"恩里科！你是怎么了？你为什么不说话？我们全都被释放吗？"

老人只是哼了一声，算是作了回答。

"别！"亚瑟又抓住看守的胳膊，并且哈哈大笑，"你对我生气可没用，因为我不会介意的。我想知道其他人的情况。"

"什么其他人？"恩里科突然放下正在叠着的衬衣，怒气冲冲地说道。"我看是没有波拉吧？"

"当然包括波拉和其他所有的人。恩里科，你是怎么了？"

"那好，他是不大可能被匆忙释放的，可怜的孩子，他竟然被一位同志给出卖了。哼！"恩里科再次拿起衬衣，带着鄙夷的神情。

"把他给出卖了？一位同志！噢，真是可怕！"亚瑟惊恐地睁大眼睛。恩里科迅速转过身去。

"怎么了，不是你吗？"

"我？伙计，你发了疯吧？我？"

"那好，反正昨天在审讯时，他们是这么告诉他的。我很高兴不是你，因为我一直认为你是一个相当正直的年轻人。这边走！"恩里科站到走廊上，亚瑟跟在他的身后。他心中的一团迷雾有了头绪。

"他们告诉波拉是我出卖了他？他们当然是这么说了！伙计，他们告诉我是他出卖了我。波拉肯定不会那么傻，竟会相信这种东西。"

　　"那么真的不是你了？"恩里科在楼梯上停下脚步，仔细打量着亚瑟。亚瑟只是耸了耸他的肩膀。

　　"这当然是在撒谎。"

　　"那好，我很高兴听到这句话，我的孩子。我会告诉他你是这么说的。但是你知道，他们告诉他，你是出于——呃，出于嫉妒而告发了他，因为你们俩爱上了同一个姑娘。"

　　"这是在撒谎！"亚瑟气喘吁吁，急匆匆地重复着这句话。

　　他的心中突然产生了一种恐惧，浑身没了力气。"同一个姑娘——嫉妒！"他们是怎么知道的——他们是怎么知道的？

　　"等一等，我的孩子。"恩里科停在通向审讯室的走廊里，和颜悦色地说道，"我相信你，但是只告诉我一件事。我知道你是个天主教徒，你在忏悔的时候说过——"

　　"这是在撒谎！"这一次亚瑟提高了嗓门，快要哭出声来。

　　恩里科耸了耸肩膀，然后继续往前走去。"你当然知道得最清楚，但是像你这样受骗上当的傻小子，也不会只有你一个人。比萨现在正闹得满城风雨，你的一些朋友已经揭露出一个教士。他们已经印发了传单，说他是一个暗探。"

　　他打开审讯室的门，看见亚瑟一动不动，眼光呆滞地望着前方，他轻轻地把他推进门槛里面。

　　"下午好，伯顿先生。"上校咧嘴笑着说道，态度和蔼，"我不胜荣幸，向你表示祝贺。佛罗伦萨方面已经下令将你释放。请你在这份文件上签字好吗？"

亚瑟走到他的跟前。"我想知道，"他无精打采地问道，"谁出卖了我？"

上校扬起眉毛，微微一笑。

"你猜不出来吗？想一想。"

亚瑟摇了摇头。上校伸出双手，做出一个略微表示惊讶的手势。

"猜不出吗？真的吗？嗨，是你自己呀，伯顿先生。谁还会知道你的儿女私情呢？"

亚瑟默不作声地转过身去，墙上挂着一个巨大的木制十字架，他的眼睛缓缓地移到耶稣的脸上。但是他的眼里没有祈求，只是隐约地惊叹这位漠然而又耐心的上帝为什么不对出卖忏悔教徒的教士严加惩处。

"请你在收据上签字，证明领回你的论文好吗？"上校和气地说道，"我就不再留你了，相信你一定急着回家。为了波拉那个傻小子的事情，我今天下午已经花了很多时间了。他把我的基督教耐性可考验苦了。恐怕他会被判得很重。再见！"

亚瑟在收据上签了名字，接过他的论文，然后一声不吭地走了出去。他跟着恩里科走到大门口。他一句道别的话也没说，径直走到河边。那里有一位船夫，正在等着把他渡过护城河。当他登上通往街道的台阶时，一个穿着棉布连衣裙、戴着草帽的姑娘伸出双臂，朝他跑了过来。

"亚瑟！噢，我真高兴，我真高兴！"

他抽回了手，战栗不止。

"吉姆！"他最终说道，声音好像不是他的。"吉姆！"

"我已经等了半个小时了。他们说你会在4点钟出来。亚瑟，你为什么这样看着我？出了什么事？亚瑟，你遇着什么事了？别这样！"

他转身缓慢地往街道那头走去，好像他已经忘记了她的存在。他这个样子完全把她给吓坏了，她跑了上来，抓住了他的胳膊。

"亚瑟！"

他停下脚步，抬起头来，怯生生地看着她。她挽起他的胳膊，他们默不作声，一起又走了一会儿。

"听着，亲爱的，"她轻声说道，"你不必为了这件倒霉的事情而感到不安。我知道这对你来说是件痛苦的事，但是大家都会明白的。"

"什么事？"他问道，还是那样无精打采。

"我是说关于波拉的信。"

听到这个名字，亚瑟的脸痛苦地抽搐起来。

"我原以为你不会听到这件事，"琼玛接着说道，"但是我想他们已经告诉了你。波拉一定发疯了，竟然认为会有这样的事。"

"这样的事——"

"这么说你对这事一无所知了？他写了一封耸人听闻的信，说你已经说出了关于轮船的事情，并且致使他被捕。这当然是无稽之谈，每一个认识你的人都会明白这个道理的。只有那些不认识你的人才会感到不安。所以我才会来到这里，就是要告诉你，我们那个圈子里的人谁都不信。"

"琼玛！可这是——这是真的！"

她慢悠悠地抽身从他身边走开，站在那里一动不动。她睁大眼睛，里面满是恐惧。她的脸就像她脖子上的围巾一样白。沉默犹如一道冰冷的巨浪，好像冲刷到他们跟前，淹没了他们，把他们与市井的喧哗隔绝开来。

"是的，"他最后小声说道，"轮船的事情我说了。我说了他的名字，噢，我的上帝！我的上帝啊！我该怎么办？"

他突然清醒了过来，意识到她就站在他的身边，并且注意到她的脸上露出致命的惊恐。对了，当然她肯定认为——

"琼玛，你不明白啊！"他脱口说道，随即凑到她的跟前。

但是她直往后退，并且尖声喊出声来："别碰我！"

亚瑟突然猛地抓住她的右手。

"听着，看在上帝的分儿上！这不是我的过错。我——"

"放开，放开我的手！放开！"

她随即从他的手里挣脱开她的手指，并且扬起手来，结结实实地打了他一个耳光。

他的眼睛变得模糊不清。霎时间，他只能觉察琼玛那张苍白而又绝望的面孔，以及狠劲抽他的那只手。她就在棉布连衣裙上蹭着这只手。过了一会儿，日光再次显露出来，他打量四周，孑然一身。

第七章

当亚瑟按响维亚·波拉大街那座豪华住宅的门铃时，天早已黑了下来。他想起自己一直是在街上游荡。但是在哪儿游荡、为什么，或者游荡了多长时间，他全然所知。朱丽亚的小厮打开了门，呵欠连天，看见他这张憔悴而无表情的脸，他意味深长地咧嘴笑笑。少爷从监狱回到了家里，竟像一个烂醉如泥、衣衫不整的乞丐，在他看来是个天大的笑话。

亚瑟走到楼上。他在二楼遇见走下来的吉朋斯，他板着脸，摆出一副高深莫测、不以为然的神态。他试图低声道上一句晚安，然后从一旁走过去。但是吉朋斯这个人要是觉得你不顺他的心，你要想从他身边经过，他可是不依不饶。

"先生们都已出去了，先生。"他说，同时带着挑剔的目光打量亚瑟零乱的衣服和头发，"他们和女主人一起参加一场晚会去了，大约要到 12 点才回来。"

亚瑟看看手表，现在是 9 点钟。"噢，行啊！他还有时间——有的是时间……"

"我的女主人要我问你是否愿意吃点晚饭，先生？还说她希望你能等她，因为她特别希望今晚和你谈谈。"

"我什么也不想吃，谢谢你。你告诉她，我没有上床。"

他走进自己的房间。自他被捕以后，里面的一切都没变化。蒙泰尼里的画像还是他那天放在桌上的，十字架还像以前那样立在神龛里。他在门口站了一会儿，侧耳倾听。但是宅子里静悄悄的，显然没有人前来打扰他。他轻手轻脚地走进房间，然后锁上了门。

他就这样走到了人生的尽头。没有什么可想的，也没有什么使他操心的事情。只是泯灭一个讨厌而又无用的意识，此外再也没有别的事情可做。可是看来还有一件愚蠢而又盲目的事情。

他还没有下定自杀的决心，而且对此也没有想得太多。这是一件显而易见、无可避免地事情。他没有明确地想过挑选什么方法自杀，要紧的是把这一切尽快了结，做完之后忘得一干二净。他的房间没有什么武器，甚至连小刀都没有。但是这不要紧，一条毛巾就行，或者把床单撕成碎片也行。

窗户的上面正好有一枚大钉子。这就行了，但是它必须坚固，能够经受住他的重量。他站在一把椅子上试了试钉子，钉子并不十分坚固。他又跳下椅子，从抽屉里拿来一把锤子。

他敲了几下钉子，然后正要从床上撕下一块床单。这时他突然想起来他没有祈祷。一个人在死前当然要做祈祷，每一个基督徒在死前都做祈祷。对于一个行将死去的人，还有特别的祈祷文呢。

他走进神龛，在十字架前跪了下来。"万能而慈悲的上帝——"他朗声祈祷。说到这里他停了下来，不再往下说了。这个世界的确变得越来越无聊了，没有什么值得祈祷或者诅咒。

基督对这种麻烦又知道什么呢？从来没有遭受这种麻烦的基督知道什么呢？他只是被出卖了，就像波拉一样。他并不曾因为被骗而出卖别人。

亚瑟站起身来，仍旧习惯地在胸前画了十字。他走到桌子跟前，看见上面放着一封信。信是蒙泰尼里的笔迹，是写给他的。信是用铅笔写的：

我亲爱的孩子：

在你释放的这一天不能见你，对我来说实在让我感到莫大的失望。可是我被请去看望一个快要过世的人。我要到很晚才能回来。明天一早过来看我。

急草。劳·蒙。

他叹息一声放下信来，看来这件事对神父打击确实很大。

街上的人们笑得多么开心，聊得多么畅怀！自他出生以后一切都没有变化。至少他周围那些日常烦琐的小事不会因为一个人、一个活人死去而变化。一切都像从前那样。喷水池的水还在溅荡，屋檐下的麻雀还在叽叽喳喳地叫着。昨天是这样，明天还是这样。对他来说，他已经死了，一了百了地死了。

他坐在床边，双手交叉抓住床头的栏杆，额头枕在胳膊上。时间还多的是，而且他的头还疼得厉害，大脑中央好像更疼。

一切都是那么乏味，那么愚蠢，真是一点意思都没有……

前门的铃声急促地响了起来，他吃了一惊，简直喘不过气来。他用双手扼住了喉咙。他们已经回来了，他坐在这里想入非非，任由宝贵的时间流逝——现在他必须看到他们的面孔，听到他们冷酷的声音——他们会嗤之以鼻、大发议论——要是他有把刀子该有多好……

他绝望地环视四周。他母亲做针线的篮子就在小柜子里，篮子里当然会有剪子。他绞断一根动脉。不，床单和钉子更安全，如果他有时间的话。

他从床上掀下床罩，发疯似的撕下一条布来。楼梯里响起了脚步声。不，这条布太宽了。用它打结会不结实的，而且一定要留出一个套索。随着脚步声越来越近，他的动作也越来越快。血液撞击着他的太阳穴，并在他的耳朵里嗡嗡作响。

快点，快点！噢，上帝啊！再给5分钟的时间吧！

门上响起了敲门声。那条撕下的布条从他手中掉了下来，他坐在那里一动也不动。他屏住呼吸听着。有人扭动了门把，然后朱丽亚扯着嗓门叫道："亚瑟！"

他站了起来，喘着粗气。

"亚瑟，请把门给打开。我们在等着呢。"

他捡起撕坏的床罩，把它塞进抽屉里，然后匆忙把床抚平。

"亚瑟！"这一次是杰姆斯在喊门，而且有人在不耐烦地扭动门把，"你睡着了吗？"

亚瑟环视屋子，看见一切都已藏了起来，然后打开了房门。

"亚瑟，我可是有话在先。你至少应该遵照我的要求，坐等我们回来吧。"朱丽亚闯进屋里，怒气冲冲地说道，"你看来是认为我们活该在门口恭候半个小时——"

"我亲爱的，是4分钟。"杰姆斯温和地予以纠正。他尾随妻子的粉缎长裙走进屋里。"我当然认为，亚瑟，你这样做不大，不大成体统——"

"你们想干什么？"亚瑟打断了他的话。他站在那里，手扶着房门。他就像是一只被困的动物，偷偷看看这个，然后又偷偷看看那个。但是杰姆斯反应迟钝，朱丽亚又在气头上，所以他们都没有注意到他脸上的表情。

伯顿先生为他妻子拉过一把椅子，自己也坐了下来。他小心翼翼地在膝盖处扯直他那条新裤子。"我和朱丽亚，"他开口说道，"觉得我们有责任跟你严肃地谈谈——"

"今天晚上不行，我——我不大舒服。我头疼，你们必须等一等。"

亚瑟的声音有些异样，含含糊糊的。他神情恍惚，说话前言不搭后语。杰姆斯吃了一惊，四下里看了一下。

"你怎么了？"他着急地问道，突然想起了亚瑟来自那个传染病的温床。"我希望你不是得了什么病。你看上去很像是在发烧。"

"胡说八道！"朱丽亚厉声打断了他的话，"他只是在装腔作势，因为他羞于面对我们。过来坐下，亚瑟。"

亚瑟慢慢地走过去，坐在床上。"嗯？"他疲惫地说道。

伯顿先生咳嗽了几下，清了清喉咙，捋了捋他那已够整洁的胡子，然后再次开始道出那番经过准备的话来："我觉得我有责任——我负有痛苦的责任——跟你严肃地谈谈你这种离经叛道的行为，结交——呃——那些无法无天、杀人越货之徒，以及——嗯——那些品行不端的人。我相信你，也许只是糊里糊涂，而不是已经堕落了——呃——"

他停了下来。

"嗯？"亚瑟又这么说道。

"哎，我不希望难为你。"杰姆斯接着说道，看到亚瑟那副疲倦的绝望神态，他不由自主地缓和了一下语气。"我十分愿意相信你是被坏伙伴引入了歧途，因为你年纪轻轻，缺乏经验，还有——呃——鲁莽，以及——呃——你具有一种轻率的性格，我怕是从你母亲那里继承下来的。"

亚瑟的眼光缓缓转到母亲的画像上，然后又收回眼光，但是他没有说话。

"但是我相信你会明白的，"杰姆斯继续说道，"我们这是一个为人推崇的家庭，要我收留一个在大庭广众之下辱其门风的人是绝对不可能的。"

"嗯？"亚瑟又重复了一遍。

"那好，"朱丽亚厉声说道。她啪的一声合上了扇子，然后把它放在膝盖上。"亚瑟，除了'嗯'这么一下，你就不能行行好，说点别的什么吗？"

"当然了，你们认为怎么合适就怎么做。"他慢吞吞地说道，身体一动不动。"不管怎样都没有关系的。"

"没有——关系？"杰姆斯重复说道，惊得目瞪口呆。他的妻子哈哈大笑，并且站起身来。

"噢，没有关系，是吗？那好，杰姆斯，我希望你现在明白了你能从这个人那里指望得到多少报答。我告诉过你，好心得不到好报，对一个投机钻营的女天主教徒和他们的——"

"嘘，嘘！亲爱的，不要计较这事！"

"别胡说八道了，杰姆斯。不要感情用事了，我们已经受够了！一个孽种竟然充作这个家庭的成员——他该知道他的母亲是个什么东西了！我们为什么要负担一个天主教教士一时风流而养下的孩子呢？这儿，瞅瞅！"

她从口袋里扯出一张已经揉皱的纸来，隔着桌子朝亚瑟扔了过来。亚瑟把它摊开，上面的字是她母亲的笔迹，署名的日期是他出生前 4 个月。这是一封写给她丈夫的忏悔书，落有两个签名。

亚瑟的眼光缓慢地移到这张纸的下端，绕过拼成她名字的潦草字母，看到那个遒劲而又熟悉的签名："劳伦佐·蒙泰尼里"。他凝视这张忏悔书，看了好一会儿。然后他一言不发，折起这张纸，把它放下来。杰姆斯站起身来，挽起了他的妻子。

"行了，朱丽亚，就这么着吧。现在下楼去吧。时候不早了，我想和亚瑟谈点小事。你不会感兴趣的。"

她抬眼看看丈夫，然后又看看亚瑟。亚瑟正默默地凝视着地板。

"我看他有些犯傻。"她小声说道。

当她撩起裙子的后摆走出房间以后，杰姆斯小心翼翼地关上门，然后走回到桌旁他那把椅子跟前。亚瑟仍旧坐在那里，一动也不动，一声也不吭。

"亚瑟。"杰姆斯温和地说道,现在朱丽亚已经不在这里,听不到她说些什么了。"事情弄到这个地步,我非常遗憾。也许你还是不知道它要好些。可是,一切都已过去了。我感到高兴的是你表现得这样克制。朱丽亚有——有点激动,女人总是——反正我不想太难为你。"

他打住话头,看看他的好言好语产生了什么效果。但是亚瑟仍旧纹丝不动。

"当然了,我亲爱的孩子,"杰姆斯停顿了片刻接着说道,"这样的事情让大家都感到不愉快,我们对此只能保持缄默。我的父亲非常大度,在她承认失身以后并没有和她离婚。他只是要求那个勾引她误入歧途的男人立即离开这个国家。你也知道,他去了中国当了一名传教士。就我来说,我是反对你在他回来后和他来往的。但是我的父亲最后还是同意让他来教你,条件是他永远也别企图看望你的母亲。说句公道话,我必须承认他俩始终都忠实地执行了这个条件。这是一件让人引以为憾的事情,但是——"

亚瑟抬起了头。他的脸上已经失去了所有生气和表情,看上去就像是一张蜡制的面具。

"你——你不认为,"他轻声说道,奇怪的是他说话支支吾吾的,有些口吃,"这——这——一切,非非常好笑吗?"

"好笑?"杰姆斯把他的椅子从桌边挪开,坐在那里瞪眼看着他。他吓得发不出火来。"好笑?亚瑟,你发疯了吗?"

亚瑟突然仰起头来,爆发出一阵神经质的狂笑。

"亚瑟!"船运老板大声叫道,因为气愤而抬高了嗓门,

"你竟然这样轻浮，这使我感到很意外。"

没有回答，只是一阵接着一阵的大笑，笑得那么响亮，笑得那么有力，以至于杰姆斯开始怀疑这里是否有比轻浮更严重的事情。

"活像个歇斯底里的女人。"他喃喃地说道，随即转过身去，鄙夷地耸了耸肩膀，并在屋子里不耐烦地踱来踱去。"真的，亚瑟，你比朱丽亚还不如。好了，别笑了！我可不能在这里等上一整夜。"

他也许还不如请求十字架从底座上下来。亚瑟对于抗议或者规劝不再顾忌了，他只是放声大笑，不停地笑着。

"岂有此理！"杰姆斯说道，他终于停止了气急败坏的踱步。"你显然是激动过分，今晚已经失去了理智。如果你这样下去，我就没有办法和你谈事。明天早晨吃过早餐以后找我。现在你最好还是上床睡觉吧。晚安。"

他走了出去，随手关上了房门。"现在还要面对楼下那个歇斯底里的人。"他喃喃地说道，随即迈着沉重的脚步走开。

"我看那儿又会哭开了！"

疯狂的笑声从亚瑟的嘴唇上消失了。他从桌上抓起锤子，然后扑向十字架。

随着轰隆一声巨响，他突然清醒了过来。他站在空荡荡的底座前面，手里仍然拿着锤子，破碎的塑像散落在他的脚边。

他扔下锤子。"这么容易！"说罢转过身去，"我真是一个白痴！"

他坐在桌边喘着粗气，额头伏在双手里。他随即站了起来，走到盥洗池跟前，端起一壶冷水浇到他的头上。他走了回来，十分镇静，并且坐下来考虑问题。

就是为了这些东西，这些虚伪而又奴性的人们，这些愚昧而又没有灵魂的神灵，他受尽了羞辱、怨情和绝望的种种煎熬。他准备用一根绳子吊死自己，当真，因为一个教士是个骗子。他现在聪明多了，只需抖掉这些毒虫，重新开始生活。

码头有许多货船，很容易就能藏在其中的一艘货船里，偷偷乘船逃走，到达澳大利亚、加拿大、好望角——不管什么地方。随便到哪个国家，只要远在天边。至于哪里的生活，他可以看看再说，如果不适合他，再到别的地方。

他拿出钱包。只有33个玻里，但是他的手表还是值点钱的。这就能帮他挨过一段时间，不管怎样都没有什么要紧的，反正他都要挺下去。但是他们会找他的，所有这些人都会找他的。当然会到码头查询。不，他必须给他们布下疑阵——使他们相信他死了。然后他就自由自在，自由自在。一想到伯顿一家将会寻找他的尸体，他不禁暗自笑了起来。那会是一场多么好笑的闹剧啊！

他拿过一张纸来，随手写下了所想到的几句话：

> 我相信过您，正如我曾相信过上帝一样。上帝是一个泥塑的东西，我用锤子将它砸碎。您却用一个谎言欺骗了我。

他折起这张纸，写上蒙泰尼里亲启的字样。然后他又拿过

82

另一张纸，写下了一排字："去达赛纳码头找我的尸体。"然后他戴上帽子，走出了房间。当他经过母亲的画像时，他抬头哈哈一笑，耸了耸肩膀。她也欺骗了他。

他轻手轻脚地经过了走廊，拉开了门闩，走到大理石楼梯上。楼梯又大又黑，能够发出回声。在他往下走时，楼梯好像张开了大口，像是一个阴暗的陷阱。

他走过庭院，谨慎地放轻脚步，以免惊醒吉安·巴蒂斯塔。他就睡在一楼。后面堆藏木柴的地窖有一扇装着栅栏的小窗，对着运河，离地面不过 4 英尺。他想起生锈的栅栏已经断裂，只要稍微一推就能弄出一个豁口，然后钻出去。

栅栏很坚固，他的手擦破了，外套的袖子也扯坏了。但是这没有什么关系。他上下打量了一下街道，没有看见一个人。黑漆漆的运河没有一点动静，这条丑恶的壕沟两边是笔直细长的堤岸。未曾体验过的世界也许是一个令人扫兴的黑洞，但是它根本就不可能比他丢开的这一角更加沉闷和丑陋。

没有什么可遗憾的，没有什么值得留恋的。这是一个讨厌的小天地，死水一潭，充满了谎言和拙劣的欺骗，以及臭气熏天的阴沟，阴沟浅得连人都淹不死。

他沿着运河堤岸走着，然后来到梅狄契宫旁的小广场上。

就是在这个地方，琼玛伸出双臂，绽开那张楚楚动人的面容跑到他跟前。这里有一段潮湿的石阶通往护城河，阴森森的城堡就在这条污浊的小河对面。他在以前从来没有注意到这条小河是多么粗俗和平庸。

他穿过狭窄的街道，到达了达赛纳船坞。他在那里脱下帽子，把它扔进水里。在打捞他的尸体时，他们当然会发现它。然后他沿着河边往前走去，愁眉不展地考虑下一步该怎么办。他必须设法溜到某一艘船上，但是很难。他唯一的机会是走到那道巨大而又古老的梅狄契防波堤上，然后走到防波堤的尽头。在那个尖角处有一家下等的酒馆，他很可能在那里发现某个可以行贿的水手。

但是码头大门关着。他怎样才能过去，并且混过海关官员呢？他没有护照，他们放他过去就会索要高额的贿赂，可是他身上的钱是远远不够的。此外，他们也许会认出他来。

当他经过"摩尔四人"的铜像时，有个人影从船坞对面的一所老房子里钻了出来，并往桥这边走过来。亚瑟立即溜到铜像的阴影之中，然后蹲在暗处，从底座的拐角谨慎地向外窥望。

这是春天里的一个夜晚，夜色柔和而又温馨，天上布满了星星。河水拍打着船坞的石堤，并在台阶周围形成平缓的漩涡，发出的声音像是低低的笑声。附近的某个地方，一条铁链缓缓地晃动着，吱吱作响。一架巨大的铁起重机隐约地耸立在那里，高大而又凄凉。在星光灿烂的天空和浅蓝灰色的云彩下，映出了漆黑的奴隶身影。他们带着锁链，站在那里徒劳地挣扎，并且恶毒地诅咒悲惨的命运。

那人摇摇晃晃地沿着河边走来，并且扯着嗓子唱着一支英国小曲。他显然是个水手，从某个酒馆痛饮一顿以后往回走。看不出周围还有别的人。当他走近时，亚瑟站起身来，走到了路中间。那个水手止住歌声，骂了一句，并且停下脚步。

"我想和你谈谈，"亚瑟用意大利语说道，"你能听懂我的话吗？"

那人摇了摇头。"跟我讲这种鬼话没用的。"他说。接着他转而说起蹩脚的法语，生气地问道："你想干什么？你为什么不让我过去？"

"从亮处到这儿来一下，我想和你谈谈。"

"啊！换了你愿意吗？从亮处过来！你带着刀子吗？"

"没有，没有，伙计！你看不出我只想得到你的帮助吗？我会付钱的。"

"嗯？什么？装得倒像个公子哥儿，还——"那个水手不由自主地说起了英语。他现在挪到了暗处，靠在铜像底座的栏杆上。

"那好，"他说，又操起他那难听的法语。"你想干什么？"

"我想离开这个地方——"

"啊哈！偷渡！想让我把你藏起来吗？我看是出了事吧。对人动了刀子，呃？就像这些外国人一样！那么你想去什么地方呢？我想总不是想上警察局吧？"

他醉醺醺地大笑起来，并且眨巴着一只眼睛。

"你是哪条船上的？"

"卡尔洛塔号，从里窝开往布宜诺斯艾利斯，运油去，再运皮革回来。它就停在那里。"他用手指着防波堤的方向——"一条破败不堪的旧船！"

"布宜诺斯艾利斯——行啊！你能偷偷把我带上船吗？"

"你能给我多少钱？"

"不多，我只有几个玻里。"

"那不行。少于50个，这还算是便宜的。像你这样的公子哥儿。"

"你说'公子哥儿'是什么意思？如果你喜欢我的衣服，你可以跟我换，但是我身上就这么多钱，拿不出更多的了。"

"你那儿还有一只手表，递过来。"亚瑟取出一只女式金表，磨刻的花纹和镶嵌的珐琅都很精致，背后雕有"格·伯"两个字母。这是他母亲的表——但是现在又有什么关系呢？

"啊！"那个水手迅速瞥了一眼，发出了一声惊叹。"这当然是偷的！让我看看！"

亚瑟缩回了手。"不，"他说，"等我们上了船，我会给你的。在这之前，我是不会给你的。"

"这么说来，看来你还不傻！我敢打赌，这是你第一次落难，呃？"

"那是我的事情。哟！巡查来了。"

他们在群像后面蹲了下来，直到巡查走了过去。然后那个水手站起身来，告诉亚瑟跟着他，继续往前走，一边傻乎乎地暗自笑着。亚瑟默默地跟在后面。

那个水手领他回到梅狄契宫附近那个不大规则的小广场，然后停在一个阴暗的角落。他原本因为谨慎而想小声说话，可是说出的话却含糊不清。

"等在这里，如果你再往前走，那些当兵的会看见你的。"

"你要去干什么？"

"给你找点衣服。你这袖子上血迹斑斑，我可不能带你上船。"

亚瑟低头看看被窗户栅栏拉破的袖子。手被擦破了，流出的血滴到了上面。那人显然把他当成了杀人犯。哎，人家怎么想没有什么关系。

过了一会儿，那个水手昂然走了回来，胳膊下夹着一个包裹。

"换上，"他小声说道，"动作快点。我必须回去，那个犹太老头没完没了，一个劲儿跟我讨价还价，耽误了我半个小时。"

亚瑟遵命照办。刚一碰到旧衣服，他就本能地觉得恶心，不免有些缩手缩脚。所幸的是这些衣服虽然粗糙，但却相当干净。当他穿上这套新装束走进亮处以后，那个水手醉眼醺醺地打量着他，神情很是庄重。他煞有介事地点头表示赞许。

"这就行了，"他说，"就这样，不要作声。"亚瑟带着换下的衣服，跟着他穿过迷宫似的弯曲运河和漆黑的狭窄小巷。这里是中世纪遗留下来的贫民窟，里窝那人把这叫作"新威尼斯"。几座阴森森的古老宫殿孤零零地立在那里，夹在嘈杂的邋遢的房舍和肮脏的庭院中间。这些宫殿两边各有一条污秽的水沟，凄惨惨地想要保持昔日的尊严，尽管知道这样是徒劳无益的。他知道有些小巷是劣迹昭著的黑窝，里面藏着小偷、亡命徒和走私犯，其他的小巷只是穷困潦倒之人的居所。

那个水手在一座小桥旁停下了脚步，四下看了看，发现没人注意到他们。然后他们走下石砌的台阶，来到一个狭窄的码头上。桥下有一只肮脏破旧的小船。他厉声地命令亚瑟跳进去躺下，随后他自己坐在船上，开始摇着小船划向港口。

亚瑟静静地躺在潮湿漏水的船板上，身上盖着那人扔来的衣服。他从里面往外窥视那些熟悉的街道和房屋。

他们很快就过了桥，然后进入了一段运河，这里就是城堡的护城河。巨大的城墙耸立在水边，墙基很宽，越往上越窄，顶部是肃穆的塔楼。几个小时以前，塔楼在他看来是多么强大，多么可怕！现在——

他躺在船底，轻声地笑了笑。

"别出声，"那个水手小声说道，"把头给盖住！我们快到海关了。"

亚瑟拉过衣服盖在头上。再往前划了几码，小船停在用链子锁在一起的一排桅杆前。这排桅杆横在运河上，挡住了海关和城堡墙壁之间的那条狭窄水道。一位睡眼惺忪的官员打着呵欠走了出来，他提着灯笼在河边俯下身。

"请出示护照。"

那个水手递上他的正式证件。亚瑟在衣服下面憋得难受极了，他屏住呼吸侧耳倾听。

"你是挑着夜晚的好时间回船啊！"那位海关官员不满地说。"我看是出去狂欢了一阵吧。你的船上装着什么？"

"旧衣服，买的便宜货。"他拿起那件马甲给他看。那位官员放下灯笼，俯下身体，睁大眼睛看个究竟。

"我看没事了。你过去吧。"

他抬起栅栏，小船缓慢地划进漆黑动荡的海水里。划了一段距离，亚瑟坐了起来，推开了衣服。

"船就在那里。"那个水手默默地划了一程，然后小声说道。"靠近我，别说话。"

他爬上那艘巨大的黑色货船侧舷。看到这位不谙水性的人笨手笨脚，水手心里不禁暗自骂了起来。尽管亚瑟天生敏捷，如果处在他这个位置，大多数人都会比他更加笨拙。

平安地上了船后，他们小心翼翼地从黑乎乎的巨大缆索和机器之间爬了过去，然后到达一个舱口前。那个水手轻轻地掀起舱盖。

"下去！"他小声说道。"我马上就回来。"

底舱不仅潮湿阴暗，而且散发出一种恶臭，让人难以忍受。亚瑟起先本能地直往后退，生皮和脂油的恶臭呛得他透不过气来。这时他想起了"惩戒室"，然后走下了梯子，耸了耸肩膀。看来不管到了哪里，生活都是一样的，丑陋、腐朽、毒虫遍地，充满了可耻的秘密和阴暗的角落。生活还是生活，而他必须设法过得好一些。

过了几分钟，那个水手走了回来，手里拿着东西。因为光线很暗，所以亚瑟看不清是些什么。

"现在把表和钱给我。快点！"

亚瑟趁黑成功地留下了几枚硬币。

"你必须给我弄点吃的，"他说，"我快饿死了。"

"我已经给你带来了，就在这儿。"那个水手递给他一只水壶、一些饼干和一块咸肉。"现在记住，明天早晨海关官员前来检查时，你必须藏在这只空桶里，就在这里。在我们开到公海上之前，你给我像只老鼠一样静静地待在这里。到了可以出来的时候，我会告诉你的。要是让船长看到了，那你就完蛋了！你把喝的放好了吗？晚安！"

舱盖合上了，亚瑟把宝贵的"喝的"放在一个安全的地方，爬上一个油桶吃着肉和饼干。吃完他缩成一团，睡在肮脏的地板上，生平他这是第一次不做祈祷而睡觉。黑暗之中，老鼠在他周围跑来跑去。但是老鼠持续发出的噪音、货船的颠簸和令人作呕的油臭，以及明天可能晕船的担心，全都没有让他睡不着觉。他毫不在乎这一切，就像他毫不在乎那些名誉扫地的破碎偶像。只是在昨天，它们还是他崇拜的神灵。

第二部

第一章

13 年以后……

1846 年 7 月的一个晚上，几位熟人聚在佛罗伦萨的法布里齐教授家里，讨论今后开展政治工作的计划。

他们当中有几个人属于玛志尼党，要是不建立一个民主共和国和一个联合的意大利，他们是不会感到满意的。其余的人当中有君主立宪党人，也有程度各异的自由主义分子。可是在有一点上，他们的意见是一致的。那就是他们不满托斯卡纳公国的报刊审查制度。于是这位知名的教授召集了这次会议，希望至少是在这个问题上，各个党派的代表能够不吵不闹，讨论上一个小时。

自从庇护斯九世在即位之时颁布了那道著名的大赦令，释放教皇领地之内的政治犯以来，时间才过去了两个星期，但是由此引发的自由主义热潮已经席卷了整个意大利。在托斯卡纳公国，甚至连政府受到了这一惊人事件的影响。在法布里齐和几位佛罗伦萨的名流看来，这是大胆改革新闻出版法的一个契机。

　　"当然了，"在这个话题首先由他提出以后，戏剧家莱嘉曾经这么说道，"除非我们能够修改新闻出版法，否则就不可能创办报纸。我们连创刊号都应该出。但是我们也许能通过报刊审查制度出版一些小册子。我们越是尽早动手，就越是可能修改这条法律。"

　　他正在法布里齐的书房里解释他那一番理论，他认为自由派的作家目前应该采取这条路线。

　　"毫无疑问。"有人插嘴说道，这是一位头发花白的律师，说起话来慢吞吞的。"在某个方面，我们必须利用这个机会了。借此推进切实的改革，以后再也不会出现这个有利的机会了。但是我对出版小册子有什么用表示怀疑。它们只会激怒政府，使得政府感到害怕，却不会把政府拉到我们这一边来，而这一点才是我们真正要做的事情。如果当局一旦开始认为我们是危险人物，尽搞些煽动活动，那么我们就没有机会得到当局的帮助了。"

　　"那么你认为我们应该怎么办呢？"

　　"请愿。"

　　"是向大公请愿吗？"

　　"对，要求放宽新闻出版自由的尺度。"

　　靠窗坐着一个目光敏锐、肤色黝黑的人，他转过头笑出声来。

　　"你去请愿会大有收获的！"他说，"我还以为伦齐一案的结果足以促使大家醒悟过来，再也不会那样做了。"

"我亲爱的先生，我们没有成功地阻止引渡伦齐，我和你一样感到忧心如焚。但是说实在的——我并不希望伤害任何人的感情，但我还是认为我们这件事之所以失败，原因就是我们当中有些人没有耐心，言行过激。我当然不想——"

"每个皮埃蒙特人都会这样，"那个肤色黝黑的人厉声地打断了他的话，"我并不知道有谁言行过激，没有耐心。我们呈交的一连串请愿书语气温和，除非你能从中挑出毛病来。在托斯卡纳和皮埃蒙特，这也许算是过激的言行，但是在那不勒斯，我们却并不把它当作是特别过激的言行。"

"所幸的是，"那位皮埃蒙特人直言不讳地说道，"那不勒斯的过激言行只限于那不勒斯。"

"行了，行了，先生们，到此为止！"教授插言说道，"那不勒斯的风俗习惯有其独到的长处，皮埃蒙特人的风俗习惯也一样。但是现在我们是在托斯卡纳，托斯卡纳的风俗习惯是抓紧处理眼前的事情。格拉西尼投票赞成请愿，加利则反对请愿。里卡尔多医生，你有什么看法？"

"我看请愿没有什么坏处，如果格拉西尼起草好了一份，我会满心欢喜地签上我的名字。但是我认为不做其他的事情，光是请愿没有多大的作为。为什么我们不能既去请愿，又去出版小册子呢？"

"原因很简单，那些小册子会使政府无法接受请愿。"格拉西尼说道。

"反正政府不会做出让步。"那位那不勒斯人起身走到桌旁，"先生们，你们采取的方法是不对的。迎合政府不会有什么好处。我们必须要做的事情就是唤起人民。"

"说比做容易啊。可是你打算从何下手？"

"没想过去问加利吧？他当然先把审查官的脑袋敲碎。"

"不会的，我肯定不会那么做，"加利断然说道，"你总是认为如果一个人是从南方来的，那么他一定只相信冰冷的铁棍，而不相信说理。"

"那好，你有什么提议呢？嘘！注意了，先生们！加利有个提议要说出来。"

所有的人都已分成两人一伙三人一堆，一直都在分头进行讨论。这时他们围到了桌边，想要听个究竟。加利举起双手劝慰大家。

"不，先生们，这不算是一个提议，只是一个建议。大家对新教皇的即位雀跃不已，在我看来实际上这是非常危险的。因为他已制订了一个新的方针，并且颁布了大赦，我们只须——我们大家，整个意大利——投入他的怀抱，他就会把我们带到乐土。现在我也和大家一样，对教皇的举动表示钦佩。大赦确实是一个了不起的行动。"

"我相信教皇陛下肯定会感到受宠若惊。"格拉西尼带着鄙夷的口吻说道。

"行了，格拉西尼，让他把话说完！"里卡尔多也插了一句，"要是你们俩不像猫和狗一样见面就咬，那才是一件天大的怪事呢。接着往下说，加利！"

"我想要说的就是这一点，"那位那不勒斯人继续说道，"教皇陛下无疑是怀着最诚挚的本意，所以他才会采取这样的

96

行动。但是他将把他的改革成功地推进到什么地步，那是另外一个问题。就现在来说，一切都很平静。在一两个月内，意大利全境的反动分子将会偃旗息鼓。他们会等着大赦产生的这股狂热劲儿过去。但是他们不大可能在不战之下就让别人从他们手中夺过权力。我相信今年冬天过不了一半，耶稣会、格列高利派、圣信会的教士们和其他的跳梁小丑就会对我们兴师动众，他们会密谋策划，对不能收买的人他们则将置于死地。"

"很有这个可能。"

"那好啊。我们要么坐在这里束手待毙，谦和地送去请愿书，直到兰姆勃鲁契尼及其死党劝说大公成功，按照耶稣会的法规将我们治罪。也许还会派出奥地利的几名轻骑兵在街上巡逻，为我们维护治安呢。要么我们就采取先发制人的措施，利用他们片刻的窘状抢先出击。"

"先告诉我们你提议怎么出击？"

"我建议着手组织反耶稣会的宣传和鼓动工作。"

"事实上就是用小册子宣战吗？"

"是的，揭露他们的阴谋诡计，揭露他们的秘密，号召人民团结一致同他们斗争。"

"但是这里并没有我们要揭露的耶稣会教士。"

"没有吗？等上三个月，你就会看见有多少了。那时就会太迟了。"

"但是要想唤起市民反对耶稣会教士，我们就必须直言不讳。可是如果这样，你能躲过审查制度吗？"

"我才不去躲呢，我偏要违反审查制度。"

"那么你要匿名印刷小册子？好倒是好，但是事实上我们已经看到了许多秘密出版物的下场，我们知道——"

"我并不是这个意思。我会公开印刷小册子，标明我们的住址。如果他们敢的话，就让他们起诉我们好了。"

"这完全是个疯狂的方案，"格拉西尼大声叫道，"这简直就是把脑袋送进狮子的嘴里，纯粹是胡来！"

"嗬，你用不着害怕！"加利厉声说道，"为了我们的小册子，我们不会请你去坐牢的。"

"住嘴，加利！"里卡尔多说道，"这不是一个害怕的问题。如果坐牢管用的话，我们都会像你一样准备去坐牢。但是不为了什么事而去冒险，那是幼稚之举。让我来说，我建议修正这项提议。"

"那好，怎么说？"

"我认为也许能想出办法来，一方面谨慎地和耶稣会教士展开斗争，另一方面又不与审查制度发生冲突。"

"我看不出你怎样才能做到这一点。"

"我认为可以采用拐弯抹角的形式，掩盖我们必须表达的意思——"

"那样就审查不出来吗？然后你就指望每一个贫穷的手工艺者和出卖苦力的人靠着无知和愚昧来探寻其中的意思！这听起来一点也行不通。"

"马尔蒂尼，你的看法呢？"教授转身问坐在旁边的那个人。此人膀大腰圆，留着一把棕色的大胡子。

"在我掌握了更多的情况之前，将保留我的意见。这个问题需要不断探索，要视结果而定。"

"萨科尼，你呢？"

"我倒想听听波拉夫人有些什么话要说。她的建议总是十分宝贵的。"

大家都转向屋里唯一的女性。她一直坐在沙发上，一只手托着下巴，默默地听着别人的讨论。她那双黑色的眼睛深沉而又严肃，但是当她抬起眼睛时，里面显然流露出颇觉有趣的神情。

"恐怕我不赞同大家的意见。"她说。

"你总是这样，最糟糕的是你总是对的。"里卡尔多插了一句。

"我认为我们的确应该和耶稣会教士展开斗争，如果我们使用这一种武器不行，那么我们就必须使用另一种武器。但是光是对着干则是一件软弱无力的武器，躲避审查又是一件麻烦的武器。至于请愿，那是小孩子的玩具。"

"夫人，"格拉西尼表情严肃，插嘴说道，"我希望你不是建议采取诸如——诸如暗杀的措施吧？"

马尔蒂尼扯了扯他的大胡子，加利竟然笑出声来。甚至连那位青年女人都忍俊不禁，微微一笑。

"相信我，"她说，"如果我那么歹毒，竟然想出了这种事情，那么我也不会那么幼稚，竟然侃侃而谈。但是我知道最厉害的武器是冷嘲热讽。如果你们能把耶稣会教士描绘成滑稽可笑的人物，引发人们嘲笑他们，嘲笑他们的主张，那么你们不用流血就已征服了他们。"

"就此而言，我相信你是对的，"法布里齐说道，"但是我看不出怎样才能做到这一点？"

　　"我们为什么就不能做到这一点呢？"马尔蒂尼问道，"一篇讽刺的文章比一篇严肃的文章更有机会通过审查。而且如果必须遮遮掩掩，那么比起一篇科学论文或者一篇经济论文来，普通读者也就更有可能从一个看似荒唐的笑话中找出双关的意义。"

　　"夫人，你是建议我们应该发行讽刺性的小册子，或者试办一份滑稽小报吗？我敢肯定，审查官们永远都不会批准出版一份滑稽小报的。"

　　"我并不是说一定要出版小册子或者滑稽小报。我相信可以印发一系列讽刺性的小传单，以诗歌或者散文的形式廉价地卖出去，或者在街上免费散发，这会很有用的。如果我们能够找到一位聪明的画家，能够领悟这种文章的精神，那么我们就可能加上插图。"

　　"如果能够做成这件事，这倒是一个绝妙的主意。但是如果真要去做这件事，那么就必须做好。我们应该找到一位一流的讽刺作家。我们上哪儿才能找到这样的人呢？"

　　"瞧瞧，"莱嘉说道，"我们当中大多数人都是严肃作家，尽管我尊重在座的各位，但是要我来说，一哄而上、强装幽默，恐怕就像大象想要跳塔伦泰拉舞一样。"

　　"我从来没有建议都应抢着去做并不合适的工作。我的意思是应该努力去寻找一个真正具有这种才能的讽刺作家，在意大利的某个地方，我们肯定能够找到这样的人。我们给他提供必要的资金。当然我们应该了解这个人的情况，确保他将会按照我们能够取得一致的方针工作。"

"但是我们上哪儿去找呢？真正具有才能的讽刺作家是屈指可数的，这样的人又找不到。裘斯梯是不会接受的，他忙得不可开交。伦巴第倒有一两位好人，但是他们只用米兰方言写作——"

"此外，"格拉西尼说道，"我们可采用比这更好的方法影响托斯卡纳人。如果我们把公民自由和宗教自由这样的严肃问题当成小事一桩，我敢肯定别人至少会觉得我们缺乏政治策略才干。佛罗伦萨不像伦敦一样是片蛮荒之地，仅仅知道办工厂赚大钱，也不像巴黎一样是个醉生梦死的场所。它是一个具有光荣历史的城市——"

"雅典也一样，"她一脸微笑，插嘴说道，"但是它'因为臃肿而显得相当笨拙，需要一只牛虻把它叮醒'——"

里卡尔多一拍桌子。"嗨，我们竟然没有想到牛虻！就是他了！"

"他是谁啊？"

"牛虻——费利斯·里瓦雷兹。你不记得他了吗？就是穆拉托里队伍中的那一个人，三年前从亚平宁山区下来。"

"噢，你是认识那帮人的，对吗？我记得他们去巴黎的时候，你是和他们一道走的。"

"是的。我去了里窝那，是送里瓦雷兹去马赛。他不愿留在托斯卡纳，他说起义失败以后，除了放声大笑没别的事情可做，所以他最好还是去巴黎。他无疑赞同格拉西尼的意见，认为在托斯卡纳这个地方是笑不出来的。可我可以肯定，如果我们出面请他，他会回来的，因为现在又有机会为意大利做点什么了。"

"他叫什么名字来着？"

"里瓦雷兹。我想他是巴西人吧。反正我知道他在那里住过。在我见过的人当中，他算是一个非常机智的人。天晓得我们在里窝那的那个星期没有什么值得高兴的事情，看着可怜的兰姆勃鲁契尼就够让人伤心了。但是每当里瓦雷兹在屋里时，没有人能够忍住不笑。他张口就是笑话，就像是一团经久不熄的火。他脸上还有一处难看的刀伤，是我替他缝合了伤口。他是个奇怪的人，但是我相信就是因为有了他，有他胡说八道，有些可怜的小伙子才没有完全垮下来。"

"就是那个署名'牛虻'，并在法语报纸上撰写政论性讽刺短文的人吗？"

"是的。他写的大多是短小精悍、内容滑稽的小品文。亚平宁山区的私贩子叫他'牛虻'，他那张嘴太厉害了。随后他就把这个绰号当作他的笔名。"

"我对这位先生有点了解。"格拉西尼插嘴说道。他说起话来一字一板的，神情煞是庄重。"我不能说我所听到的都是赞扬他的话。他无疑具有某种哗众取宠的小聪明，尽管我认为他的能力是被过分夸大了。可能他并不缺乏身体力行的勇气，但是他在巴黎和维也纳的声誉，我相信，远非是白璧无瑕的。他像是一个经历过许多奇遇的人，而且身世不明。据说杜普雷兹探险队本着慈善之心，在南美洲热带某个地方收留了他，当时他就像是一个野人，简直没个人样。至于他是怎么沦落到了那种地步，他从没作过圆满的解释。说到亚平宁山区的起义，参与那次失败起义的什么人都有，我想这一点也不是什么秘密。我们知道在波洛尼亚被处死的人是地道的罪犯。那些逃脱的人当中，大多数人的品格根本就不值得一提。毫无疑问，参加起义的人当中有些是高尚品格的人——"

"他们当中有些人还是在座几位的好友呢！"里卡尔多打断了他的话，声音里带着怒意，"置身事外，横挑鼻子竖挑眼倒是挺好的，格拉西尼。但是这些'地道的罪犯'是为了他们的信仰而死的，他们所做的事情比你我所做的要多。"

"下一次要是有人给你讲起巴黎这种平庸的风言风语，"加利补充说道，"你告诉他们，就我所知，他们有关杜普雷兹探险队的说法全是错的。我认识杜普雷兹的助手马尔泰尔，他那里听到了事情的经过。他们的确发现里瓦雷兹流落到了那里。他在争取阿根廷共和国独立的战斗中被俘，并且逃了出去。他扮作各种各样的人，在那个国家四处流浪，试图回到布宜诺斯艾利斯。但是说什么本着慈善之心收留了他，这种道听途说纯粹是杜撰。他们的翻译生了病，只得被送了回去。那些法国人全都不会说当地的语言，所以请他担任翻译。他们一起待了三年，考查了亚马孙河的支流。马尔泰尔告诉我，他相信他们没有里瓦雷兹，他们就不可能完成那次探险。"

"不管他是什么人，"法布里齐说道，"他一定具有过人的本领，否则他就不会受到像马尔泰尔和杜普雷兹这两位老练的探险家瞩目，而且看来他确实受到了他们的瞩目。夫人，你有什么看法？"

"我对这件事一无所知。他们经过托斯卡纳逃走时，我还在英国。但是我倒认为，如果跟他在蛮荒的国度探险三年的同伴和跟他一道起义的同志对他评价很高，这就算是一本很有分量的推荐书，足以抵消许多街上的那种流言蜚语。"

"至于他的同志对他的看法，那是没有什么好说的。"里卡尔多说道，"从穆拉托里和赞贝卡里到最粗鲁的山民，他们无不对他以诚相见。此外，他和奥尔西尼私交很深。另一方面，有关他在巴黎的情况，确实不断传出不是太好的无稽之谈。但是一个人要是不想树敌太多，那么他就不该成为一个政治讽刺家。"

"我记得不是很清楚，"莱嘉插嘴说道，"但是那些人经过这里逃走时，我好像记得见过他一次。他是不是驼背，或者腰部弯曲什么的？"

教授已经拉开了写字台的抽屉，正在翻着一堆材料。"我看我这里放着警察通缉他的告示，"他说，"你们肯定记得在他们逃到山里藏了起来以后，到处都张贴着他们的画像，而且那个红衣主教——那个混蛋叫什么名字来着？——斯宾诺拉，他还悬赏他们的脑袋呢。

"顺便说一下，关于里瓦雷兹和那张告示，这里还有一个神奇的故事。他穿上当兵的旧军装到处游荡，装扮成在执行任务时受伤的骑兵，试图寻找他的同伴。他竟让斯宾诺拉的搜查队准许他搭乘便车，并在一辆马车上坐了一天。他讲了许多惊心动魄的故事，说他怎么被叛乱分子俘虏，又是怎样被拖进了山中的匪巢，受尽了折磨。他们把通缉告示拿给他看，于是他就编了一通瞎话，大谈他们称作'牛虻'的魔鬼。到了晚上，等到他们都睡着了以后，他往他们的火药上浇了一桶水，然后他就溜之大吉，口袋里装满了给养和弹药——"

"噢，就是这个，"法布里齐插进话来，"'费利斯·里瓦雷兹，又名牛虻。年龄：大约 30 岁。籍贯和出身：不详，可能系南美人。职业：记者。身材矮小。黑发。黑色胡须。皮肤黝黑。眼睛：蓝色。前额：既阔又圆。鼻子，嘴巴，下巴——'对了，这儿：'特征：右脚跛；左臂弯曲；左手少了两指；脸上有最近被马刀砍伤的疤痕；口吃。'下面还有一句附言：'精于枪法，捕时要加以注意。'"

"搜查队掌握详尽的特征，竟然还能骗过他们，真是让人叹为观止。"

"这当然是凭着一身无畏的勇气，他才化险为夷。如果他们对他产生一丝的怀疑，那他就没命了。但是每当他装出一副无话不说的天真模样时，什么难关他都能闯过。好了，先生们，你们认为这个提议怎么样？看来在座的几位都了解里瓦雷兹。我们是不是向他表示，我们很高兴请他到这帮忙呢？"

"在我看来，"法布里齐说道，"我们不妨跟他提提这件事情，看看他是否愿意考虑我们这个计划。"

"噢，你尽管放心好了，只要是和耶稣会教士斗，他一定愿意参加。在我认识的人中，他是最反对教士的。事实上他在这一点上态度非常坚决。"

"里卡尔多，那么我们就写信吧？"

"那是自然的了。让我想想，现在他在什么地方呢？我想是在瑞士吧。他是哪儿也待不住的人，总是东奔西跑。但是至少小册子的问题——"

他们随即展开了一场长久而又热烈的讨论。等到与会的人最终散去的时候，马尔蒂尼走到那位沉默寡言的青年妇女跟前。

"我送你回家吧，琼玛。"

"谢谢，我想和你谈件事。"

"地址弄错了吗？"他轻声地问道。

"并不怎么严重，但是我认为应该做点更正。这个星期有两封信被扣在邮局。信都不怎么重要，也许是事出意外吧。但是我们可不能冒险。如果警察一旦开始怀疑我们任何一个地址，那么赶紧就得更换。"

"这事我们明天再谈。今晚我不想和你谈正事，你看上去有点累。"

"我不累的。"

"那么你又心情不好了？"

"噢，不是。没有什么特别的事儿。"

第二章

"凯蒂，女主人在家吗？"

"在的，先生。她在穿衣。您请去客厅等吧，她一会儿就下楼。"

凯蒂带着德文郡姑娘欢快友好的态度把客人迎了进来，她特别喜欢马尔蒂尼。他会说英语，当然说起话来像个外国人，但是仍然十分得体。在女主人疲倦的时候，他从来不会坐在那扯着嗓门大谈政治，一直能折腾到清晨 1 点。有些客人则不然。此外他曾到过德文郡，帮助过女主人排忧解难。当时她的小孩死了，丈夫生命垂危。打那时起，凯蒂就把这位身材高大、笨手笨脚、沉默寡言的人当作家里的成员，就跟现在蜷伏在他膝上的那只懒洋洋的黑猫一样。帕希特则把马尔蒂尼当作是一件有用的家具。这位客人从来都不踩它的尾巴，也不把烟往它的眼里吹，而且也不和它过不去。他的一举一动就像个绅士：让它躺在舒服的膝上打着呼噜，上桌吃饭的时候，从来不会忘记人类吃鱼的时候，猫在一旁观望会觉得没意思的。他们之间的友谊由来已久。当帕希特还是一只小猫时，有一次女主人病得厉害，没有心思想到它。还是马尔蒂尼照顾了它，把它塞在篮子里，从英国带了过来。从那以后，漫长的经历使它相信，这个像熊一样笨拙的人不是一个只能同甘不能共苦的朋友。

"你们俩看上去倒挺惬意，"琼玛走进屋子说道，"人家会以为你们这样安顿下来，是要消磨这个晚上呢。"

马尔蒂尼小心翼翼地把猫从膝上抱了下来。"我来早了一点，"他说，"希望我们在动身之前，你能让我喝点茶。那边的人可能多得要命，格拉西尼不会给我们准备像样的晚餐，身居豪华府第的人们从来都不会的。"

"来吧！"她笑着说道，"你说起话来就像加利一样刻薄！可怜的格拉西尼，就是不算他的妻子不善持家，他也是罪孽深重啊。茶一会儿就好。凯蒂还特意为你做了一些德文郡的小饼。"

"凯蒂是个好人，帕希特，对吗？噢，你还是穿上了这件漂亮的裙子。我担心你会忘了。"

"我答应过要穿的，尽管今晚这么热，穿上不大舒服。"

"到了菲耶索尔，天气会凉下来的。没有什么比白羊绒衫这样适合你了。我给你带来了一些鲜花，你可戴上。"

"噢，多么可爱的玫瑰啊，太让我喜欢了！最好还是把它们放进水里。我讨厌戴花。"

"这是你迷信，胡思乱想。"

"不，不是。只是我认为整个晚上，陪伴我这么一个沉闷的人，它们会觉得乏味的。"

"恐怕我们今晚都会觉得乏味的。这次晚会一定乏味得让人受不了。"

"为什么？"

"格拉西尼碰到的东西就会变得像他那样乏味。"

"别说话不饶人。我们是到他家去做客，这样说太欠公平了。"

"你总是对的，夫人。那好，之所以乏味是因为有趣的人有一半不去。"

"这是怎么回事？"

"我不知道。到别的地方去了、生病了，或是出于别的什么原因。反正会有两三位大使和一些德国学者，照例还有一群难以名状的游客和俄国王子及文学俱乐部的人士，还有几位法国军官。我谁也不认识，除了那位新来的讽刺作家以外。他会是今晚众人瞩目的中心。"

"那位新来的讽刺作家？是里瓦雷兹吗？在我看来，格拉西尼对他很不赞成。"

"那是。但是一旦那个人到了这里，人们肯定会谈起他来。所以格拉西尼想让他的家成为那头新来的狮子露面的第一个场所。你放心好了，里瓦雷兹肯定还没有听到格拉西尼不赞成的话。他是一个精明的人，也许已经猜到了。"

"我都不知道他已经到了。"

"他是昨天才到的。茶来了。别，别起来了。让我去拿茶壶吧。"

在这间小书房里，他总是那样快乐。琼玛的友谊，她在不知不觉之间对他流露出来的魅力，她那直率而又纯朴的同志之情，这些对他来说都是并不美好的一生中最美丽的东西。

每当他感到异乎平常的郁闷时，他就会在工作之余来到这里，坐在她的身边。通常他是一句话也不说，望着她低头做着针线活或者斟茶。她从来都不问他遇上了什么麻烦，也不用言语表示她的同情。但是在他离去时，他总是觉得更加坚强，更加平静，就像他常说的那样，觉得他能"十分体面地熬过另外两个星期"。她并不知道她具备一种体恤他人的罕见才能。两年以前，他那帮好友在卡拉布里亚被人出卖了，并像屠杀野狼一样被枪杀了。也许就是她那种坚定的信念才把他从绝望之中挽救出来。

在星期天的早晨，有时他会进来"谈谈正事"。这个说法代表了与玛志尼党的实际工作有关的一切事情，他们都是积极忠诚的党员。那时她就变成一个截然不同的人：敏锐、冷静、思维缜密、一丝不苟，完全是置之度外。那些仅仅看到她从事政治工作的人把她看成是一位训练有素、纪律严明的革命党人，可靠、勇敢，不管从哪个方面来说都是一位难得的党员。"她天生就是一位革命党人，顶得上我们十几个人。别的她什么也不是。"加利曾经这么评价她。马尔蒂尼所认识的"琼玛夫人"，别人是很难理解的。

"呃，你们那位'新来的讽刺作家'是什么模样？"她在打开食品柜时回过头来问道，"你瞧，塞萨雷，这是给你的麦芽糖和蜜饯、当归。我只是顺便说一句，我就纳闷为什么干革命的男人都那么喜欢吃糖？"

"其他的男人也喜欢吃糖，只是他们觉得承认这一点有失尊严。那位新来的讽刺作家吗？噢，他是那种会让寻常的女人着迷的人，你不会喜欢他的。他这个人尤其擅长讲出刻薄的话来，装出一副懒洋洋的样子满世界游荡，后面还紧跟着一位跳芭蕾舞的漂亮姑娘。"

"真有一位跳芭蕾舞姑娘吗？你不是因为生气，也想学着刻薄的话吧？"

"我的天啊！不。确实有个跳芭蕾舞的姑娘。有人喜欢泼辣大方的美女，对于他们来说，她长得确实相当出众。可我却不喜欢。她是个匈牙利吉卜赛人，或者是诸如此类的一个人吧。里卡尔多是这么说的。来自加利西亚的某个外省剧院。他显得非常坦然，总是把她介绍给别人，好像是他的一个未出嫁的小姑。"

"嗨，如果是他们她从家里带出来的，那么这样才叫公平吗？"

"你可以这么看，亲爱的夫人，但是社会上可并不这么看。我想，在他把她介绍给别人时，大多数人会感到心里不痛快的，知道她是他的情妇。"

"除非告诉了他们，否则他们怎么能知道呢？"

"事情明摆着，你见了她以后就明白了。可我还是认为他没有那么大的胆子，竟会把她带到格拉西尼的家中。"

"他们不会接待她的。格拉西尼夫人这人不会做出违背礼俗的事件。但是我想了解的是作为讽刺作家的里瓦雷兹，而不是这个人本身。法布里齐告诉我，他在接到信以后表示同意过来，并且开展对耶稣会派教士的斗争。我听到的就是这些情况。

这个星期工作太多，忙得不可开交。"

"不知道我能告诉你多少情况。在钱的问题上似乎没有什么困难，我们原先还担心这一点呢。他很有钱，看来是这么回事。他愿意不计报酬地工作。"

"那么他有一笔私人财产了？"

"他显然是有的，尽管似乎有些奇怪——那天晚上在法布里齐家里，你听到过杜普雷兹探险队发现他时他的境况。但是他持有巴西某个矿山的股票，而且身为一名专栏作家，他在巴黎、维也纳和伦敦都是非常成功的。他看来能够熟练地运用十几种语言，就是在这里也无法阻止他跟别处的报纸联系。抨击耶稣会教士不会占用他的所有时间。"

"那当然。该动身了，塞萨雷。对了，我还是戴上玫瑰吧。等我一下。"

她跑上楼去，回来的时候已在裙子的前襟别上了玫瑰，头上还围着一条镶有西班牙式黑边的长围巾。马尔蒂尼打量着她，像个艺术家似的表示赞许。

"你看上去就像是一位女王，我亲爱的女士，就像是那位伟大而聪明的示巴女王。"

"这话说得也太不客气了！"她笑着反驳道，"你可知道让我打扮成像模像样的社交女士对我来说有多难！谁想让一个革命党人看上去像示巴女王一样？想要摆脱暗探，这也是一个办法。"

"就是你刻意去模仿，你也永远学不了那些愚昧至极的社交女流。但是话说回来，这也没有什么关系。你看起来那么漂亮，暗探也猜不出你的观点如何。即便如此，你也不会一个劲儿地傻笑，并用扇子掩住自己，就像格拉西尼夫人那样。"

"好了，塞萨雷，别去说那个可怜的女人了！哎，吃些麦芽糖，好让你的脾气变得甜起来。准备好了吗？那么我们最好还是动身吧。"

马尔蒂尼说得十分正确，晚会确实拥挤而又乏味。那些文人彬彬有礼地聊着天儿，看起来实在没意思。"那群难以名状的游客和俄国王子"在屋里走来走去，相互打听谁是名人，并且试图大谈阳春白雪。格拉西尼正在接待他的客人，态度非常矜持，就像他那双擦得锃亮的靴子一样。但是看见琼玛以后，他的脸上顿时有了神采。他并不是真的喜欢她，私下还有点怕她。但是他认识到没有了她，他的客厅就会黯然失色。

他在事业上已经爬到了很高的地步，已经富了，有了名声。他主要的雄心就是让他的家成为开明人士和知识分子聚集的中心。他在年轻的时候犯了一个错误，娶了这么一个不足挂齿、穿着花哨的女人，她说起话来平淡无味，而且已经人老珠黄。她并不适合担当一个伟大的文学沙龙的女主人，这使得他感到非常痛苦。当他可以说服琼玛前来的话，他就觉得晚会将会取得成功。她那种娴静文雅的风度会让客人无拘无束。在他的想象之中，她来了以后，就能一扫屋子里的这种俗不可耐的氛围。

格拉西尼夫人热情欢迎琼玛，大声地对她耳语道："你今晚看上去真迷人！"同时，她还不怀好意，带着挑剔的目光打量那件白羊绒衫。她极其憎恨这位客人，憎恨她那坚强的个性、她那庄重而又真诚的直率、她那沉稳的心态和她脸上的表情。

而马尔蒂尼正是因为这些才爱她。当格拉西尼夫人憎恨一个女人时，她是用溢于言表的温情表现出来的。琼玛对这套恭维和亲昵抱着姑且听之的态度。所谓的"社交活动"在她看来是一件腻烦而不愉快的任务，可是如果不想引起暗探注意，一名革命党人却又必须有意识地完成这样的任务。她把这看作是和用密码书写的繁重工作同类的事情。她知道穿着得体所赢得的名声难能可贵，这会使她基本不受怀疑。因此她就仔细地研究时装画片，就像她研究密码一样。

　　听到有人提到琼玛的名字，那些百无聊赖、郁郁寡欢的文学名流马上就来了精神。他们非常愿意和她交往，特别是那些激进的记者，他们马上就从屋子的那头聚集过来，拥到了她的跟前。但是她是一位练达的革命党人，不会任由他们摆布。什么时候都能遇到激进分子。这会儿他们聚集在她周围，而她则委婉地劝说他们去各忙各的，微笑着提醒他们不必浪费时间拉拢她了，还有那么多的游客等着聆听他们的训导呢。她专心致志地陪着一位英国议员，共和党正急着争取他的同情。她知道他是一位金融方面的专家。她先提出了一个涉及奥地利货币的技术性问题，因而赢得了他的注意。然后她又巧妙地将话题转到伦巴第与威尼斯政府财政收支的状况上来。那位英国人原本以为会被闲谈搅得百无聊赖，所以他斜着眼睛看着她，害怕自己落到一个女学者的手里。但是她落落大方，谈吐不俗，所以他完全心悦诚服，并且和她认真地讨论起了意大利的金融问题。格拉西尼领来一位法国人，那人"希望打听一下意大利青年党历史的某些情况"。那位议员惶恐不安地站了起来，他感到意大利人之所以不满，个中的理由也许比他所想的更多。

那天傍晚的晚些时候，琼玛溜到了客厅窗外的阳台上，想在高大的山茶花和夹竹桃中间独自坐上几分钟。屋里密不透风，老是有人来回走动，所以她开始感到头痛。在阳台的另一端立着一行棕榈树和凤尾蕉，全都种在隐藏在一排百合花及别的植物旁边的大缸里。所有的花木组成了一道屏风，后面是一个可以俯瞰对面山谷美景的角落。石榴树的枝干结着迟开的花蕾，垂挂在植物之间狭窄的缝隙边。

琼玛待在这个角落里，希望没有人会猜到她在什么地方，并且希望在她打起精神去应付那种要命的头痛事情之前，她能休息一会儿，清静一会儿。和暖的夜晚静悄悄的，美丽极了。但是走出闷热的房间，她感到有些凉意，于是就把那条镶边的围巾裹在头上。

很快就从阳台上传来说话声和脚步声，将她从蒙眬的睡意中吵醒过来。她退缩到阴影之中，希望不会引起别人的注意，并在再次劳累她那疲惫的大脑和人说话之前，她还能争取宝贵的几分钟清静一下。脚步声停在那道屏风附近，这使她感到很恼火。随后格拉西尼夫人打住了她那尖细的声音，不再喋喋不休地鼓噪。

另一个是男人的声音，极其柔和悦耳。但是甜美的音调有些美中不足，因为说起话来很是独特，含混不清地拖腔拖调。也许只是装成这样，更有可能是为了纠正口吃而养成的习惯，但是不管怎样听着都不舒服。

"你说她是英国人吗？"那个声音问道，"可这是一个地

115

道的意大利名字。什么来着——波拉？"

"对。她是可怜的乔万尼·波拉的遗孀，波拉约在四年前死在英国——你不记得吗？噢，我忘了——你过着这样一种漂流四方的生活，我们不能指望你知道我们这个不幸的国家所有的烈士——这样的人也太多了！"

格拉西尼夫人叹息了一声。她在和陌生人说话时总是这样。就像是为意大利而忧伤不已的仁人志士，那副神情还带着寄宿学校女生的派头和小孩子的撒娇。

"死在英国！"那个声音重复道，"那么他是避难去了？我好像有点熟悉这个名字。他和早期的青年意大利党有关系吗？"

"对。1833年不幸被捕的那批青年当中，他就是其中之一，你还记得那起悲惨的事件吗？他在几个月后被释放出来，过了两三年以后又对他下了逮捕令，于是他就逃到了英国。后来我听说他们在那里结了婚。一段非常浪漫的恋情，但是可怜的波拉一贯都很浪漫。"

"你是说然后他就死在英国？"

"对，是死于肺病。他受不了英国那种可怕的气候。在他临死之前，她失去了她唯一的孩子。小孩得了猩红热。很惨，不是吗？我们都很喜欢亲爱的琼玛！她有点冷漠，可怜的人。你知道英国人总是这样。但是我认为是她的那些麻烦事才使她变得郁郁寡欢，而且——"

琼玛站了起来，推开石榴树的枝头。为了闲聊竟然散布她那不幸的遭遇，这对她来说是不可忍受的。当她走进亮处时，她的脸上露出了恼怒的神色。

"啊！她在这儿呢！"女主人大声叫道，带着令人钦佩的镇静。"琼玛，亲爱的，我还在纳闷你躲到哪儿去了呢。费利斯·里瓦雷兹先生希望认识你。"

"这位说来就是牛虻了。"琼玛想道，她带有一丝好奇看着他。他很有礼貌地朝她鞠了一躬，但是他的眼睛却在盯着她的脸庞和身段。那种目空一切的眼神，在她看来锐利无比，他正在上下打量着她。

"你在这里找到了一个其、其乐陶陶的角落。"他看着那道屏风感慨地说道，"景色真、真美啊！"

"对，确实是个美丽的地方。我出来就是为了吸点新鲜的空气。"

"这么一个美妙的夜晚，待在屋里好像有点辜负仁慈的上帝了。"女主人抬眼望着星星说道（她长着好看的睫毛，所以喜欢让人看到），"看，先生！如果意大利成了一个自由的国度，那么她不就是人间天堂吗？她有着这样的花朵，这样的天空，可是竟然沦为奴隶！"

"而且还是爱国的女士！"牛虻喃喃地说道，拖着柔和而又懒散的声音。

琼玛猛然一惊，回过头来看着他。他也太放肆了，这一点当然谁也骗不过去。但是她低估了格拉西尼夫人对赞誉的胃口。那位女人叹息一声，垂下了她的睫毛。

"哎，先生，一个女人不会有多大作为！也许有一天我会证明我不愧为一位意大利人——谁知道呢？可是现在我必须回去，履行我的社会职责。那位法国大使恳请我把他的养女介绍给所有的名流，过一会儿你一定要进去见见她。她是一个非常迷人的姑娘。琼玛，亲爱的，我把里瓦雷兹先生带出来欣赏我们这里的美景。我必须把他交给你了。我知道你会照顾他的，并把他介绍给大家。啊！那个讨人喜欢的俄国王子来了！你们见过他吗？他们说他深受尼古拉一世的宠信。他在波兰某城镇担任军事指挥官，那个地名谁也叫不出来。Quellenuitmagnifique ！ N'est-est-pas, monprince ？"[①] 她飘然而去，滔滔不绝地对着一个粗脖子的男人说着话儿。那人的下巴堆满了肉，外套缀满了闪亮的勋章。她那悲悼 "notremal — heureusepatrie"[②] 的哀哀其声夹杂着 "charmant"[③] 和 "monprince"[④]，渐渐消失在阳台的那头。

琼玛静静地站在石榴树的旁边。她为那位可怜而又愚蠢的小个女人感到于心不忍，并对牛虻那种懒散的傲慢感到恼怒。他正在观察着她走去的身影，脸上流露的表情使她很生气。嘲笑这样的人显得太不大度了。

"意大利和俄国的爱国主义走了，"他说，随即转过头来微微一笑，"手挽着手，因为有了对方相伴而感到大喜过望。你喜欢哪一个？"

她略微皱起了眉头，没有回答。

---

① 法语：多么美好的夜晚！不是吗，我的王子？

② 法语：我们不幸的祖国。

③ 法语：魅力。

④ 法语：我的王子。

"当然了，"他接着说道，"这是个、个人喜好的问题。但是我认为在他们两个中间，我还是更喜欢俄国那种爱国主义——彻底。如果俄国必须依靠花朵和天空取得霸权，而不是火药和子弹，你认为'monprince'能把波兰的要塞守住多久呢？"

"我认为，"她冷冷地答道，"我们坚持我们的意见，可是不必取笑一位招待我们的女人。"

"噢，对！我忘、忘了在意大利这个地方，还有好客的义务。他们是一个非常好客的民族，这些意大利人。我相信澳大利亚人会发现他们的特点。你不坐下吗？"

他一瘸一拐地走到阳台那头，为她取过一把椅子，然后站在她的对面，靠在栏杆上。从窗户里照出的灯光映在他的脸上，因而她能漫不经心地端详起这张脸来。

她感到很失望。她原本以为即使他的脸不讨人喜欢，那么她也能看到一张异乎寻常而又坚定有力的脸。但是他的外表突出之处是他倾向于身穿华丽的衣服，而且表情和态度隐含的某种傲慢绝非是一种倾向。撇开这些东西，他就像是一个黑白种的混血儿，皮肤黝黑。尽管他是个瘸子，但他就像猫一样敏捷。不知为什么，他的整个性格让人想起了一只黑色的美洲豹。因为曾被马刀砍过而留下了长长的一道弯曲的伤疤，所以他的前额和左颊已经破了相。她已经注意到在他说话开始结巴时，他的脸部神经就会痉挛。要不是有了这些缺陷，尽管他显得有点浮躁，并且让人觉得有点不大自在。

他长得很漂亮的，但是那绝不是一张吸引人的脸。

他很快就又开口说话，声音轻而含混。"要是美洲豹能够说话，并且来了兴致，那么声音就像这样。"琼玛暗自说道，越来越生气。

"我听说，"他说，"你对激进派的报纸挺有兴趣，并为报纸撰写文章。"

"我写得不多，我没工夫多写。"

"噢，那是！我从格拉西尼夫人那里了解到你还担当别的重要工作。"

琼玛微微扬起了眉毛。格拉西尼夫人这个傻乎乎的小个女人显然口没遮拦，对这个滑头的家伙讲了不少的话。就她自己来说，琼玛真的开始讨厌起他来。

"我确实很忙，"她说，态度很生硬，"但是格拉西尼夫人过高地评价了我那份工作的重要性。大多无非是些无足挂齿的小事。"

"呃，如果我们大家都把时间用于哀悼意大利，那么这个世界就会乱成一团。我倒是认为要是和今晚的主人及其妻子接近，每一个人都会出于自卫而把自己说得一无是处。噢，对了，我知道你要说什么。你完全正确，但是他们那种爱国主义实在让人感到好笑，你这就要进去吗？这儿多好！"

"我看现在要进去了。那是我的围巾吗？谢谢。"

他把它拾了起来，现在就站在她的身边，睁大了眼睛。那双眼睛碧蓝而纯真，就像小溪里的勿忘我一样。

"我知道你在生我的气，"他自怨自艾地说道，"因为我愚弄了彩绘的蜡像娃娃。可是这又有什么办法呢？"

"既然你这么问我，那么我就要说一句。我认为那样嘲笑智力低下的人不够大度，而且是怯懦之举，就像嘲笑一个瘸子或者——"

他突然屏住了呼吸，很痛苦。他的身子直往后缩，并且看了一眼他的跛脚和残手。但他很快就又镇静了下来，哈哈大笑。

"这样比较有失公正，夫人。我们这些瘸子并不当着别人的面来炫耀我们的缺陷，可她却炫耀她的愚昧。至少我们相信畸形的腰部，要比畸形的行为更让人觉得不快。这儿有个台阶，挽住我的胳膊好吗？"

她感到有些窘迫，默不作声，重又走进了屋里。她没有想到他是那么敏感，因而完全不知所措。

他直接打开了那间宽敞的接待室的门，她意识到自己离开以后这里发生了某种不同寻常的事情。看上去大多数的男士都在生气，有些人坐卧不安。他们全都聚在屋子的一头。主人肯定也在生气，但却引而不发，坐在那儿调整着他的眼镜。

有一小部分来客站在屋子一角，饶有兴趣地看着屋子的另一头。显然是出了什么事情，他们似乎把它当成是一个笑话。对于大多数客人觉得是受到了侮辱。格拉西尼夫人却好像什么也没有注意到。她正在搔首弄姿，一边摇着她的扇子，一边在和荷兰使馆的秘书聊天。那位秘书眉开眼笑，坐在那里听着。

琼玛站在门口停顿了片刻，随即转过身来，看看牛虻是否也注意到了众人的不安表情。他扫了一眼幸而没有觉察的女主人，然后又看了一眼房间另一头的沙发。他的眼里明白无误地流露出一种恶毒的得意神情。她立刻就明白了是怎么回事，他打着一个虚假的旗号带来了他的情妇，除了格拉西尼夫人谁也没有骗过。

那位吉卜赛姑娘靠在沙发上，周围是一帮嬉皮笑脸的花花公子和滑稽可笑的骑兵军官。她打扮得花枝招展，穿着琥珀色和绯红色相间的衣服，有着东方的艳丽。她的身上还佩戴着众多的饰物。她在佛罗伦萨这间文学沙龙里格外引人注目，就像是一只热带的小鸟，混在麻雀和椋鸟中间。她自己也好像觉得格格不入，于是便带着一种鄙夷的神情傲然怒视那些生气的女士。她看到牛虻伴同琼玛走进屋里，随即跳了起来朝他走去，说起话来滔滔不绝。让人感到痛苦的是她的法语错误百出。

"里瓦雷兹先生，我一直都在到处找你呢！萨利季科夫伯爵想要知道你在明天晚上能否去他的别墅？那儿有个舞会。"

"对不起，我不能去。就是我去了，我也跳不了舞。波拉夫人，请容许我给你介绍一下绮达·莱尼小姐。"

那位吉卜赛姑娘带着一丝傲慢的神态看了琼玛一眼，生硬地鞠了一躬。她确实是够漂亮的，就像马尔蒂尼所说的那样，带着一种动人、野性和愚鲁的美丽。她的姿态十分和谐自如，让人看了赏心悦目。但是她的前额又低又窄，小巧的鼻子线条显得缺乏同情心，几乎有些残酷。跟牛虻在一起，琼玛有一种压抑的感觉。这位吉卜赛女郎来到跟前以后，她的这种感觉就变得更加强烈。过了一会儿，主人走了过来。他请求波拉夫人帮他招待另外一间屋里的一些来客，她随即表示同意，奇怪的是竟然觉得如释重负。

"呃，夫人，你对牛虻有什么看法？"深夜乘车返回佛罗伦萨时，马尔蒂尼问道。"他竟然愚弄格拉西尼那位可怜的小个女人，你见过如此无耻的行径吗？"

"你是说那位跳芭蕾舞的姑娘吗？"

"他骗她说那位姑娘将会名噪一时，为了一位名人，格拉西尼夫人什么事儿都会愿意做的。"

"我认为这样做有欠公平，不仁不义。格拉西尼夫妇处境尴尬，而且对于那位姑娘也是残忍的。我相信她也感到不大痛快。"

"你和他谈过话，是吗？你认为他怎么样？"

"噢，塞萨雷，我没有什么想法，只是我从来没有见过一个如此令人厌倦的人，简直可怕极了。一起待了十分钟，他就让我感到头疼。他就像是一个焦躁不安的魔鬼化身。"

"我原来认为你不会喜欢他的。说句实话，我也不喜欢他。这人就像鳗鱼一样滑，我信不过他。"

第三章

　　牛虻住在罗马城墙的外边，就在绮达的寓所附近。他显然有点像是一位西巴列人。尽管房间没有什么显得特别奢侈的东西，但是细小之处却有浮华的倾向，物什的摆放极尽典雅，直让加利和里卡尔多感到意外。他们原本以为一个生活在亚马孙荒野之中的人不像别人那样讲究，所以看见纤尘不染的领带和一排排的皮靴，以及总是摆在写字台上的鲜花，他们很纳闷。总的来说他们处得挺好。他对每个人都殷勤友好，特别是对这里的玛志尼党的成员。对琼玛则是例外，他好像从第一次见面起就不喜欢她，老是躲着她。因此，引起马尔蒂尼的强烈反感。从一开始，这两个人之间就没有什么好感，他们水火不容，彼此之间只有憎恨。在马尔蒂尼那一方面，这种情感很快就变成了仇恨。

　　"我并不在乎他不喜欢我。"有一天他对琼玛说，神情有些委屈。"我就是不喜欢他，这也没什么要紧的。但是他那么对待你，这就叫我无法容忍。如果不是怕这事在党内闹得沸沸扬扬，让人说我们先是把他请来，然后又和他大吵一通，我就要让他对此做出说明。"

"别去管他，塞萨雷。没什么大不了，话又说回来，这事也有我的不对。"

"你有什么不对？"

"就是为此他才不喜欢我。我们第一次见面时，就在格拉西尼家里做客的那天晚上，我对他说了一句无礼的话。"

"你说了一句无礼的话吗？这可就让人难以置信了，夫人。"

"当然不是有意的，为此我感到非常抱歉。当时我说了人们嘲笑瘸子什么的，他就当真了。我从来没把他当成是瘸子，他还没有那么难看。"

"当然不算是难看。他一个肩膀高一个肩膀低，他的左臂伤得很厉害，但是他既不驼背也不畸足。至于说到他走路一瘸一拐的，那也不值一提。"

"反正他气得发抖，脸都变了色。我当然没有把握好分寸，但是奇怪的是，他竟然那么敏感。我就纳闷别人就没有跟他开过这样残忍的玩笑。"

"我倒认为更有可能跟他乱开过玩笑。这人骨子里残忍得很，外表却又装出风度不俗的模样，我看了实在恶心。"

"得了，塞萨雷，这就太不公平了。我并不比你更喜欢他，但是把他说得更坏又有什么用呢？他的举止是有点做作，让人看了生气。他是被别人捧得太高了，而且他那些夸夸其谈的俏皮话也着实让人感到厌倦。可我不相信他有什么恶意。"

"我不知道他是什么意思，但是一个对一切都嗤之以鼻的人，他的内心就有点龌龊了。那天在法布里齐家中讨论时，他大肆贬低罗马的改革，好像他想对一切都要找出一个肮脏的动机。我当时感到深恶痛绝。"

琼玛叹息一声。"在这一点上，恐怕我倒是同意他的意见。"她说："你们这些好心的人充满了美好的希望和期待，你们总是认为如果一个心地善良的中年男士碰巧被选为教皇，一切自然都会好转起来。他打开监狱的大门，并把他的祝福赐予周围的人，那么我们就可以指望在三个月里迎来至福千年。你们好像永远都看不到即使他愿意，他也不能做到拨乱反正。是原则出了差错，而不是这个人或者那个人举止不当。"

"什么原则？教皇的世俗权力吗？"

"为什么说得那么具体呢？这只不过是大的错误中的一个方面。这个原则错在任何人都能握有别人的生杀大权。这种虚伪的关系不应存在于人与人之间。"

马尔蒂尼举起双手。"好了，夫人，"他笑着说道，"你一旦这样开始谈论废除道德论，我就不和你讨论下去了。我相信你的祖先一定是英国 17 世纪的平均派成员。此外，我到这儿来是为了这些稿子。"

他从口袋里取了出来。

"另一份小册子吗？"

"那个叫作里瓦雷兹的倒霉蛋昨天把这篇愚不可及的文章提交给了委员会。我知道过不了多长时间，我们就要和他争吵起来。"

"这篇文章怎么了？坦率地说，塞萨雷，我认为你们有点偏见。里瓦雷兹也许让人感到厌烦，但是他并非愚不可及。"

"噢，我并不否认这篇文章自有精明之处，但是你最好还是读一读。"

这是一篇讽刺文章，它抨击了围绕新教皇的即位而在意大利引发的那种狂热。就像牛虻的所有文章一样，这篇文章笔调辛辣，刻意中伤。尽管琼玛厌恶文章的风格，她还是打心眼儿里觉得这种批评是有道理的。

"我十分同意你的意见，这篇东西确实非常恶毒，"她放下稿子说道，"但是最糟糕的是他说的都是实话。"

"琼玛！"

"对，是这么回事。你说这人是一条冷血鳗鱼，但真理是在他的一边。我们试图劝说这篇文章没有击中要害是没有用的——它的确击中了要害！"

"那么你建议我们付印它吗？"

"嗯，那是另外一回事。我并不认为应该原封不动地付印，那会伤害每一个人，并使大家四分五裂。没有什么好处的。但是如果他能重写一下，删除人身攻击部分，那么我认为这也许是篇非常难得的文章。作为一篇政论文，它是很出色的。我没有想到他的文章写得这么好。他说出了我们想说但却没有勇气说出来的话。瞧这一段，他把意大利比作是一个醉汉，搂住正在掏他口袋扒手的脖子，柔声柔气地哭泣。写得太棒了！"

"琼玛！通篇文章里就数这段最糟糕了！我讨厌心怀恶意的大呼小叫，对所有的事和所有的人都是这样！"

"我也是，但是关键不在这儿。里瓦雷兹的风格让人不敢苟同，作为一个人来说，他也不招人喜欢。但是他说我们沉醉于游行和拥抱，高呼友爱和和解，并说耶稣会和圣信会的教士们才是从中坐收渔利的人。这话可是一点也不假。我希望昨天我参加了委员会举行的会议。你们最终做出了什么决定？"

"这就是我来这儿的目的：请你去和他谈谈，劝他把调子改得缓和一些。"

"我吗？但是我根本就不大认识这个人，而且他还讨厌我。为什么其他的人不去，而让我去呢？"

"原因很简单，今天别的人没空。而且你比我们这些人更有理性，不会犯不着和他辩论一番，甚至吵起来。换了我们可就不一样了。"

"我相信如果你们尽力，你们是能说服他的。对了，就告诉他从文学的观点来看，委员会一致称赞这是一篇好文章。这样他就会开心的，而且这也是实话。"

牛虻坐在放着鲜花和凤尾草的桌边，茫然地凝视着地板，膝上摆着一封拆开的信。一只长着一身粗毛的柯利狗躺在他脚头的地毯上，听到琼玛在敞开的房门上轻敲的声音，它扬头吼叫起来。牛虻匆忙起身，出于礼节生硬地鞠了一躬。他的脸突然变得严肃起来，没有任何表情。

"你也太客气了。"他说，态度极其冷漠，"如果你告诉我一声，说你想要找我谈话，我会登门拜访的。"

琼玛看出他显然希望把她拒于千里之外，于是赶紧说明来意。他又鞠了一躬，并且拉过一把椅子放在她的前面。

"委员会希望我来拜访你，"她开口说道，"因为关于你的小册子，有些不同的意见。"

"这我已经想到了。"他微微一笑，坐在她的对面。他随手拿过一只插着菊花的大花瓶，挪到面前挡住光线。

"大多数的成员一致认为，作为一篇文学作品，他们也许推崇这本小册子，但是他们认为原封不动很难拿去出版。他们担心激烈的语调也许会得罪人，并且离间一些人，而这些人的帮助和支持对党来说是珍贵的。"

他从花瓶里抽出一枝菊花，开始慢慢地撕下白色的花瓣，一片接着一片。当她的眼睛碰巧看到他纤细的右手一片接着一片扔落花瓣时，琼玛觉得有些不安。她好像在什么地方见过这种举动。

"作为一篇文学作品，"他用柔和而又冷漠的声音说道，"它一点价值也没有，只能受到一些文学盲的人们推崇。至于说它会得罪人，这才是写作这篇文章的本意。"

"这我十分明白。问题是你会不会得罪那些不该得罪的人？"

他耸了耸肩膀，牙齿咬着一片扯下的花瓣。"我认为你错了，"他说，"问题是你们出于什么目的把我请到这里。我的理解是揭露并且嘲笑那些耶稣会教士。我可是尽力履行我的职责。"

"我向你保证，没有人怀疑你的才能和好意。委员会担心也许会得罪自由党，而且城市工人也许会撤回给予我们的道义支持。你也许想用这本小册子攻击圣信会教士，但是很多读者会认为这是在攻击教会和新教皇。从政治策略的角度出发，委员会考虑这样做是不可取的。"

"我开始明白过来了。只要我将矛头对准教会中特定的一些先生们，因为他们目前和党的关系弄得很僵，那么照我看来我就可以畅所欲言。直接涉及委员会自己所宠爱的教士——'真理'就是一只狗，必须把它关在狗窝里。而且在圣父可能受到攻击时，那就必须拿起鞭子抽它。对，那个傻子是对的[①]。我什么都愿意做，就是不愿做个傻子。我当然必须服从委员会的决定，但是我不免还要认为委员会把聪明劲儿用在两旁的走卒身上，却放过了中间的蒙、蒙、蒙泰尼——尼——尼里大——大人。"

"蒙泰尼里？"琼玛重复了一遍，"我不明白你是什么意思，你是说布里西盖拉教区的主教吗？"

"对，你要知道新教皇刚把他提升为红衣主教。我这儿有一封谈到他的信。你愿意听一下吗？写信的人是我的一个朋友，他在边境的另一边。"

"教皇的边境吗？"

"对，他在信中是这么写的，"他捧起她进来时就已在他手里的那封信，然后大声朗读起来，突然结巴得非常厉害：

"'不、不、不、不久你、你就会有、有幸见、见、见到我们的一个最、最、最大的敌人，红、红衣主教劳伦佐·蒙、蒙泰尼、尼、尼里，布里西盖、盖拉教区的主、主、主教。他

①　牛虻是在引述莎士比亚的悲剧《李尔王》第一幕第四场中傻子的一段话："真理是一条贱狗，它只好躲在狗洞里；当猎狗太太站在火边撒尿的时候，它必须一鞭子把人赶出去。"

打、打——’”

　　他打住了话头，停顿了片刻，然后又开始念了起来，念得很慢，声音拖得让人难以忍受，但是不再结巴。

　　“‘他打算在下个月访问托斯卡纳，他的使命是实现和解。他将先在佛罗伦萨布道，并在那里逗留大约三个星期，然后前往锡耶纳和比萨，经过皮斯托亚返回罗马尼亚。他表面上属于教会中的自由派，并和教皇和费雷蒂红衣主教私交很深。他在格列高利在位期间失宠，被打发到亚平宁山区的一个小洞里，从而销声匿迹。突然之间他抛头露面了。当然，他确实受到了耶稣会的操纵，就像这个国家任何一位圣信会教士一样。还是一些耶稣会教士建议由他出面执行这一使命的。他在教会中算是一位杰出的传道士，就像兰姆勃鲁斯契尼一样阴险。他的任务就是维持公众对教皇的狂热，不让这种狂热消退下去，并且吸引公众的注意力，直到大公签署耶稣会的代理人准备提交的那份计划。我还没能探悉这份计划。’然后信上还说：‘究竟蒙泰尼里是否明白他被派往托斯卡纳的目的，以及他是否明白受到了耶稣会的愚弄，我无法查个水落石出。他要么是个老奸巨猾的恶棍，要么就是最大的傻瓜。从我迄今发现的情况来看，奇怪的是他既不接受贿赂，也不蓄养情妇，我还是第一次见到这样的事情。’”

　　他放下了信，坐在那里眯着眼睛望着她，显然是在等她回答。

　　“你对这位通风报信的人所说的情况感到满意吗？”她过了一会儿说道。

"有关蒙、蒙泰、泰尼、尼里大人无可非议的私生活吗？不，这一点他也不满意的。你也听到了，他加了一句表示存疑：'从我迄今发现的情况来看。'"

"我说的不是这个，"她冷冷地打断了他的话，"我说的是他的使命。"

"我完全信得过写信的人。他是我的一位老朋友——43年结识的一位朋友。他所处的地位给他提供了异乎寻常的机会，能够查出这种事情。"

"那是梵蒂冈的官员了？"琼玛很快就想到了这一点。"这么说来，你还有这种关系了？我已猜到了几分。"

"这当然是封私信，"牛虻接着说道，"你要明白这个情况应该只限你们的委员会了解，需要严加保密。"

"这根本就不需要说。那么关于小册子，我可否告诉委员会你同意做些修改，把调子改得缓和一些，或者——"

"你不认为作了修改，夫人，降低言辞激烈的语调，也许就会损害这篇'文学作品'的整体之美吗？"

"你这是在问我个人的意见。我来这里表达的是整个委员会的意见。"

"这就是说你、你、你并不赞同整个委员会的意见了？"他把那封信塞进了口袋，这会儿身体前倾。他带着急切而又专注的表情望着她，这种表情完全改变了他的面容。

"你认为——"

"如果你愿意了解我本人的看法，我在这两个方面和委员会大多数人的意见不相一致。从文学的观点来看，我并不欣赏这个小册子。我的确认为陈述了事实，策略的运用也有过人之处。"

"这是——"

"我十分同意你的观点，意大利正被鬼火引入歧途，所有的狂热和狂喜很有可能使她陷入一个可怕的沼泽地。有人公开而又大胆地说出这种观点，我应该感到由衷的高兴，尽管需要付出代价，得罪并且离间我们目前的一些支持者。但是作为一个组织的一名成员，大多数人持有相反的观点，那我就不能坚持我个人的意见。我当然认为如要说出这些话来，那就应该说得含蓄，说得平心静气，而不是采用这个小册子里的语调。"

"你能稍等片刻，让我浏览一遍这份稿子好吗？"

他把它拿了起来，一页页地翻看下去。他皱起了眉头，似是不满。

"对，你说得完全正确。这个东西写得就像是在音乐餐馆里见到的那种讽刺短文，不是一篇政治讽刺文章。但是我又怎么办呢？如果我一本正经地写，那么公众就会看不明白。如果不够尖酸刻薄，他们就会说枯燥乏味。"

"你不认为老是尖酸刻薄，那也会枯燥乏味吗？"

他那锐利的目光迅速地扫了她一下，接着哈哈大笑。

"有一类人总是对的，夫人显然就属于这类可怕的人！这么说来，如果我迫于尖酸刻薄的诱惑，时间一长我也许会像格拉西尼夫人一样枯燥乏味吗？天啊，真是命苦！不，你不用皱眉头。我知道你不喜欢我，我这就说正经的。基本上就是这个情况：如果我删掉人身攻击，原样保留主要的部分，那么委员会就会觉得非常遗憾，他们不能负责印刷出来。如果我删掉政治真理，只是臭骂党的敌人，那么委员会就会把这个东西捧上天，可是你我都知道那就不值得印了。确切地说，这是一个有趣的形而上学观点：哪种状况更可取呢？是印出来但不值得，还是值得却不印出来呢？夫人，你说呢？"

"我并不认为必须从这两者之间做出选择。我相信如果你删掉了人身攻击，委员会就会同意印刷这个小册子，尽管大多数人不会赞同文中的观点。我确信这篇文章将会发挥很大的作用。但是你得丢开那种尖酸刻薄。如果你想要表达一种观点，这个观点的实质就是一颗大药丸，需要你的读者吞下去，那么就不要在一开始就拿形式吓唬他们。"

他叹息一声，无可奈何地耸了耸肩膀。"我服从，夫人，但是有一个条件。如果你们现在不让我笑出声来，那么下一次我就必须笑出声来。在那位无可非议的红衣主教大人莅临佛罗伦萨时，你和你的委员会都不许反对我尖酸刻薄，我想怎样就怎样。那是我的权利！"

他说话时的态度轻松而又冷漠，随手从花瓶里抽出菊花，举起来观察透过半透明的花瓣的阳光。"他的手抖得多厉害！"

看到鲜花摇晃抖动，她在心里想到。"他当然不喝酒了！"

"你最好还是和委员会的其他成员讨论一下这个问题。"

她起身说道，"至于他们将会如何看待这事，我不能发表意见。"

"你呢？"他也站了起来，靠在桌边，并把鲜花摁在脸上。

她犹豫不决。这个问题使她感到不安，勾起了过去那些不愉快的事情。"我——不大知道，"她最后说道，"多年以前我了解蒙泰尼里的一些情况。他那时只是一个神父。我小时住在外省，他是那里的神学院院长。我是从一个和他非常亲近的人那里听到过他的很多事情。我没有听到过他做过什么不好的事情。我相信至少他在那时确是一个非常杰出的人。但那还是很早以前的事情，他也许已经变了。不负责任的权力毒害了太多的人。"

牛虻从花中扬起头来看着她，脸上很平静。

"不管怎样，"他说，"如果蒙泰尼里大人不是一个恶棍，那么他就是掌握在恶棍手中的工具。不管他是什么，对我来说都是一样，对我在边境那边的朋友来说也是如此。路中的石头也许存心极好，但是仍然必须把它踢开。请让我来，夫人！"他撅了一下铃，然后一瘸一拐地走到门口，打开门来让她出去。

"谢谢你来看我，夫人。我去叫辆马车好吗？不用？那么就再见了！比安卡，请把门厅的门打开。"

琼玛走到街上，心里苦思不得其解。"我在边境那边的朋友"他们是谁？怎么把路中的石头踢开？如果只是用讽刺，那么他说话时眼里为什么含着杀气？

第四章

蒙泰尼里大人在 10 月里的第一个星期到达佛罗伦萨。他的来访在全城引起一阵小小的骚动。他是一位著名的传道士，革新教廷的代表。人们热切地期望他会阐述"新教义"，阐述友爱与和解的福音，这个福音就能治愈意大利的苦难。红衣主教吉齐已被提名担任罗马圣院的书记长，以便接替万人痛恨的兰姆勃鲁契尼。这一举动已将公众的狂热煽到了最高点。

蒙泰尼里正是能够轻易维持这种狂热的合适人选。他那无可非议的严谨生活作风，在罗马教会的显赫人物中是个罕见的现象，因而吸引了人们的注意。人们习惯于把敲诈、贪污和为人不齿的私通看作是高级教士职业之恒定不变的附属品。

此外，作为一名传道士，他的才能确实了不起。加上他那美妙的声音和富有魅力的性格，无论何时何地，他都能做到人过留名。

格拉西尼如同往常一样费尽心机，想把新到的名人请到他的家里。但是蒙泰尼里可不会轻而易举地上钩。对于所有的邀请，他都一概谢绝，态度客气而又坚决。他借口他身体不好，抽不出时间，并说他既没有力气也没有闲心去社交场合走动。

一个晴朗而寒冷的星期天早晨，马尔蒂尼和琼玛走过西格诺里亚广场。"格拉西尼夫妇真是欲壑难填！"他厌恶地对她说道。"你注意到在红衣主教的马车开过时，格拉西尼鞠躬的姿态吗？他们不管是谁，只要他是别人谈论的对象。我这一辈子还没见过这样巴结名流的人。8月份是牛虻，现在又是蒙泰尼里。我希望红衣主教阁下受到如此瞩目会感到受宠若惊，竟然会有这么许多的宝贝投机分子趋炎附势？"

大教堂里已经挤满了热心的听众，他们已经听说蒙泰尼里正在那里布道。马尔蒂尼担心琼玛又会头疼，所以劝她在弥撒结束之前出去。这是一个晴朗的早晨，先前下了一个星期的雨，这样他就找到了一个借口，提议到圣尼科罗山旁边的花园散步。

"不，"她答道，"如果你有时间我还是愿意散步的，但是不要去山上。我们还是沿着阿诺河走走吧。蒙泰尼里将从大教堂经过这里，我也像格拉西尼一样，想要看看这位名人。"

"但是你刚才已经看见他了。"

"离得太远。大教堂里挤得水泄不通，而且在马车经过的时候，他是背对着我们。如果我们站在桥的附近，我们肯定就能清楚地看到他，你知道他就住在阿诺河边。"

"可是你怎么突发奇想，希望见见蒙泰尼里呢？你从来都不留意著名的传道士啊。"

"我并不留意传道士，我留意的是那个人。我想看看自从我上次见过他以后，他的变化有多大。"

"那是什么时候？"

"亚瑟死了两天以后。"

马尔蒂尼不安地看了她一眼。他们已经来到阿诺河边，她正茫然地凝视河的对岸。他不喜欢她脸上露出的表情。

"琼玛，亲爱的，"过了一会儿，他说，"你难道要让那件不幸的往事纠缠你一辈子吗？我们在 17 岁时全都犯过错误。"

"我们在 17 岁时并非全都杀死过自己最亲爱的朋友。"

她有气无力地答道。她把胳膊支在小桥的石栏杆上，俯视河水。马尔蒂尼缄默不语。当她陷入这种心境时，他几乎有些害怕跟她说话。

"每当我俯视河水的时候，我总是会想起这段往事。"她说。她缓缓地抬起了头，望着他的眼睛。接着她神经质地哆嗦了一下。"我们再走一会儿吧，塞萨雷。站着不动有点冷。"

他们默默地过了桥，然后沿着河边往前走去。过了几分钟，她又开口说话。

"那人的嗓音真美！里面有种什么东西，我在别人的嗓音里从来没有听到过。他之所以有这么大的感染力，我相信一半的秘密就在这个上面。"

"是副好嗓子。"马尔蒂尼表示同意。河水勾起了她那不堪回首的回忆，他算是捕捉到了一个也许可以把她引开的话题。"撇开他的嗓子不谈，在我见过的传道士当中，他是最出色的一位。但是我相信他之所以有这么大的感染力，还有更深的秘密。那就是他的生活方式几乎与所有的高级教士不同，因而他就显得超凡脱俗。我不知道在整个意大利教会中，你是否可以找到另外一个显赫人物——除了教皇本人——享有如此白璧无瑕的名声？记得去年我在罗马尼亚时，经过他的教区，看见那些粗野的山民冒雨等着见他一面，或者摸一摸他的衣服。他在那里受到顶礼膜拜，他们几乎把他当成圣人一样。罗马尼亚人一向憎恨所有身穿黑色法衣的人，可是却把他看得很重。我曾对一位老农，生平见过的一个典型的私贩子，说人们好像非常忠于他们的主教，他说：'我们并不热爱主教，他们全是骗子。我们热爱蒙泰尼里大人。没人见过他说过一句谎话，或者做过一件不公的事情。'"

琼玛半是自言自语地说："我就纳闷他是否知道人们对他的这种看法。"

"他怎么就不该知道呢？你认为这种看法不对吗？"

"我知道是不对的。"

"你是怎么知道的？"

"因为他是这么告诉我的。"

"他告诉你的，蒙泰尼里？琼玛，你说的是什么意思？"

她把额前的头发向后掠去，然后转身对着他。他们又静静地站着，他靠在栏杆上，她则用雨伞的尖头在人行道上慢悠悠地画着线。

"塞萨雷，你我都是多年的朋友了，我从没跟你讲过有关亚瑟的真实情况。"

"用不着跟我讲了，亲爱的，"他匆忙插嘴说道，"我全都知道。"

"乔万尼告诉你的？"

"是的，在他临死的时候。有一天晚上我守在他的身边，他把这事告诉了我。他说——琼玛，既然我们谈起了这事，我最好还是跟你说真话吧！他说你总是沉湎于这件痛苦的往事，他恳求我尽力做你的好朋友，设法不让你想起这事。我已经尽了力，亲爱的，尽管我也许没有成功——我的确尽了力。"

"我知道的。"她轻声地答道，抬起眼睛望了一会儿。"没有你的友情，我的日子会很难过的。但是——乔万尼并没有跟你讲起蒙泰尼里大人，对吗？"

"没有，我并不知道他与这事有什么关系。他告诉我的是有关——那个暗探的事，有关——"

"有关我打了亚瑟和他投河自杀的事。呃，我就给你讲讲蒙泰尼里吧。"

他们转身走向主教马车将会经过的小桥。在讲话的时候，琼玛失神地望着河的对岸。

"那时蒙泰尼里还是一个神父，他是比萨神学院的院长。亚瑟进入萨宾查大学以后，他常给他讲解哲学，并和他一起读书。他们相互忠贞不贰，不像是一对师生，更像是一对情人。亚瑟几乎对蒙泰尼里崇拜得五体投地，我记得有一次他对我说，如果他失去他的'神父'——他总是这样称呼蒙泰尼里——他就会投河自杀的。呃，你知道其后就发生了暗探那事。第二天，我父亲和伯顿一家——亚瑟的同父异母兄弟，最可恶的人——花了一天时间在达赛纳港湾打捞尸体，我独自坐在屋里，前思后想我做了些什么。"

她顿了一会儿，然后接着讲了下去。

"天黑以后我父亲走进我的房间说:'琼玛,孩子,下楼去吧。我想让你见个人。'我们走下楼去,见到那个团体里的一个学生。他坐在接待室里,脸色苍白,浑身发抖。他告诉我们乔万尼从狱中送出了第二封信,说他们从狱卒那里打听到了卡尔迪的情况,亚瑟是在忏悔时被骗了。我记得那位学生对我说:'我们知道了他是无辜的,至少是个安慰吧。'我的父亲握住我的手,试图劝慰我。他并不知道我打了他。然后我回到了我房间,独自坐了一夜。我的父亲在早上又出了门,陪同伯顿一家到港口去看打捞的情况。他们还是希望能在那里找到尸体。"

"什么也没有找到?"

"没有找到,肯定是被冲到海上去了。但是他们还是抱着一线希望。我们自待在我的房间里,女仆上来告诉我一位神父登门来访。她告诉他我的父亲去了码头,然后他就走了。我知道肯定是蒙泰尼里,所以我从后门跑了出去,并在花园的门口赶上了他。当时我说:'蒙泰尼里神父,我想和你说句话。'他随即停下脚步,默默地等我说话。噢,塞萨雷,如果你想到了他的脸——此后的几个月里,它一直萦绕在我的心头!我说:'我是华伦医生的女儿,我来告诉你是我杀死了亚瑟。'我把一切都告诉了他,他站在那里听着,就像是一个石头人。等我讲完后,他说:'你就放宽心吧,我的孩子。我是凶手,不是你。我欺骗了他,他发现了。'说完就转过身去,一句话也不说就走出了大门。"

"然后呢?"

"我不知道在这以后他的情况。我在那天傍晚听说他昏倒在街上，被人送到码头附近的一户人家里。我只知道这些。我的父亲想方设法为我做这做那。我把情况告诉他以后，他就歇了业，立即带我回到英国，这样我就听不到任何可能勾起我回忆的事情。他害怕我也会跳河自杀，我的确相信有一次我差一点就那么做了。但是你知道的，后来发现我的父亲得了癌症，我就得正视自己——没有别人服侍他。他死了以后，我就要照顾家中的小弟小妹，直到我的哥哥有了一个家，可以安顿他们。后来乔万尼去了。他为自己所做的事情追悔莫及——就是他从狱中写了那封不幸的信。但是我相信，真的，正是我们的共同苦恼把我们连在一起了。"

马尔蒂尼微微一笑，摇了摇头。

"你可以这么讲，"他说，"但是自从第一次见到你以后，乔万尼就拿定了主意。我记得他第一次去里窝那回来后，没完没了地谈起你。后来听到他提起那个英国女孩琼玛，我就感到腻味。我还以为我不会喜欢你的。啊！来了！"

马车通过了小桥，停在阿诺河边的一座大宅前。蒙泰尼里靠在垫子上，仿佛已经疲惫不堪，不再去管聚集在门前想要见上他一面的狂热群众。他在大教堂里露出的那种动人表情已经荡然无存，阳光照出了烦恼和疲劳的皱纹。他下了马车，然后走进了屋里。他显得心力交瘁，龙钟老态，迈着沉重而又无力的脚步。琼玛转过了身，慢慢地朝着小桥走去。有一段时间里，她的脸好像也露出他脸上的那种枯槁、绝望的表情。马尔蒂尼默默地走在她的身边。

"我时常觉得纳闷，"过了一会儿，她又开口说道，"他

142

所说的'欺骗'是什么意思。有时我想——"

"想什么？"

"呃，很奇怪。他们俩长得那么相像。"

"哪两个人？"

"亚瑟和蒙泰尼里。不仅是我一个人注意到这一点，而且那一家人之间的关系有点神秘。伯顿夫人，亚瑟的母亲，在我见过的人当中，她是最温柔的一个人。和亚瑟一样，她的脸上有种圣洁的表情，而且我相信他们的性格也是一样的。但是她却总是显得有点害怕，就像一个被人发现的罪犯。前妻的儿媳把她不当人看，连一条狗都不如。另外，亚瑟本人和伯顿家里那些俗不可耐的人简直有天壤之别。当然了，人小的时候认为一切都是顺理成章的。但是回头想想，我时常纳闷亚瑟是否真是伯顿家里的人。"

"可能他发现了他母亲的一些事情，也许这就是他的死因，跟卡尔迪一事没有什么关系。"马尔蒂尼插嘴说道，这会儿他只能说出这样安慰的话来。琼玛摇了摇头。

"如果你看见了我打了他后他脸上的表情，塞萨雷，你就不会那么想了。有关蒙泰尼里的事也许是真的，很可能是真的，但是我所做的事我已做了。"

他们又走了一小会儿，相互之间没有说话。

"我亲爱的，"马尔蒂尼最后说道，"如果世上还有什么办法，能够挽回已经做过的事情，那还值得我们反思从前犯下的错误，但是事实上并没有，人死不能复活。这是一件令人痛心的事情，但是至少那个可怜的小伙子已经解脱了，比起一些活下来的人——那些流亡和坐牢的人——倒是更幸运。你我还得想到他们，我们没有权利为了死者伤心欲绝。记住雪莱说的话：'过去属于死亡，未来属于自己。'抓住未来，趁它仍然属于你自己的时候。拿定主意，不要想着许久以前你应该做些什么，那样只会伤害自己；而要想着现在你能够做些什么，这样才能帮助自己。"

他在情急之下抓住了她的手。听到背后传来一个柔和、冷酷、拖沓的声音，他赶紧撒开手来，并且直往后缩。

"蒙泰尼、尼、尼里大人，"那个懒洋洋的声音喃喃地说道，"无疑正像你所说的那样，我亲爱的先生。对于这个世界来说，事实上他好像是太好了，所以应该把他礼送到另外一个世界去。我相信他会像在这里一样，在那里也会引起轰动的。许多老鬼可、可能从来没有见过这样一个东西，竟有一个诚实的主教。鬼可是喜爱新奇的东西——"

"你是怎么知道这个的？"马尔蒂尼强压怒火问道。

"是从《圣经》上知道的，我亲爱的先生。如果相信福音书，甚至连那些最体面的鬼都会想入非非，希望得到变幻莫测的组合。这不，诚实和红、红、红衣主教，在我看来可是一个变幻莫测的组合，而且还是一个令人难受的组合，就像虾子和甘草一样。啊，马尔蒂尼先生，波拉夫人！雨后的天气真好，对吗？你们也听了新——新萨伏纳罗拉 ① 的布道吗？"

马尔蒂尼猛然转过身来。牛虻嘴里叼着雪茄，纽孔插着刚

---

① 萨伏纳罗拉·季罗拉摩（1459—1498）是著名的佛罗伦萨传道士，因揭露教会和当局的不道德而被处死。

买的鲜花。他朝他伸过一只细长的手，手上戴着手套。阳光从他那一尘不染的靴子反射出去，又从水上映到他那喜笑颜开的脸上。在马尔蒂尼看来，他不像平常那样一瘸一拐，而且也比平常自负。他们在握手时，一方和蔼可亲，一方怒形于色。这时里卡尔多焦急地喊道："恐怕波拉夫人不大舒服！"

她脸色变得煞白，帽檐下面的阴影几乎呈青灰色。因为呼吸急促，系在喉部的帽带瑟瑟发抖。

"我要回家。"她虚弱地说道。

叫来一辆马车以后，马尔蒂尼随她一起坐在上面，护送她回家。就在牛虻弯腰拉起缠在车轮上的披风时，他突然抬起了眼睛注视着她的脸。马尔蒂尼看见她露出了惧色，身体直往后缩。

"琼玛，你怎么了？"他们坐上马车开走以后，他用英语问道。"那个恶棍对你说了什么？"

"没说什么，塞萨雷。不是他的过错。我——我——吃了一惊——"

"吃了一惊？"

"对，我好像看见了——"她用一只手遮住了她的眼睛，他默不作声，等着她恢复自制。她的脸已经重新有了血色。

"你说得很对，"她转过身来，最后就像平常那样平静地说道，"追忆不堪回首的往事不但无益而且更糟。这会刺激人的神经，让人幻想各种子虚乌有的事情。我们再也不要谈起这个话题，塞萨雷，否则我就会觉得我所见的每个人都像亚瑟。这是一种幻觉，就像是在青天白日做起噩梦一样。就在刚才，在那个可恶的花花公子走上前来时，我竟以为是亚瑟。"

第五章

　　牛虻显然知道如何为自己树敌。他是在 8 月到达佛罗伦萨的，到了 10 月底，委员会的四分之三成员赞同马尔蒂尼的观点。他对蒙泰尼里的猛烈抨击甚至惹恼了崇拜他的人。对于这位机智的讽刺作家所说的话和所做的事，加利起先全力支持，现在却愤愤不平，开始承认最好还是放过蒙泰尼里。

　　"正直的红衣主教可不多。偶然出现这么一个，还是应该对他客气一些。"

　　对于暴风雨般的漫画和讽刺诗文，唯一仍旧漠然视之的人好像就是蒙泰尼里本人。就像马尔蒂尼所说的那样，看来不值得浪费精力嘲笑一个如此豁达的人。据说蒙泰尼里在城里时，有一天应邀去和佛罗伦萨大主教一起进餐。他在屋里发现了牛虻所写的一篇文章，这篇讽刺文章大肆对他进行人身攻击。读完以后，他把文章递给了大主教，并说："写得相当精彩，对不对？"

　　有一天，城里出现了一份传单，标题是"圣母领报节之圣迹"①。尽管作者略去了众人熟知的签名，没有画上一只展翅的牛虻，但是辛辣而又犀利的文风也会让大多数读者明白无误地猜出这是谁写的文章。这篇讽刺文章是用对话的形式写成。托斯卡纳充当圣母马利亚；蒙泰尼里充作天使，手里拿着象征纯洁的百合花，头上顶着象征和平的橄榄枝，宣布耶稣会教士就要降临。通篇充满了意在人身攻击的隐喻，以及最险恶的暗示。整个佛罗伦萨都觉得这一篇讽刺文章既不大度又不公正。可是整个佛罗伦萨还是笑了起来。牛虻那些严肃的荒诞笑话有着某种无法抗拒的东西，那些最不赞成他的人与最不喜欢他的人，读了他的讽刺文章也会像他那些最热忱的支持者一样开怀大笑。虽然传单的语气让人感到厌烦，但是它却在城中大众的感情上留下了痕迹。蒙泰尼里个人的声誉太高，不管讽刺文章是多么机智，那都不能对他造成严重的伤害。但是有一段时间，事态几乎朝着对他不利的方向发生了逆转。牛虻已经知道应该盯在什么地方。尽管热情的群众仍旧会聚集在红衣主教的房前，等着看他走上或者走下马车，但是在欢呼声和祝福声中，经常也夹杂着"耶稣会教士""圣信会奸细"这样不祥的口号声。

但是蒙泰尼里并不缺乏支持者。这篇讽刺文章发表以后两天，教会出版的一份主要报纸《教徒报》刊出一篇出色的文章，题目是《答〈圣母领报节之圣迹〉》，署名"某教徒"。

针对牛虻的无端诽谤，这一篇充满激情的文章为蒙泰尼里作了辩护。这位匿名作者以雄辩的笔锋和极大的热忱，先是阐

① 圣母领报节为 3 月 25 日。《圣经》称天使迦勃里尔（Gabriel）在这一天奉告圣母马利亚，她将得子耶稣。

147

述了世界和平及人类友好的教义，说明了新教皇是福音传教士，最后要求牛虻证明在其文中得出的结论，并且郑重呼吁公众不要相信一个为人所不齿的、专事造谣中伤的家伙。作为一篇特别的应辩文章，它极有说服力；作为一篇文学作品，其价值又远远超出一般的水平。所以这篇文章在城里引起了许多人的注意，特别是因为连报纸的编辑都不知道作者的身份。文章很快就以小册子的形式分头印刷，佛罗伦萨的各家咖啡店里都有人在谈论这位"匿名辩护者"。

牛虻做出了反应，他猛烈攻击新教皇及其所有的支持者，特别是蒙泰尼里。他谨慎地暗示蒙泰尼里可能同意别人撰文颂扬自己。对此，那位匿名作者又在《教徒报》上应答，愤然予以否认。蒙泰尼里在此逗留的余下时间里，两位作者之间展开的激烈论战引起了公众的注意，从而无心留意那位著名的传道士。

自由派的一些成员斗胆规劝牛虻不必带着那么恶毒的语调对待蒙泰尼里，但是他们并没有从他那里得到满意的答复。

他只是态度和蔼地笑笑，慢慢吞吞、磕磕巴巴地答道："真——真的，先生们，你们太不公平了。在向波拉夫人作出让步时，我曾公开表示应该让我这会儿开个小——小的玩笑。契约是这样规定的呀！"[①]蒙泰尼里在10月底回到了罗马尼亚教区。他动身离开佛罗伦萨之前，作了一次告别布道。他温和地表示不大赞成两位作者的激烈言辞，并且恳求为他辩护的那位匿名作者作出一个宽容的榜样，结束一场无用而又不当的文字战。《教徒报》在第二天登出了一则启事，声明遵照蒙泰尼

① 此句引自莎士比亚《威尼斯商人》第四幕第一场中夏洛克的话。

里大人的意愿，"某教徒"将会撤出这场论战。

最后还是牛虻说了算。他发表了一份小传单，宣称蒙泰尼里的基督教谦让精神缴了他的械，他已经改邪归正，准备搂住他所见到的第一位圣信会教士，并且洒下和解的眼泪。

"我甚至愿意，"他在文章的结尾部分说，"拥抱向我挑战的那位匿名作者。如果我的读者像我和红衣主教阁下那样，知道了这意味着什么，而且也知道了他为什么隐姓埋名，那么他们就会相信我这番话的真诚。"

他在11月的后半月向文学委员会宣布，他要到海边休假两个星期。他显然去了里窝那，但是里卡尔多很快就跟了过去，希望和他谈谈，找遍全城也没有发现他的踪影。12月5日，沿亚平宁山脉的教皇领地爆发了异常激烈的政治游行示威，人们开始猜测牛虻突发奇想，在深冬的季节要去休假的理由。在骚乱被镇压以后，他回到广佛罗伦萨。他在街上遇到了里卡尔多，和颜悦色地说："我听说你到里窝那找我，我当时是在比萨。那个古城真是漂亮，大有阿卡迪亚那种仙境的遗风。"

圣诞节那个星期的一天下午，他参加了文学委员会召开的会议。会议的地点是在里卡尔多医生的寓所，即在克罗斯门附近。这是一次全会，他晚来了一点。他面带微笑，歉然地鞠了躬。当时好像已经没有了空座。里卡尔多起身要去隔壁的房间取来一把椅子，但是牛虻制止了他。"别麻烦了，"他说，"我在这就挺舒服。"说着他已走到房间那头的窗户跟前，琼玛的座椅就在旁边。他坐在窗台上，懒洋洋地把头靠在百叶窗上。

他眯起眼睛，笑盈盈地俯视琼玛，带着深不可测的斯芬克斯式神态，这就使他看上去像是列奥纳多·达·芬奇肖像画中的人物。他原已使她产生一种本能的不信任感，这种感觉现在深化成了一种莫名其妙的恐惧感。

这次讨论的议题是发表一份小册子，阐明委员会对托斯卡纳面临饥馑的观点，以及应该对此采取什么措施。这是一个很难决定的问题，因为如同往常一样，委员会在这个议题上产生了严重的分歧。琼玛、马尔蒂尼和里卡尔多属于激进的一派，他们主张强烈呼吁政府和公众立即采取切实的措施，以便解救农民的困苦。温和的一派，当然包括格拉西尼害怕过分激烈的措词也许将会激怒而不是说服政府。

"想要立即帮助人民，先生们，用心是很好的。"他环视了一下那些面红耳赤的激进分子，带着平静而又怜悯的口吻说道，"我们大多数人都想得到许多我们不大可能得到的东西，但是如果我们采用你们所提议的那种语气，那么政府就很有可能不会着手行动，直到真的出现饥荒他们才会采取救济措施。如果我们只是劝说政府内阁调查收成情况，这倒是未雨绸缪。"

坐在炉旁一角的加利跳起来反驳他的宿敌。

"未雨绸缪，对！我亲爱的先生。但是如果发生了饥荒，它可不会等着我们从容绸缪。等到我们运去实实在在的救济品之前，人民也许就已忍饥挨饿了。"

"听听！"萨科尼开口说道，但是好几个人的声音打断了他的话。

"大点声，我们听不清。"

"我也听不清，街上闹翻了天。"加利怒气冲冲地说道，

150

"里卡尔多，窗户关了没有？说话连自己都听不清楚。"

琼玛回过头去。"关了，"她说，"窗户关得死死的。我看是有一班玩杂耍的或是别的什么从这儿经过。"

从下面街道传来阵阵的叫声和笑声，以及铃声和脚步声，夹着一个铜管乐队差劲的吹奏声和一面大鼓无情的敲击声。

"这些日子没办法，"里卡尔多说，"圣诞节期间肯定会闹哄哄的。萨科尼，你刚才在说什么？"

"我是说听听比萨和里窝那那边的人对这个问题有什么看法。也许里瓦雷兹先生能够给我们讲一讲，他刚从那里回来。"

"里瓦雷兹先生！"琼玛叫道。她是唯一一坐在他身边的人，因为他仍然默不作声，所以她弯腰碰了一下他的胳膊。他慢慢地转过身来，面对着她。看见这张沉如死水的脸，她吓了一跳。片刻之间，这像是一张死人的脸。过了一会儿，那两片嘴唇才动了起来，怪怪的，毫无生气。

"对，"他小声说道，"一班玩杂耍的。"

她的第一直觉是挡住他，免得别人感到好奇。她不明白他是怎么回事，但是她意识到他产生了某种可怕的幻想或幻觉，而且这时他的身心全然为它所支配。她迅速站了起来，站在他和众人之间，并且打开了窗户，装作往外张望。只有她看见了他的脸。

一个走江湖的马戏班子从街上经过，卖艺人骑在驴上，扮作哈里昆的人穿着五颜六色的衣服。披上节日盛装的人们开怀大笑，摩肩接踵。他们与小丑插科打诨，相互扔着如雨般的纸带，并把小袋的话梅掷向坐在彩车里的科伦宾。那位扮作科伦宾的女人用金银纸箔和羽毛把自己装饰起来，前额披着几缕假发卷，涂了口红的嘴唇露出做作的笑容。彩车后面跟着一群形态迥异的人——流浪汉、叫花子、翻着筋斗的小丑和叫卖的小贩。他们推推搡搡，乱扔乱砸，并为一个人拍手叫好。因为人群熙来攘往，所以琼玛起先没有看到是什么一个人。可是，随后她就看清了——一个驼子，又矮又丑，穿着稀奇古怪的衣服，头上戴着纸帽，身上挂着铃铛。他显然属于那个走江湖的杂耍班子。他做出可憎的鬼脸，并且弯腰曲背。

"那儿出了什么事？"里卡尔多走到窗户跟前问道，"你们好像饶有兴趣。"

他感到有点吃惊，为看一帮走江湖的卖艺人，他们竟让委员会全体成员等在一旁。琼玛转过身来。

"没什么意思，"她说，"只是一帮玩杂耍的。可是声音那么嘈杂，我还以为是什么别的东西呢。"

她站在那里，一只手仍然抹着窗户。她突然感到牛虻伸出冰冷的手指，充满激情地握住那只手。"谢谢你。"他轻声说道。他关上了窗户，重又坐在窗台上。

"恐怕，"他淡淡地说，"我打断了你们开会，先生们。我刚才是在看杂耍表演，真、真是热、热闹。"

"萨科尼向你提了一个问题。"马尔蒂尼粗声粗气地说道。

牛虻的举止在他看来是荒诞不经的装腔作势，他感到气恼的是琼玛这样随便，竟也学他的样子。这不像她一贯的作风。

牛虻声称他对比萨人民的情绪一无所知，他去那里"只是休假"。他随即就展开了激烈的讨论，先是大谈农业收成的前景，然后又大谈小册子的问题。他虽然说话结巴，但是滔滔不绝，搞得其他的人精疲力竭。他好像从自己的声音里找到了一些让人狂喜不已的乐趣。

会议结束了，委员会的成员起身离去。这时里卡尔多走到马尔蒂尼的跟前。

"你能留下来陪我吃饭吗？法布里齐和萨科尼已经答应留下来了。"

"谢谢，可是我要把波拉夫人送回家。"

"你真的害怕我回不了家吗？"她说着站了起来，并且披上了她的围巾。"当然他要留下来陪你，里卡尔多医生。换换口味对他有好处。他出门的次数可不多。"

"如果你愿意的话，我来送你回家吧，"牛虻插嘴说道，"我也是往那个方向走。"

"如果你真的往那边走的话——"

"里瓦雷兹，我看晚上你没有空过来了吧？"里卡尔多在为他们开门时问道。

牛虻回头笑出声来。"我亲爱的朋友，是说我吗？我可要去观看杂耍表演！"

"真是一个怪人，奇怪的是对卖艺的人这样情有独钟！"里卡尔多回来以后对他的客人说道。

"我看这是出于一种同行之间的情感吧，"马尔蒂尼说道，"我要是见过卖艺的人，这个家伙就是一个。"

"我希望我只是把他当成一个卖艺的人，"法布里齐表情严肃，在一旁插嘴说道，"如果他是一个卖艺的人，恐怕他是一个非常危险的卖艺人。"

"危险在什么地方？"

"呃，我不喜欢他那么热衷于短期旅行，这些意在取乐的旅行又是那么神秘。你们知道这已是第三次了。我不相信他是去了比萨。"

"我看这几乎是一个公开的秘密，他是去了山里。"萨科尼说道，"他根本就不屑否认他仍与私贩子保持联系，他是在萨维尼奥起义中认识他们的。他利用他们之间的友谊，把他的传单送到教皇领地边境那边，这是十分自然的。"

"我嘛，"里卡尔多说道，"想跟你们谈的就是这个问题。我有个想法，我们倒是不妨请里瓦雷兹负责我们的私运工作。建在皮斯托亚的印刷厂管理不善，在我看来效率很差。运过边境的传单总是卷在雪茄烟里，没有比这更原始的了。"

"这种方法迄今可是非常有效。"马尔蒂尼执拗地说。加利和里卡尔多总是把牛虻树为模范，对此他开始感到厌烦。他倾向于认为在这个"懒散的浪人"摆平大家之前，一切都是井然有序。

"这种方法迄今也太有效了，所以我们就满足于现状，不去想着更好的方法。但是你们也知道近来有许多人被捕，没收了许多东西。现在我相信如果里瓦雷兹肯为我们负责这件事情，那么这样的情况就会减少。"

"你为什么这么想呢？"

"首先，私贩子把我们当成外行，或者说把我们当成有油水可榨的对象。可是里瓦雷兹是他们自己的朋友，很有可能是他们的领袖，他们尊重并且信任他。对于参加过萨维尼奥起义的人，亚平宁山区的每一位私贩子都肯为他赴汤蹈火，对我们则不会。其次，我们中间没有一个人像里瓦雷兹那样熟悉山里的情况。记住他曾在那里避过难，熟记每一条走私的途径。没有一个私贩子敢欺骗他，即使他想那样做都不成。如果私贩子敢欺骗他，那也骗不过他。"

"那么你就提议我们应该请他全面负责把印刷品运过边境——分发的渠道、投放的地址、藏匿的地点等等一切——抑或我们只是请他把东西运过去？"

"呃，至于投放的地址和藏匿的地点，他很可能全都知道了，甚至比我们知道的还要多，我们教不了他多少东西。至于说到发行的渠道，这当然要看对方的意思。我考虑重要的问题是实际私运本身。一旦那些书籍运到了波洛尼亚，分发就是一个比较简单的问题了。"

"就我来看，"马尔蒂尼说，"我反对这项计划。第一，你们都说他办事如何老练，但是这些只是猜测。我们并没有亲眼见到他做过走私过境的事，而且并不知道他在关键时刻能否镇静自若。"

"噢，对此你大可不必表示怀疑！"里卡尔多插了进来。

"萨维尼奥事件的历史证明了他能做到镇静自若。"

"还有，"马尔蒂尼接着说道，"从我对里瓦雷兹了解的情况来看，我并不倾向于把党的秘密全都交给他。在我看来他是一个轻浮做作的人。把党的私运工作委托给这样的人，这可是一个严肃的问题。法布里齐，你有什么看法？"

"如果我像你一样只有这些反对意见，马尔蒂尼，"教授答道，"我当然应该打消它们，里瓦雷兹这样的人无疑具备里卡尔多所说的全部条件。就我来看，我毫不怀疑他的勇气、他的诚实，或者他的镇定。他了解山里的情况，了解山民。我们有充足的证据，但是我还有一条反对意见。我相信他去山里并不是为了私运传单。我开始怀疑他另有目的。当然了，这一点我们只是私下说说而已。只是怀疑。在我看来，他可能与某个'团体'保持联系，也许是最危险的团体。"

"你指的是什么——'红带会'吗？"

"不，是'短刀会'。"

"短刀会！但那可是一个由不法之徒组成的小团体，里面大多是农民，既没有受过教育，也没有政治经验。"

"萨维尼奥的起义者也是这样的人。但是他们有几位受过教育的人担任领袖，这个小团体或许也是这样。记住在这些比较过激的团体中，里面有萨维尼奥起义的幸存者。这一点广为人知。那些幸存者发现在公开的起义中，他们实力太弱，打不过教会的势力，所以他们专事暗杀。他们还没有达到可以拿起枪来、大干一场的地步，所以只得拿起刀子。"

"但你凭什么去猜里瓦雷兹和他们有联系呢？"

"我并不去猜，我只是怀疑。不管怎样，我认为在把私运工作交给他之前，我们最好查清此事。如果他试图同时兼任两种工作，他会给我们这个党造成极大的破坏。他只会毁了党的声誉，别的什么忙也帮不上。我们还是下次再来讨论这事吧。我想跟你们说说来自罗马的消息。据说将会任命一个委员会，起草一部地方自治宪法。"

第六章

　　琼玛和牛虻沿着阿诺河边默默地走着。他那狂热劲儿好像已经消退了。他们离开里卡尔多寓所以后，他就没怎么说话。琼玛见他默不作声，心里着实感到高兴。和他在一起，她总是觉得难为情。比起平常来，她今天更是如此。因为他在会上的举止使她大为困惑。

　　到了乌菲齐宫时，他突然停了下来，然后转身看着她。

　　"你累了吗？"

　　"不累。为什么？"

　　"今晚也不特别忙吗？"

　　"不忙。"

　　"我想求你一件事。我想让你陪我散会儿步。"

　　"上哪儿呢？"

　　"没有什么具体的地方，随你喜欢上哪儿。"

　　"可是为什么呢？"

　　他犹豫了一下。

"我——不能告诉你——至少是现在，很难说出口。但是如果可以的话，就请来吧。"

他突然抬起原先望着地面的眼睛，她看见他那眼里的神情非常奇怪。

"你有什么心事？"她平静地说道。他从插在纽孔的那支花上摘下了一片叶子，随后开始把它撕成碎片。奇怪的是他那么像谁呢？某个人的手指也有这个习惯，动作匆促而又神经质。

"我遇到了麻烦，"他低头看着双手，声音弱得几乎让人听不清楚。"我——今晚不想一个人待着。你来吗？"

"当然可以，你还是到我的寓所去吧。"

"不，陪我找家餐馆吃饭去吧。西格诺里亚有家餐馆。请你不要拒绝。你已经答应了！"

他们走进一家餐馆，他点了菜，但是根本就没有动他自己的那一份。他执意一句话也不说，一边在桌布上揉碎面包，一边捏着餐巾的边角。琼玛觉得很不自在，然后开始想她不该同意到这儿来。沉默越发变得尴尬，可是她又不能开口谈一些无关痛痒的事情，那人仿佛已经忘记了她的存在。他终于抬起了头，唐突地说道："你愿意去看杂耍表演吗？"

她吃惊地望着他。他怎么想到了杂耍表演？

"你见过杂耍表演吗？"没等她回答他又问道。

"没有，我看没有。我并不认为那有什么意思。"

"很有意思的。我倒认为没有看过的人，想要研究人们的生活是不可能的。我们回到克罗斯门去吧。"

当他们到了那里时，卖艺人已在城门旁边支起了帐篷，刺

158

耳的小提琴声和咚咚作响的大鼓声宣布演出已经开始了。

　　这是最粗俗的娱乐形式。几名小丑、哈里昆和玩杂技的、一名钻圈的马戏骑手、涂脂抹粉的科伦宾和那个做出各种乏味而又愚蠢滑稽动作的驼背，这就组成了全部的阵容。总的来说，那些笑话既不粗俗又不恶心，但是平淡而又陈腐。整场表演都没有什么劲儿。观众出于托斯卡纳人那种天生的礼节，又是大笑又是鼓掌，但是实际上看得津津有味的还是那个驼子的表演，可是琼玛发现既不诙谐又不巧妙，只是扭腰曲背，动作古怪而又丑陋。观众却模仿他的动作，他们把小孩举到肩上，以便让小家伙们也能看见那个"丑人"。

　　"里瓦雷兹先生，你真的觉得这有吸引力吗？"琼玛转身对牛虻说道，牛虻正站在她的旁边，胳膊搂着帐篷的一根木柱子。"在我看来——"

　　她打住了话头，仍旧不声不响地看着他。除了那天她在里窝那的花园门口站在蒙泰尼里旁边，她从来没有见过这么一张人脸，脸上表现出一种深不可测、毫无希望的痛苦。她在看着他时想起了但丁笔下的地狱。

　　这会儿一个小丑踏了驼子一脚，驼子一个转身翻了一个筋斗，然后身体一瘫，怪模怪样地倒在圈子外面。两个小丑开始说话了，这时牛虻好像从梦中醒了过来。

　　"我们走吧？"他问，"抑或你还想再看一会儿？"

　　"我想还是走吧。"

　　他们离开了帐篷，穿过阴暗的草地走到河边。有一段时间里，他们谁都没有说话。

"你认为表演怎么样？"过了会儿牛虻问道。

"我认为这是一个无聊的行当，有一段表演在我看来实在令人不快。"

"哪一段？"

"呃，那些鬼脸、那样地扭腰曲背简直丑陋不堪，没有一点高明之处。"

"你是说驼子的表演吗？"

她记得他对涉及自己身体缺陷的话题特别敏感，所以就避免具体提到这一段。但是现在是他自己触及这个话题，所以她就作了回答。

"是的，我一点也不喜欢这一部分。"

"这可是人们最欣赏的表演。"

"没错，这正是最糟糕的地方。"

"因为它没有艺术性？"

"不——不，确实没有艺术性可言。我的意思——因为它残忍。"

他微微一笑。

"残忍？你的意思是对那个驼子而言吗？"

"我的意思——那个人当然是一点也不在乎。毫无疑问，对他来说只是谋生的手段，就像骑手或者科伦宾一样。但是这事让人觉得不开心。丢人，这是一个人的堕落。"

"他很可能不比他开始干这行时更堕落。我们大多数人都是堕落的，或在这个方面，或在那个方面。"

"不错，但是这——我敢说你会认为是个荒唐的偏见，但是在我来看，一个人的身体是圣洁的。我不喜欢看见拿它不当回事，使它变得丑陋不堪。"

"一个人的灵魂呢？"

他停下脚步，手扶堤岸的石栏杆站在那里，同时直盯着她。

"一个人的灵魂？"她重复了一遍，转而惊奇地望着他。

他突然伸出双手，激动不已。

"你想过那个可怜的小丑也许有灵魂——一个活生生、苦苦挣扎的人的灵魂，系在那个扭曲的身躯里，被迫为它所奴役吗？你对一切都以慈悲为怀——你可怜那个穿着傻瓜衣服、挂着铃铛的肉体——你可曾想过那个凄惨的灵魂，那个甚至没有五颜六色的衣服遮掩、赤裸在外的灵魂？想想它在众人的面前冷得瑟瑟发抖，羞辱和苦难使它透不过气来——感受到鞭子一样的讥笑——他们的狂笑就像赤红的烙铁烧在裸露的皮肉上！想想它回过头去——在众人的面前那样无依无靠——因为大山不愿压住它——因为岩石无心遮住它——嫉妒那些能够逃进某个地洞藏身的老鼠；想起了一个灵魂已经麻木——想喊无声，欲哭无音——它必须忍受、忍受、再忍受。噢！瞧我在胡说八道！你究竟为什么不笑出声来？你没有幽默感！"

她缓慢地转过身去，一句话也没说，沿着河边继续往前走去。整个晚上她都不曾想过把他的苦恼，不管是什么苦恼，与杂耍表演联系在一起。他在突然之间发出了这样一番感慨，这就让她模糊地窥见他的内心生活。她很可怜他，但又找不出一句得体的话来。他继续走在她的身边，调头俯视河水。

"我想让你明白，"他突然开口说话，带着一种傲气，"我刚才跟你说的一切纯粹都是想象。我非常喜欢沉湎于幻想，但是我不喜欢人家把它当真。"

她没有回答，他们默默地往前走去。当他们经过乌菲齐宫的大门时，他走过马路，停在一个靠在栏杆上的黑色包裹前。

"小家伙，怎么了？"他问道，她从来没有听过他说话这样和气。"你为什么不回家？"

那个"包裹"动了一下，低声呜咽着说了一些什么。琼玛走了过去，看见一个 6 岁左右的小孩，衣服又破又脏，蹲在人行道上就像是一个受了惊吓的动物。牛虻弯着腰，手搭在那个头发蓬乱的脑袋上。

"你说什么？"他把身体弯得更低，以便听清模糊不清的答话。"你应该回家睡觉去，小孩子晚上不要出门，你会冻坏的！把手给我，像个男子汉那样跳起来！你住在哪里？"

他抓住那个小孩的胳膊，把他举了起来。结果那个孩子尖叫一声，赶紧缩回身体。

"怎么回事？"牛虻问道，跪在人行道上，"噢！夫人，瞧这儿！"

那个孩子的肩膀和外套都沾着血。

"告诉我出了什么事了？"牛虻继续带着亲切的口吻问道。

"不是摔了一跤，对吗？不对？有人打了你吗？我想也是！是谁？"

"我叔叔。"

"啊，是这样！什么时候？"

"今天早上。他喝醉了酒，我、我——"

"然后你碍了他的事——对吗？小家伙，别人喝醉酒时，你就不该妨碍他们。他们可不喜欢。夫人，我们拿这个小孩怎么办呢？孩子，到亮处来，让我看看你的肩膀。把胳膊搁在我的脖子上，我不会伤害你的。这就对了。"

他用双手抱起那个男孩，过了街道，把他放在石栏杆上。

然后他拿出了一把小刀，熟练地割开捅破的袖子。那个小孩把头伏在他的胸前，琼玛则扶着那只受伤的胳膊。肩膀已经肿了起来，胳膊上有一道很深的刀伤。

"给你这个小孩这么一刀，太不像话了。"牛虻一边说着，一边用手帕扎在伤口的周围，防止外套蹭疼伤口。"他用什么干的？"

"铁锹。我请他给一个索尔多，想去拐角的那家店里买点米粥，然后他就用铁锹打了我。"

牛虻不寒而栗。"哎！"他轻声说道，"小家伙，被打疼了吧？"

"他用铁锹打了我，我就跑开了，我就跑开了，因为他打我。"

"然后你就一直四处游荡，饭也没吃？"

那个小孩没有回答，开始痛哭起来。牛虻把他从栏杆上抱了下来。

"行了，行了！马上就没事了。我想知道哪儿才能找到一辆马车。恐怕马车全都等在剧院门口，今晚那里可有一场盛大的演出。对不起，夫人，拖累你了。但是——"

"我倒愿意和你一起去。你也许需要帮忙。你看你能把他抱到那儿吗？他很重吗？”

"噢，我能行的，谢谢你。"

他们在剧院门口只发现了几辆马车，它们全都坐满了人。演出已经结束，大多数的观众都走了。张贴的海报醒目地印着绮达的名字，她就在芭蕾舞剧中演出。牛虻请琼玛等他一会儿，随后走到演员出口处，跟一位侍者搭上了话。

"莱尼小姐走了吗？"

"没有，先生。"那人回答。看到一位衣着考究的绅士抱着一个衣衫褴褛的街头小孩，他感到有些迷惑不解。"我看莱尼小姐就要出来了，她的马车正在等她。对，她来了。"

绮达走下了楼梯，依偎着一位青年骑兵军官的胳膊。她显得绰约多姿，大红的丝绒披风罩着晚礼服，一把用鸵鸟羽毛编织的大扇子挂在腰间。她在出口处停下了脚步，从那位军官的胳膊里抽出了手，一脸惊喜地走到牛虻面前。

"费利斯！"她小声地叫道。"你怎么到这儿来了？"

"我在街上捡到了这个小孩。他受了伤，饿着肚子。我想尽快把他带回去。哪儿都找不到马车，所以我想借用你的马车。"

"费利斯！不要把一个讨厌的叫花子带进你的屋子！找个警察来，让他把他带到收容所去，或者什么合适他的地方去。你不能把城里所有的乞丐——"

"他受了伤，"牛虻重复了一遍，"如果必须把他送到收容所去，可以明天送嘛，但是必须先照顾他，给他吃点东西。"

绮达做出一个表示厌恶的鬼脸。"你就让他的头抵着你的衬衣！你怎么能这样呢？他脏死了！"

牛虻抬起头，猛然发了火。

"他可饿着肚子，"他怒冲冲地说，"你不懂这是什么意思吗？"

"里瓦雷兹先生，"琼玛走上前来插嘴说道，"我的寓所离这儿很近。我们还是把孩子带到那儿去吧。回头如果你找不到一辆出租的马车，我可以让他在我那儿过夜。"

他迅速转过身去。"你不介意吗？"

"当然不介意。晚安，莱尼小姐！"

那位吉卜赛女郎生硬地鞠了一躬，气呼呼地耸了耸肩膀。

她又挽起那位军官的胳膊，撩起裙裾从他们身旁经过，上了那辆引起争执的马车。

"如果你愿意的话，里瓦雷兹先生，我会让它回来接你和那个孩子。"她站在踏板上说道。

"很好，我这就把地址告诉他。"他走到人行道上，把地址给了那位车夫，然后抱着那个孩子回到琼玛的身边。

凯蒂在家等着她的女主人。听到出了什么事后，她跑去端来热水和其他所需的东西。牛虻把那个孩子放在椅子上，跪在他的身边，熟练地脱下那身破烂的衣服，给他洗了澡，并且包扎了伤口，动作轻柔而又娴熟。他刚好帮那个男孩洗完了澡，正用一条暖和的毛毯把他裹起来，这时琼玛端着一个盘子走了进来。

"你的病人准备吃饭了吗？"她问，冲着那个陌生的小孩笑笑。"我已经给他做好了。"

牛虻站了起来，把那身脏衣服卷成一团。"恐怕我们把你的房间搞得乱七八糟的，"他说，"至于这些，最好还是烧了吧。我明天会给他买些新衣服。夫人，你屋里有白兰地吗？我看他应该喝一点。如果蒙你同意，我这就洗个手。"

等那个孩子吃完晚饭后，他立即就在牛虻的怀里睡着了，头发蓬松的脑袋抵着他的衬衣前襟。琼玛帮着凯蒂把乱成一团的房间收拾好了，然后坐在桌边。

"里瓦雷兹先生，你在回家之前必须吃点东西——你就没怎么吃东西，而且天已不早了。"

"如果你有的话，我倒愿意来杯英国式的茶。对不起，让你折腾到这么晚。"

"噢！没关系的。把那个孩子放到沙发上，他会累着你的。等一等，我在坐垫上放上一条床单。你拿他怎么办？"

"明天吗？除了那个酒鬼恶棍，找找看他还有什么亲人。如果没有，我看只得听从莱尼小姐的忠告，把他送到收容所去。也许最仁慈的做法是在他的脖子上拴上一块石头，把他投进河里去。但是那样就会使我遭受不快的后果。睡得真沉！你这个小孩，真是太不走运了，甚至都不能像只走失的小猫那样保护自己！"

当凯蒂提着茶壶走进来时，那个男孩睁开了眼睛，带着惶惑不安的表情坐了起来。他认出了牛虻，已经把他当成了天然的保护人。他扭身下了沙发，拖着毛毯偎在牛虻的身上。

现在他已完全有了精神，问这问那。他指着那只残疾的左手问道："这是什么？"

牛虻的左手拿着一块饼。"这个吗？饼。你想吃一点吗？

我看你已经吃饱了。小男子汉，等到明天再吃吧。"

"不——那个！"他伸手碰碰断指和手腕处的大疤。牛虻放下了饼。

"噢，是这个！这和你肩膀上的那个东西是一样的——我被一个比我更壮的人打了。"

"疼得厉害吗？"

"噢，我不知道——不见得比其他东西更疼。好了，再去睡觉吧。这么晚了，你就什么也别问了。"

马车开来时，那个孩子又睡着了。牛虻没有叫醒他，轻轻地把他抱起来，然后出了房门走到楼梯上。

"今天在我看来，你就像是服务天使。"他在门口停下脚步对琼玛说。"但是这不会阻止我们以后尽情大吵特吵。"

"我可无意和任何人争吵。"

"啊！但是我可会的。要是不吵，生活就没法忍受。吵得好，可是难能可贵，比杂耍表演可要强得多！"

他随即抱着那个沉睡的孩子走下楼梯，并且笑出声来。

第七章

1月份第一个星期的一天，马尔蒂尼发出了请柬，邀请大家参加文学委员会的月会。他收到了牛虻的一张短笺，上面用铅笔潦草地写着："很抱歉，不能前来。"他感到有点懊恼，因为请柬注明了"要事"。在他看来，这个家伙一贯桀骜不驯，这样做真是无礼至极。此外，他那天分别收到了三封信，全都是坏消息。而且，天上又刮着东风，所以马尔蒂尼感到很不高兴，脾气极坏。开会的时候，里卡尔多医生问道："里瓦雷兹到了吗？"他绷着脸回答："没有，他好像忙着某件更加有趣的事情，不能来，也不想来。"

"真的，马尔蒂尼，"加利气愤地说道，"你大概就是佛罗伦萨成见最大的人了。一旦你反对某个人，他做的一切就都是错的。他病了还怎么来？"

"谁告诉你他病了？"

"你不知道吗？他已经卧床四天了。"

"他怎么了？"

168

"我不知道。我们原来约好在星期三见面，因为生病他只得取消了这次约会。昨晚我去了他那里，我听说他病得太重，谁都不能见。我还以为里卡尔多会照顾他呢。"

"我一无所知。我今晚就过去，看看他想要什么。"

第二天早晨，里卡尔多走进了琼玛的小书房，他那苍白的脸上满是倦容。她坐在桌边，正向马尔蒂尼口述一串串单调的数字。她做了一个手势，要他不要说话。里卡尔多知道书写密码时不能被人打断，所以他坐在沙发上，呵欠连天，像是困得睁不开眼睛。

"2，4；3，7；6，1；3，5；4，1；"琼玛的声音就像机器一样平缓，"8，4；7，2；5，1；这个句子完了，塞萨雷。"

她用针在纸上戳了一个洞，以便记住确切的位置，然后她转了过来。

"早安，医生。你看上去可是一脸倦容！你身体好吗？"

"噢，我身体还好——只是累得要命。我陪着里瓦雷兹熬了一夜。"

"陪着里瓦雷兹？"

"是啊，我陪了他一整夜，现在我必须回医院，照顾我那些病人。我过来看看你能否找到一个人去照顾他几天。他病得挺重。我当然会尽力而为，但是我没有时间。而且他又不让我派个护士去。"

"他得了什么病？"

"呃，病情相当复杂。首先——"

"首先你吃饭了没有？"

"吃了，谢谢。关于里瓦雷兹——无疑他的病情是因为受到很多精神刺激，但是主要原因是旧伤复发，好像当初治疗得非常草率。总而言之，他的身体是垮了，情况十分可怕。我看是南美那场战争——他在受伤以后肯定没有得到适当的治疗，可能就地胡乱地处理了一下。他能活下来就算万幸。可是伤势趋于慢性发炎，任何小的刺激都能引起旧病复发——"

"危险吗？"

"不——不，主要的危险是病人陷入绝望，并且吞服砒霜。"

"是非常痛苦吗？"

"简直可怕极了。我不知道他怎么能够忍受。晚上我被迫给他服了一剂鸦片，以便麻木他的神经——这种东西我是不喜欢给一位神经质的病人服的，但是我没有办法。"

"他有点神经质，我看他应该是吧。"

"非常神经质，但是确也勇气过人。昨晚只要他不是真的疼得头晕目眩，他就显得镇静自若，着实让人感到惊奇。但是最后我也忙得够呛。你们以为他这样病了多长时间？正好5个晚上，除了那位傻乎乎的女房东，叫不到任何人。就是房子坍塌下来，房东也不会醒来。即使她醒了过来，她也派不上用场。"

"但是那位跳芭蕾舞的姑娘呢？"

"是啊，这不是怪事吗？他不让她到他跟前去。他极其厌恶她。总而言之，在我见过的人当中，他最让人感到不可理解——完全是一团矛盾。"

他取出了手表，全神贯注地看着。"到医院去要迟到了，但也没有办法。我的助手只得独自开诊了。我希望我能早点知道这事——不该那样强自撑着，一夜接着一夜。"

"但是他为什么不派人过来说他生病了呢？"马尔蒂尼打断了他的话，"他总该知道他病成了那样，我们不会置之不理的。"

"我希望，医生，"琼玛说道，"昨天晚上你叫上我们中的一个人，那就不会把你累成了这样。"

"我亲爱的女士，我想到了去叫加利，但是里瓦雷兹听了我的建议暴跳如雷，所以我就不敢派人去叫了。当我问他想把谁叫来时，他看了我一会儿，仿佛是被惊呆了。然后，他用双手掩住眼睛，并说：'别告诉他们，他们会笑话的！'他好像受困于某种幻想，觉得人家会笑话什么。我搞不清是什么，他老是讲西班牙语。话又说回来，有时病人总会说些奇怪的东西。"

"现在谁在陪他？"琼玛问道。

"除了女房东和她的女佣，没有别的人。"

"我立即就去，"马尔蒂尼说道。

"谢谢你。我天黑以后还会过去。靠近那扇大窗户有张桌子，你会在抽屉里发现一张写好的医嘱。鸦片就在隔壁房间的书架上。如果病痛又发作了，就给他服一剂——只能服一剂。但是别把瓶子放在他能拿到的地方，不管你做什么。他也许会禁不住诱惑，服下过量的药。"

当马尔蒂尼走进那间阴暗的屋子时，牛虻迅速转过头来，并且伸出一只发烫的手。他又开始模仿往常那种轻率的态度，只是模仿得很拙劣。

"啊，马尔蒂尼！你来催我交出那些清样吧。你不用骂我，昨晚的会我不就是没去参加嘛。事实上我的身体不大好，而且——"

"别管开会了。我刚见过里卡尔多，过来看看能否帮上一点忙。"

牛虻把脸绷得就像是一块燧石。

"噢，真的！你也太客气了，但是犯不着这么麻烦。我只是有点不大舒服。"

"里卡尔多把一切都跟我说了。我相信他昨晚陪了你一夜。"

牛虻使劲咬着嘴唇。

"我挺好的，谢谢你。我什么也不要。"

"很好，那么我就坐在隔壁的房间。也许你会觉得非常孤单。我就把房门虚掩着，以防你叫我。"

"你就别麻烦了，我真的什么也不要。我会白白浪费你的时间。"

"伙计，你就不要胡说八道了！"马尔蒂尼粗暴地打断了他的话，"这样骗我有什么用？你以为我没长眼睛吗？你就尽量躺下睡觉吧。"

他走进隔壁的房间，把房门虚掩着，拿着一本书坐了下来。他很快就听到牛虻烦躁不安地动了两三次。他放下了书，侧耳倾听。出现短暂的寂静，然后又烦躁不安地动了一下。然后喘着粗气，呼吸急促，他显然是在咬紧牙关，不让自己哼出声来。他走回那间屋子。

"里瓦雷兹，需要我做点什么吗？"

没有回答，他走到了床边。牛虻脸色发青，像个死人一样。他看了牛虻一会儿，然后默不作声地摇了摇头。

"要我给你再来点鸦片吗？里卡尔多说如果疼得厉害，你就服一剂。"

"不，谢尉。我还能挺一会儿。回头也许会疼得更厉害。"

马尔蒂尼耸了耸肩膀，然后坐在床边。他默默地望着，过了漫长的一个小时，他起身拿来鸦片。

"里瓦雷兹，我再也看不下去了。如果你挺不住，你一定要服下这东西。"

牛虻一句话也没说就把它服下去了。然后他转过身去，闭上了眼睛。马尔蒂尼又坐了下来，听到呼吸声逐渐变得沉重而又均匀。

牛虻太累了，一旦睡着了就难以轻易醒来。一个小时过去了，又一个小时过去了，他躺在那里一动也不动。在白天和黑夜里，马尔蒂尼好几次走到他跟前，看望这个平静的身躯。除了呼吸以外，丝毫看不出他还活着。脸上那么苍白，没有一点血色。马尔蒂尼突然感到害怕起来，要是给他服了太多的鸦片该怎么办？那只受伤的左臂放在被面上，马尔蒂尼轻轻地摇了摇这只胳膊，试图把他叫醒。在马尔蒂尼摇的时候，没有扣上扣子的袖子褪了下去，露出多处深深的疤痕，从手腕到胳膊肘全都是这些可怕的疤痕。

"刚刚落下这些伤口时，这只胳膊一定好看得很。"里卡尔多的声音在后面响了起来。

"啊，你总算来了！瞧瞧这儿，里卡尔多。这人不会长眠不醒吧？我还是在 10 个小时之前给他服了一剂，自那以后他就没动过。"

里卡尔多弯腰听了一会儿。

"不会，他的呼吸十分正常。只是累了，撑了一夜，他是顶不住了。天亮之前还会发作一次。我希望有个人彻夜守着。"

"加利会来守夜，他已经派人捎了话，说他要在 10 点过来。"

"现在快到了。啊，他醒了！看看用人把水烧热了没有。轻点——轻点，里瓦雷兹！行了，行了，你不用跟谁斗了，伙计。我可不是主教！"

牛虻突然惊醒了，露出畏缩、害怕的表情。"轮到我了吗？"他用西班牙语急忙说道，"再让他们乐一会儿。我——噢！我没有看见你，里卡尔多。"

他环视房间，把手搭在额头上，好像有些茫然："马尔蒂尼！噢，我还以为你已走了。我一定睡着了。"

"你睡了 10 个小时，就像神话中的睡美人一样。现在你要喝些肉汤，然后接着再睡。"

"10 个小时？马尔蒂尼，你肯定不是一直在这儿吧？"

"我一直都在这儿，我开始纳闷是否该给你服鸦片。"

牛虻有点不好意思地看了他一眼。

"不会那么走运的！那样委员会在开会时不就安静了吗？里卡尔多，你究竟想干什么？你就不能慈悲为怀，让我清静一下吗？我就讨厌被医生折腾。"

"那好，喝下这个，然后我就走开，让你清静一下。可是过一两天，我还是要来，准备给你彻底检查一下。我看现在你已经过了危险期。你看来不像是盛宴上的骷髅头。"

"噢，我很快就会没事的，谢谢。那是谁——加利吗？今晚我这儿好像宾客盈门了。"

"我过来是陪你过夜的。"

"胡说八道！谁我也不要。回去，你们都走，即使还会发作，你们也帮不了我的忙。我不会服鸦片了。偶然服一下倒是挺管用的。"

"恐怕你说得对，"里卡尔多说，"但是坚持不服可不那么容易。"

牛虻抬头微微一笑。"别担心！如果我会对那东西上瘾，我早就上瘾了。"

"反正不会让你一个人待在这儿，"里卡尔多干巴巴地说道，"加利，到另一个房间去一会儿，我想跟你说句话。晚安，里瓦雷兹。我明天会过来的。"

马尔蒂尼跟着他们走出房间，这时他听到牛虻叫他的名字。牛虻朝他伸出了一只手。

"谢谢你！"

"噢，别废话！睡吧。"

当里卡尔多走了以后，马尔蒂尼又在外间和加利聊了几分钟。当他推开房屋的前门时，他听到一辆马车停在花园门口，并且看见一个女人的身影下了车，沿着小道走了过来。这是绮达，她晚上显然是上哪儿玩去了，这会儿刚回来。他举起了帽子，站在一旁等她过去，然后走进通往帝国山的那条黑暗的小巷。随后花园的大门"咔嗒"响了一下，急促的脚步迈向小巷这边。

"等一等！"她说。

当他转身面对她时，她停下了脚步，然后沿着篱笆缓慢地朝他走来，一只手背在后面。拐角的地方只有一盏路灯，他在灯下看见她垂着头，仿佛有些窘迫或者害臊。

"他怎么样？"她问，头也没抬一下。

"比今天早上好多了。他几乎睡了一天，好像不那么累了。我看他已脱离了险境。"

她仍然盯着地面。

"这次很厉害吧？"

"我看是够厉害的。"

"我想也是。当他不愿让我进屋时，那就意味着很厉害。"

"他常这样发作吗？"

"也不一定——没有什么规律。去年夏天在瑞士他就很好，但是在这以前，冬天我们在维也纳时，情况就很糟。好几天他都不让我靠近他。生病时讨厌我在他的身边。"

她抬头看了一会儿，然后又垂下了眼睛，接着说道："他感到病情将要发作时，总是打发我去跳舞，或者去听音乐会，或者去干别的，借口这个借口那个。然后他会把自己锁在屋里。我时常溜回来，坐在门外。如果他知道了，就会大发雷霆的。如果狗叫，他就会把它放进去，但是不会放我进去。我看他对狗倒更关心吧。"

她的态度挺怪，好像气不打一处来。

"呃，我希望病情再也不会恶化了，"马尔蒂尼和颜悦色地说，"里卡尔多医生对他的病情认真负责，也许能够把他彻底治好。不管怎样，这次治疗目前已使病情得到缓解。但是下一次你最好还是立即派人去找我们。如果我们早点知道，他也不会吃那么大的苦。晚安！"

他伸出了手，但是她随即后退，表示拒绝。

"我看不出你为什么想和他的情妇握手。"

"当然随你的便了。"他不无尴尬地说。

她一跺脚。"我讨厌你们！"她冲他叫道，眼睛就像是烧红的煤炭，"我讨厌你们所有的人！你们到这儿来和他大谈政治，他让你们彻夜守着他，给他吃止痛的东西，可我却不敢从门缝中看他一眼！他是你们的什么人？你们有什么权利到这儿来，把他从我身边偷走？我讨厌你们！我讨厌你们！"

她猛然抽泣起来，又冲进花园，当着他的面使劲关上大门。

"我的天啊！"在朝小巷那头走去时，马尔蒂尼自言自语地说道，"这位姑娘真的爱他！真是怪事——"

第八章

牛虻恢复得很快。第二个星期的一天下午，里卡尔多发现他躺在沙发上，身上穿着一件土耳其晨衣，正与马尔蒂尼和加利聊天。他甚至说要下楼去，但是里卡尔多听到这个建议只是笑笑，问他是否想要穿过山谷步行到菲耶索尔。

"你不妨拜访一下格拉西尼夫妇，找他们散散心。"他带着挖苦的口吻，补充说道。"我相信夫人会很高兴见到你，特别是现在，这会儿你脸色苍白，看上去蛮有意思的。"

牛虻握紧双手，做出一个凄惨的姿势。

"天啊！我竟然从来也没想过这个！她会把我当成是意大利的烈士，对我大谈爱国主义。我得装出一个烈士的样子，告诉她我在一个地下土牢里被切成了碎片，然后又被胡乱地拼凑在一起。她会想知道在此期间我的确切感受。里卡尔多，你不认为她会相信吗？我拿我的印第安匕首赌你书房里的瓶装绦虫，我敢说她会全盘接受我所编造的谎话。这是一个慷慨的提议，你最好还是抓住这个机会。"

"谢谢，我不像你那样喜欢杀人的工具。"

"嗨，可是绦虫也能像匕首一样置人于死地，随时都能杀人，只是不如匕首漂亮而已。"

"我亲爱的朋友，可是我碰巧不想要匕首，我就要绦虫。马尔蒂尼，我得赶紧走了。你来照顾这个任性的病人吗？"

"只能待到三点，我和加利得去圣米尼亚托。我们回来之前，波拉夫人会到这儿来。"

"波拉夫人！"牛虻沮丧地重复了一遍，"马尔蒂尼，那可不行！不要为了我和我这个病去打扰一位女士。而且她坐哪儿？她不会愿意到这儿来的。"

"你从什么时候开始这么好讲礼节？"里卡尔多笑着问道。

"伙计，对我们大家来说波拉夫人就是护士长。她从小就照顾过病人，她比我所认识的任何一位慈善护士都强。噢，你也许是想到了格拉西尼的老婆吧！马尔蒂尼，如果她来我就不要留下医嘱了。哎呀，都已两点半了。我必须走了。"

"现在，里瓦雷兹，你还是在她来前把药吃下去吧。"加利说道。他拿着一只药瓶走到沙发跟前。

"让药见鬼去！"牛虻已经到了恢复期的过敏阶段，这个时候倾向于和护士闹别扭，"现在我已不疼了，你们为——为什么让我吞——吞下这些可怕的东西？"

"就是因为我不想让它再发作。你不想等波拉夫人在这儿时虚脱，然后只得让她给你服鸦片吧。"

"我的好好先生，如果病要发作，那就让它发作好了。又不是牙——牙痛，你配的那些乌七八糟的东西就能把它吓跑。

它们大致就跟玩具水枪一样，拿去灭火一点用也没有。话又说回来，我看非得照你的意思办不可了。"

他左手拿着杯子，那些可怕的疤痕使加利想起先前的话题。

"顺便说一下，"他问，"你怎么弄成了这样？是在打仗时落下的吗？"

"我刚才不是告诉过你们是在秘密土牢里——"

"对，这种说法是为格拉西尼夫人编造的。真的，我想你是在同巴西人打仗时落下的吧？"

"是啊，我在那里受了一点伤，然后又在那些蛮荒地区打猎，这儿一下，那儿一下。"

"噢，对了。是在进行科学探险的时候。你可以扣上衬衣的扣子，我全都弄完了。你好像在那里过着惊心动魄的生活。"

"那当然了，生活在蛮荒的国度里，免不了偶尔要冒几次险。"牛虻轻描淡写地说道，"你根本就不能指望每一次都轻松愉快。"

"可是我仍然不懂你怎么弄成了这样，除非你在冒险时遇到了野兽——比如说你左臂上的那些伤口。"

"噢，那是在猎杀美洲狮时落下的。你知道，我开了枪——"有人在房门上敲了一下。

"马尔蒂尼，屋里收拾干净了吧？是吗？那就请你开门。真的非常感谢你，夫人。我不能起来，请你原谅。"

"你当然不该起来，我又不是登门拜访。塞萨雷，我来得早了点。我以为你急着要走。"

"我可以再待上一刻钟。让我把你的披风放到另外一间屋里去。要我把篮子也拿去吗？"

"小心，这些是刚下的鸡蛋，是凯蒂今天早晨在奥利维托山买的。还有一些圣诞节的鲜花，这是送给你的，里瓦雷兹先生。我知道你喜爱鲜花。"

她坐在桌边，开始剪去鲜花的茎根，然后把它们插在一只花瓶里。

"那好，里瓦雷兹，"加利说道，"把那个猎杀美洲狮的故事给我们讲完吧，你刚开了个头。"

"啊，对了！加利刚才问我在南美的生活，夫人。我正告诉他我的左臂是怎么受的伤。那是在秘鲁。我们涉水过了一条河，准备猎杀美洲狮。当我对准那头野兽开枪时，枪没有响，火药被水弄湿了。那只美洲狮自然没等我把枪收拾好，结果就落下了这些伤疤。"

"那一定是一次愉快的经历。"

"噢，还不太坏！当然了，要想享乐就得受苦。但是总的来说，生活还是美妙的。比方说捕蛇——"

他滔滔不绝，谈起一则又一则的逸闻趣事。一会儿谈到了阿根廷战争，一会儿谈到了巴西探险，一会儿又谈到了伙同土著一起猎杀猛兽和冒险。加利就像聆听童话的小孩一样津津有味，不时地提出问题。他具有那种易受影响的拿破仑气质，喜欢一切惊心动魄的东西。琼玛从篮子里拿出针织活，默不作声地听着，同时低头忙着手中的活儿。马尔蒂尼皱起了眉头，有些坐立不安。在他看来，牛虻在讲述这些轶闻趣事时的态度既夸张又造作。在过去一个星期里，他看见牛虻能以惊人的毅力忍受肉体的痛苦。他钦佩这样的人，但他还是实在不喜欢牛虻，不喜欢他所做的事情和他做事的方法。

"那一定是一种辉煌的生活！"加利叹了一声，带着纯真的嫉妒。"我就纳闷你怎么就下定了决心，竟然离开了巴西。与巴西相比，其他的国家一定显得平淡无奇！"

"我认为我在秘鲁和厄瓜多尔时最快乐，"牛虻说道，"那里真是一个神奇的地方。天气虽然很热，特别是在厄瓜多尔的沿海地区。谁都会觉得有点受不了。但是景色很美，简直让人想象不出。"

"我相信，"加利说道，"在一个野蛮的国家能够享受自由的生活，这比任何景色更能吸引我。置身于拥挤的城市之中，永远也体会不到个人的人性尊严。"

"是啊，"牛虻回答。"那——"

琼玛从针织活上抬起眼睛看着他。他的脸突然涨得通红，他打住了话头。接着出现了短暂的沉默。

"不会又发作了吧？"加利关切地问道。

"噢，没什么。谢谢你的镇、镇、镇静剂，我还骂、骂、骂了它一通呢。马尔蒂尼，你们这就准备走了吗？"

"是啊。走吧，加利。我们要迟到了。"

琼玛跟着他俩走出了房间，回来时端着一杯牛奶。牛奶里加了一个鸡蛋。

"请把这个喝了吧。"她说，温和之中带着威严。然后她又坐了下来，忙她的针织活。牛虻温顺地喝了下去。

在半个小时之内，两人都没有说话。然后牛虻低声说道：

"波拉夫人！"

她抬起头来。他正在扯着沙发垫毯的流苏，仍旧低着头。

"你现在不相信我讲的是真话吧。"他开口说道。

"我丝毫不怀疑你讲的是假话。"她平静地回答。

"你说得很对。我一直都在讲假话。"

"你是说打仗的事吗？"

"一切。我根本就没有参加过那场战争。至于探险，我当然冒了几次险，大多数的故事都是真的，但是我并不是那样受的伤。你已经发现了一个谎言，我看不妨承认我说了许多谎言。"

"你难道不认为编造那些假话是浪费精力吗？"她问。"我倒认为根本就犯不着那样。"

"你要怎样呢？你知道你们英国有一句谚语：'什么也别问，你就不会听到谎话。'那样愚弄别人对我来说并不是一件乐事，但是他们问我怎么成了残废，我总得回答他们。我索性编造一些美丽的谎言。你已看到加利多高兴。"

"你不愿意讲出真话来使加利感到高兴吗？"

"真话？"他把目光从手中的流苏挪开，并且抬起了头。

"你让我跟这些人讲真话吗？我宁愿先割下我的舌头！"他有些尴尬，随即脱口说道，"我还从来没有跟任何人讲过，如果你愿意听，我就告诉你吧。"

她默默地放下针织活。她感到这个强硬、神秘、并不讨人喜欢的人有着某种悲戚的可怜之处，他突然要对一个他不很了解而且显然也不喜欢的女人倾诉他的心里话。

随后是一阵长久的沉默，她抬起了头。他正把左臂支在身边的一张小桌子上，用那只残手掩住他的眼睛。她注意到他手指的神经紧张起来，手腕的伤疤在抽搐。她走到他跟前，轻轻地叫了一声他的名字。他猛然惊醒过来，并且抬起了头。

"我忘——忘了。"他结结巴巴地说道，带着歉意。"我正要——要给你讲、讲——"

"讲——那起使你走路一瘸一拐的意外事故或者别的什么。但是如果让你感到为难——"

"意外事故？噢，一顿毒打！是啊，只是一起意外事故，是被火钳打的。"

她茫然不解地凝视着他。他抬起一只略微发抖的手，往后把头发抹到脑后。他抬头望着她，微微一笑。

"你不坐下来吗？请把你的椅子挪近一些。对不起，我不能帮你挪了。真——真的，这会儿我想起了这事，如果里卡尔多当时给我治疗，他会把我这个病例当成一个宝贵的发现。他具备外科医生那种热爱骨头的劲儿，我相信我身上能够打碎的东西全都给打碎了——除了我的脖子。"

"还有你的勇气，"她轻声地插了一句，"但是你也许把它算在不能打碎的东西当中。"

他摇了摇头。"不，"他说，"我的勇气是勉强修补好的，但是那时它也被打得稀碎，就像是一只被打碎的茶杯。这是最可怕的事了。啊——对了。呃，我正要给你讲起火钳。

"那让我想想——差不多是十多年前的事了，当时我在利马。我告诉过你，秘鲁是一个适于居住的地方，住在那里你会感到身心愉快。但是对碰巧落难的人来说，那里就不怎么好了。

可我就是这样的人。我到过阿根廷，后来又到了智利，通常是四处漂泊，忍饥挨饿。为了离开瓦尔帕莱索，我搭上运送牲口的船，在船上打杂。我在利马找不到活干，所以我去了码头，你知道，就是卡亚俄的码头碰碰运气。呃，当然那些码头是出海的人汇集的地方。过了一段时间，我在那儿的赌场里当了一个仆人。我得做饭，在弹子台上记分，为那些水手及其带来的女人端水送酒，以及诸如此类的活儿。不是非常愉快的工作，可是找到了这份工作，我仍然感到高兴。那儿至少能有饭吃，能够看到人脸，能够听到人声——凑合吧。你也许认为这不算什么。但我刚得过黄热病，独自住在破烂不堪的棚屋外间，那个情形实在让我感到恐怖。呃，有天晚上，一个喝醉酒的拉斯加人惹是生非，我被叫去把他赶走。他上岸以后把钱全都输光了，正在大发脾气。我当然得服从了。如果不干，我就会失掉那份工作，并且饿死。但是那个家伙力气要比我大两倍，我还不到 21 岁，病愈后就像只小猫一样虚弱无力。此外，他还拿着一把火钳。”

他顿了一下，偷偷瞄了她一眼，然后接着说道：“显然他是想把我一下子给整死，但是不知为什么，他还是没有把事做绝——没有把我全给敲碎了，正好让我可以苟延残喘。”

“哎，但是其他的人呢，他们不能管吗？他们全都害怕一个拉斯加人吗？”

他抬起头来，哈哈大笑。

“其他的人？那些赌徒和赌场的老板吗？噢，你不明白！我是他们的仆人，他们的财产。他们站在旁边，看得当然是津津有味。这种事情在那个地方算是一个令人捧腹的笑话。就是这么回事，如果你碰巧不是取笑的对象。"

她战栗起来。

"那么后来呢？"

"这我就说不了多少了：经历了这样的事情，其后几天一般什么也不记得。但是附近有一位轮船外科医生，好像在他们发现我没死以后，有人把他叫来了。他马马虎虎地把我缝合起来。里卡尔多好像认为这活干得太差，不过那也许是出于同行之间的嫉妒吧。反正在我醒来以后，一位当地的老太太本着基督教的慈悲之心收留了我——听上去觉得奇怪，对吗？她常常缩在棚屋的角落，抽着一根黑色的烟斗，对着地上吐痰，一个人嘀嘀咕咕。可是，她心地善良，她对我说我也许会平静地死去，不许别人打扰我。但是我心中特别矛盾，我还是选择了活下去。想要活下去可真难啊，有时我想，费了那么大的劲不大值得。反正那位老太太极有耐心，她收留了我——多长时间？——在她那间棚屋里躺了将近 4 个月，时不时像疯子一样胡言乱语，其余的时间又像一头凶猛的熊，火气极大。你知道，疼得要命。而且我的脾气很坏，小的时候给惯的。"

"然后呢？"

"噢，反正我挺了起来，爬走了。不，不要认为我不愿接受一位穷老太婆的施舍，我已不在乎这种事情了。只是那个地方我再也待不下去了。你刚才谈到了勇气。如果当时你看到了我那副模样，你就不会这么说了！每天晚上，大约到了黄昏的时候，剧烈的病痛就会发作。一到下午，我就独自躺在那儿，望着太阳慢慢地落下去——噢，你明白不了！现在看到日落我就觉得难忍！"

一阵长久的沉默。

"呃，然后我就到处游荡，看看我能在什么地方找到活干——待在利马我会发疯的。我一直走到了库斯科，在那里——真的，我不知道为什么我给你讲起了这些陈年旧事，它们甚至都说不上有趣。"

她抬头望着他，目光深沉而又严肃。"请你不要这么说。"

他咬了咬嘴唇，又扯下了一片垫毯的流苏。

"要我往下说吗？"他在片刻之后问道。

"如果，如果你愿意的话。对你来说回忆往事恐怕是痛苦的。"

"你认为不讲出来我就忘了吗？那就更糟。但是不要以为事情的本身让我难以忘怀，忘不了的是我曾经失去过自制。"

"我不是很明白。"

"我是说，我曾经丧失了勇气，我发现自己成了一个懦夫。"

"人的忍耐当然是有限度的。"

"对，人一旦达到这个限度，他就永远也不知道什么时候他还会达到这个限度。"

"你能不能告诉我，"她犹豫不决地问道，"你在 20 岁时，怎么独自流落到了那里去的？"

"原因很简单，我的生活原有一个良好的开端，那还在原来那个国家的家中，然后我就离家跑走了。"

"为什么？"

他又哈哈大笑,笑声急促而又刺耳。

"为什么?因为我是一个自命不凡的毛头小子,我想是吧。我生在一个过于奢华的家庭,娇生惯养,以为这个世界是由粉红色的棉絮和糖衣杏仁组成的。后来在一个晴朗的日子里,我发现了某个我曾信任的人欺骗了我。嗨,你怎么吃了一惊?怎么回事?"

"没什么。请你接着往下说。"

"我发现我被人欺骗了,相信了一个谎言。当然了,这是大家都会经历的一点小事。但是我已跟你说了,我当时年轻,自命不凡,以为撒谎的人应该下地狱。所以我从家里跑走了,一头扎进南美闯荡,口袋里没有一分钱,一个西班牙语单词也不会说,而且也没有一点糊口的本事,只有白净的双手和大把花钱的习惯。结果自然是一跤跌进了真正的地狱,使我不再想象虚无缥缈的地狱是个什么模样。这一跤跌得太深了,等到杜普雷兹探险队过来,把我拉了出去时,正好是过了5年。"

"5年。噢,真是可怕!你没有朋友吗?"

"朋友!我——"他突然冲她恶狠狠地说道,"我从来就没有朋友!"

随后他好像对自己的冲动有点不好意思,赶紧接着往下说:"你不必把这太当真,我敢说我把那些事情描绘得一团漆黑,事实上最初的一年半并不那么糟糕。我那时年轻力壮,我一直混得相当不错,直到那个拉斯加人在我的身上留下了他的记号。但是在那以后,我就不能干活了。如果运用得当,火钳这件有用的工具倒是挺好的。没人愿意雇用一个残疾人。"

"你做什么工作呢？"

"能做什么就做什么。有一段时间我靠打零工为生，是为甘蔗园里的那些奴隶干活，取点什么，拿点什么，以及诸如此类的事情。可是不行，那些监工总是把我赶走。我腿瘸走不快，而且我也搬不了重东西。后来我的伤口老是发炎，要不就是得些稀奇古怪的病。

"过了一段时间我去了银矿，试图在那里找到活干。但是一无所获。矿主认为收留我这样的人简直就是笑话，至于那些矿工，他们揍我真下狠手。"

"为什么呢？"

"噢，我想是人类的本性吧。他们看见我只有一只手可以还击。我终于忍受不住，然后漫无目标地流浪四方。就那么瞎走呗，指望奇迹能够发生。"

"徒步吗？靠着那只瘸脚？"

他抬起了头，突然喘了一口气。那副模样怪可怜的。

"我当时饿着肚子啊。"他说。

她略微转过头去，用一只手托住下巴。沉默片刻之后，他又开口说话。他在说话时声音越来越低。

"呃，我走啊走啊，直到走得快让我发疯，还是什么也没有。我到了厄瓜多尔境内，那里的情况更糟。有时我补点碎铜烂铁——我是一个相当不错的补锅匠——或者帮人跑跑腿，或者打扫猪圈。有时我——噢，我根本就不知道干些什么。后来终于有一天——"

那只纤瘦、棕色的手握成了拳头，突然一拍桌子。琼玛抬起头来，关切地望着他。他的脸颊对着她，她可以看见他太阳穴上的一根血管就像一只铁锤，迅速而又不规则地敲击着。她弯腰向前，把手轻轻地放在他的胳膊上。

　　"别再讲下去了，这事谈起来都让人觉得可怕。"

　　他带着怀疑的目光凝视着那只手，摇了摇头，然后从容不迫，接着说道："后来有一天，我遇到了一个走江湖的杂耍班子。你记得那天傍晚见到的那个杂耍班子吧。呃，跟那差不多，只是更加粗俗、更加下贱。那个杂耍班子在路旁搭起帐篷过夜，我走到他们的帐篷跟前乞讨。呃，天气很热，我饿得要命，我昏倒在帐篷门口，就像一个束胸的寄宿女生。所以他们把我弄了进去，给了我白兰地，还有吃的。第二天早晨，他们对我提出——"

　　又是一阵沉默。

　　"他们想找一个驼子，或者某个怪物，可以让孩子们对他投扔桔子皮和香蕉皮——找个让他们哈哈大笑的东西。那天晚上你看见过那个小丑，呃，那一行我干了两年。

　　"呃，我学会了各种把戏。我还没那么畸形，但是他们有办法，给我做了一个驼背，并且充分利用这只脚和这只胳膊——而且那里的人们并不挑剔，他们很容易就能得到满足，只要他们有个活人可以糟蹋就行，那套傻瓜装束也起到了很大的作用。

　　"唯一的麻烦是我经常生病，不能表演。有时，如果班主发了脾气，我的那些旧伤发作时，他也会坚持让我进场表演。

　　"而且我相信人们最喜欢那些晚上的演出。我记得有一次，演出进行到了一半时，我疼昏过去了——在我醒来以后，那些观众围到我的身边，踢我、骂我、砸我。"

"别说了！我再也受不了了！看在上帝的份上，别说了！"

她站了起来，双手捂住了耳朵。他打住了话头，抬头看见她眼里的泪水。

"我真该死，我真是一个白痴！"他小声说道。

她走到屋子的那头，站在那里冲窗外看了一会儿。当她转过身时，牛虻又靠在桌上，一只手蒙住眼睛。他显然已经忘记了她的存在。她一句话也没说，坐在他的身边。沉默了很长一段时间后，她才慢慢地说："我想问你一个问题。"

"什么问题？"身体没有动弹。

"你为什么不抹脖子自杀呢？"

他抬起了头，着实吃了一惊。"我没有想到你会问我这个，"他说，"我的工作怎么办？谁为我做呢？"

"你的工作——噢，我明白了！你刚才谈到沦为一个懦夫，呃，如果你历经这样的处境仍然矢志不渝，那么你就是我所见过的最勇敢的人。"

他又捂住眼睛，热情地紧握她的手。他们仿佛陷入无边无际的寂静之中。

突然从下面花园里传来清脆的女高音，正在唱着一支拙劣的法国小曲：

Eh，Danseunpeu，monpauvreJeannot!

Viveladanseetl'allegresse!

Jouissonsdenotrebell'jeunesse !

Simoijepleureoumoijesoupire

Simoijefaislatristefigure——

Monsieur

Monsieur

（法语：喂，皮埃罗，跳舞吧，皮埃罗！

跳一跳吧，我可怜的亚诺！

尽情跳舞，尽情欢乐！

让我们共享美妙的青春！

不要哭泣，不要叹息，不要愁眉苦脸——

先生，这不是开玩笑。

哈！哈，哈，哈！先生，这不是开玩笑！）

　　一听到这歌声，牛虻就把他的手从琼玛的手中抽了回来，身体直往后缩，并且低声哼了一下。她用双手抓住他的胳膊，抓得紧紧的，就像是抓住一个在做外科手术的病人胳膊。歌声结束以后，从花园里传来一阵笑声和掌声。他抬起头来，那双眼睛就像是一只受尽折磨的动物的眼睛。

　　"对，是绮达，"他缓慢地说道，"同她那些军官朋友在一起。那天晚上，在里卡尔多进来之前，她试图到这儿来。如果她碰我一下，我会发疯的！"

　　"但是她并不知道，"琼玛轻声地表示抗议，"她猜不出她让你感到难受。"

　　从花园里又传来一阵笑声。琼玛起身打开了窗户。绮达的头上搭着一条金丝绣成的围巾，煞是妖冶。她站在花园里，手里伸出一束紫罗兰，三位年轻的骑兵军官好像正在争着要花。

"莱尼小姐！"琼玛说道。

绮达脸色一沉，就像是一块乌云。"夫人，什么事儿？"她转身说道，抬起的眼睛露出挑战的目光。

"能请你们的朋友说话小声点吗？里瓦雷兹先生身体非常不好。"

那位吉卜赛女郎扔掉了紫罗兰。"Allez—vous—en！"①她转身对那几位瞠目结舌的军官厉声说道。"Vousm'membetez, messieurs"②她缓步走出了花园。琼玛关上了窗户。

"他们已经走了。"她转身对他说。

"谢谢你。对不起，麻烦你了。"

"没什么麻烦。"他立即就从她的声音里听出她有些迟疑。

"可是为什么，"他说，"夫人，你的话没有说完。你的心里还有一个没有说出的'可是'。"

"如果你看出了别人心里的话，你就不必为了别人心里的话而生气。这当然不关我的事，但是我无法明白——"

"我对莱尼小姐的厌恶吗？只是——"

"不，你既然厌恶她，却又愿意同她住在一起。我认为这对她是一个侮辱，不把她当女人，把她——"

"女人！"他发出一阵刺耳的笑声，"你管那叫女人？

---

① 法语：滚开。

② 法语：我讨厌你们，先生们。

Madame，cen'estquepourrive！" ① "这不公平！" 她说，"你无权对别人这样说她——特别是当着另一个女人的面！"

他转过身去，睁大眼睛躺在那里，望着窗外西沉的太阳。

她放下窗帘，关上了百叶窗，免得他看见日落。然后她在另外一扇窗户的桌旁坐了下来。重又拿起了她的针织活。

"你想点灯吗？" 过了一会儿她问。

他摇了摇头。

等到光线暗了下来，看不清楚时，琼玛卷起了她的针织活，把它放进篮子里。好一会儿，她抱着双臂坐在那里，默不作声地望着牛虻动也不动的身躯。暗淡的夜色落在他的脸上，似乎缓和了严峻、嘲讽、自负的神情，并且加深了嘴角悲剧性的线条。由于勾起了一些怪诞的联想，她清晰地记起了为了纪念亚瑟，她的父亲竖立了一个石十字架，上面刻着这样的铭文：

所有的波涛巨浪全都向我袭来。

寂静之中又过一个小时。最后她站了起来，轻轻地走出了房间。她在回来时拿来了一盏灯。她顿了一会儿，以为牛虻睡着了。当灯光照到他的脸上时，他转过身来。

"我给你冲了一杯咖啡。" 她说，随即放下了灯。

"先放在那儿吧，请你过来一下好吗？"

他握住她的双手。

"我一直在想，" 他说，"你说得很对，我使我的生活卷

① 法语：夫人，这不是一个笑话。

194

进了这段纠葛，它是丑陋的。但是记住，一个男人并不是每天都能遇到他能爱的女人，而且我已陷入了困境。我害怕。"

"害怕？"

"害怕黑暗。有时我不敢在夜里独处。我必须有个活的东西——某个实在的东西伴在我的身边。外部的黑暗，那是——不，不！不是这个，那是只值6个便士的地狱——我害怕的是内在的黑暗。那里没有哭泣，没有咬牙切齿。只有寂静——寂静——"

他睁大了眼睛。她十分安静，在他再次说话之前几乎没有喘气。

"这对你来说是不可思议的，对吗？你明白不了——对你来说是件幸事。我是说如果我试图独自生活，我极有可能会发疯——尽量别把我想得太坏。你也许把我想象成一个恶棍，可我并不是这样的人。"

"我无法为你作出判断，"她答道，"我没有受过你那样的苦。但是——我也陷入过困境，只是情况不同。我认为——我相信——如果你在恐惧驱使下做出一件真正残忍或者不公或者鄙吝的事情，随后你就会感到遗憾。至于别的——如果你在这件事上失败了，我知道换了我也会失败的——就该诅咒上帝，然后死去。"

他仍然握着她的手。

"告诉我！"他非常温柔地说，"你这一生曾经做过一件真正残忍的事吗？"

她没有回答，但是她低下了头，两颗大大的泪珠跌到他的手里。

"告诉我！"他带着炽热的情感小声说道，并且把她的手抓得更紧。"告诉我吧！我已经把我的痛苦全都告诉了你。"

"是的——很久——以前。而且他还是我在这个世界上最爱的人。"

握她的那双手剧烈地抖动起来，但是那双手并没有松开。

"他是我的一位朋友，"她接着说，"我听信了诽谤他的谣言——警察编造的一个弥天大谎。我以为他是一个叛徒，所以打了他一个耳光。他走开了，然后投水自杀了。后来，两天以后，我发现了他完全是无辜的。这也许比你记忆之中的事情更加让人难受。要是能够挽回已经做下的错事，我情愿切腕自杀。"

某种迅猛而危险的东西——某种她以前没有见过的东西——闪现在他的眼里。他低下了头，动作诡秘而又突然，吻了一下她的手。

她吃了一惊，赶紧抽回手。"别这样！"她叫道，声音里带着怜悯。"请你再也不要这样做！你这样会使我伤心的。"

"你认为你没有使你曾经害死的那个人伤心吗？"

"那个我曾经——害死的那个人——啊，塞萨雷在门外，他终于来了！我——我必须走了！"

当马尔蒂尼走进屋时，他发现牛虻独自躺在那里，旁边放着一杯没动过的咖啡。他小声暗自咒骂着，一副懒懒散散、无精打采的模样，仿佛他这样做并没使他得到满足。

第九章

　　几天以后，牛虻走进了公共图书馆的阅览室。他的脸仍然相当苍白，脚也比平常更瘸。正在附近一张桌子旁边看书的里卡尔多抬起了头。他非常喜欢牛虻，但是无法理解他身上的这种特性——奇特的私人怨恨。

　　"你是否准备再次抨击那位不幸的红衣主教吗？"他略带恼怒地问道。

　　"我亲爱的朋友，你为什么总——总——总是觉得人家有什么不良的动——动——动机呢？这可没——没有一点基督教精神。我正在准备为那家新报纸撰写一篇有关当代神学的文章。"

　　"哪家报纸？"里卡尔多皱起了眉头。新的出版法将要出台，反对派正在筹备一份将要震惊全城的激进报纸，这也许是一个公开的秘密。但是尽管这样，从形式上来说它还是一个秘密。

　　"当然是《骗子报》，或者是《教会历报》。"

"嘘——嘘! 里瓦雷兹，我们打扰了别的读者了。"

"那好，你去钻研你的外科学吧，如果那就是你的科目，让——让——让我钻研神——神学——那是我的科目。我并不——不——不干涉你治疗跌打损伤，尽管对此我知道的比你多——多——多出许多。"

他坐了下来阅读那卷布道书，脸上露出聚精会神的表情。

图书馆的一位管理员走到他跟前。

"里瓦雷兹先生! 我想你曾在考察亚马孙河支流的杜普雷兹探险队里吧? 也许你能帮助我们解决一个难题。有位女士查询探险记录，可是记录正在装订。"

"她想知道什么?"

"只是探险队出发和经过厄瓜多尔的年代。"

"探险队是在 1837 年 4 月从巴黎出发，1838 年 4 月经过基多。我们在巴西待了 3 年，然后去了里约热内卢，并于 1841 年复回到巴黎。那位女士想要知道每次重大发现的具体日期吗?"

"不，谢谢你。就想知道这些。我已经把它们记下来了。贝波，请把这张纸条送给波拉夫人。多谢，里瓦雷兹先生。对不起，麻烦你了。"

牛虻靠到椅背上，迷惑不解地皱起了眉头。她想知道这些日期干什么? 当他们经过厄瓜多尔时……

琼玛拿着那张纸条回到家中。1838 年 4 月——亚瑟死于 1833 年 5 月。5 年——

她开始在屋里踱来踱去。过去几个晚上，她睡得很不安宁，她的眼睛下面出现了阴影。

5 年——一个"过分奢华的家庭"？ ——"某个他曾信任的人欺骗了他"——欺骗了他——他发现了……

她停了下来，抬起双手捂住了头。噢，这简直是在发疯——这是不可能的——这真荒唐……

可是，他们是怎么在港口打捞的？

5 年——在那个拉斯加人打他时，他"还不到 21 岁"——那么他从家中逃走时一定是 19 岁。他不是说过："一年半——"他从哪儿得到那双蓝眼睛？手指为何也是那样神经质地好动呢？他为什么那么痛恨蒙泰尼里？ 5 年——5 年……

如果她能知道他是淹死了——如果她能看见尸体，那么会有一天，那个旧伤当然就不会作痛，往日的回忆就会失去恐怖。也许再过 20 年，她就可以无所畏惧地回首过去。

她的全部青春毁于反思她所做过的事情。日复一日，年复一年，她毅然决然地与悔恨的恶魔进行斗争。她总是想记住她的工作是在未来。她总是闭上眼睛，捂上耳朵，躲避阴魂不散的昔日幽灵。日复一日，年复一年，溺死的尸体漂向大海的情景从来也没有离她而去，她无法遏制的那声痛叫会在她的心头响起："我杀死了亚瑟！亚瑟已经死了。"有时她觉得她的负担太重，重得她无法承受。

现在她情愿付出半生索回那种负担。如果她杀死了他——那种悲伤是熟悉的，她已经忍受了太多的时间，现在不会被它压倒。但是如果她不是把他赶到水里，而是把他赶到——她坐了下来，双手捂住了眼睛。就是因为他的缘故，她的生活变得暗无天日，因为他死了！如果她没有使他招致比死亡更糟的东西……

她一步接着一步，沉着而坚强地走过他已往生活的地狱。

那些情景真切地展现在她的面前，仿佛她曾经看见过，仿佛她曾经体验过。赤裸的灵魂之无助地颤抖，比死亡更加苦涩的嘲笑，孤独的恐惧，缓慢、难熬、无情的痛楚。那些情景是那样的真切，仿佛她曾在那间肮脏的印第安棚屋里坐在他的身边，仿佛她曾同他一起在银矿、咖啡地、可怕的杂耍班子里受尽折磨……

杂耍班子——不，她至少必须赶走那一幕。坐在这儿想起这事足以让人发疯。

她打开写字台的小抽屉。里面放着她不忍心销毁的几件私人纪念品。她并不热衷于收藏使人感伤的小物件。保存这些纪念品是屈从于她性格中较为脆弱的一面，她一直坚定地克制住这一面。她很少允许自己看上它们一眼。

现在她把它们拿了出来，一件接着一件：乔万尼写给她的第一封信，他死时拿在手里的花儿，她那个婴儿的一束头发，还有她父亲墓上一片枯萎的树叶。抽屉的里头是亚瑟 10 岁时的一张小照——仅存的他的一张肖像。

她把它捧在手里，坐下来望着那个漂亮孩童的头像，直到真正的亚瑟的脸庞清晰地浮现在她的面前。那么栩栩如生！

嘴唇敏感的线条、那双诚挚的大眼睛、天使般纯真的表情——

它们铭刻在她的记忆之中，仿佛他昨天才死去似的。泪水慢慢地涌了出来，模糊了她的视线，遮住了那张照片。

噢，她怎么想起了这样一件事呢！就是幻想这个业已远去的光辉灵魂受缚于生活的污秽和艰辛，那也像是亵渎啊。神灵当然还是有点爱他，让他那么年轻就死去了！他进入了虚无缥缈之中，要比他像牛虻那样生活强1000倍——牛虻，有着无可挑剔的领带和可疑的诙谐，还有犀利的舌头和那位跳芭蕾舞的姑娘！不，不！这简直是一种可怕而又愚蠢的幻想，这样沉湎于枉然的想象，她是自寻烦恼。亚瑟已经死了。

"我可以进来吗？"一个柔和的声音在门外问道。

她吃了一惊，照片遂从手中掉了下去。牛虻一瘸一拐地走进房间，把它捡了起来，然后递给了她。

"你吓了我一跳！"她说。

"对——对不起。也许我打扰了你？"

"没有。我只是在翻检一些旧东西。"

她犹豫了一会儿，然后把那张照片递回到他手里。

"你看这人的相貌如何？"

"你这是给我出了一个难题，"他说，"这张照片已经褪色了，而且一个小孩的面貌总是很难判断的。但是我倒认为这个孩子长大后将是一个不幸的人，对他来说最明智的事情就是轻生，不要长大成人。"

"为什么？"

"看看唇下的线条。他这——这——这种性格的人过于敏感，觉得痛苦就是痛苦，冤屈就是冤屈。这个世界容——容——容不下这样的人，它需要的是除了工作什么也感觉不到的人。"

"他像你知道的什么人吗？"

他更加仔细地端详那张照片。

"对。真是一件怪事！当然像了，很像。"

"像谁？"

"蒙泰尼——尼里红衣主教。顺便说一下，我就纳闷无可非议的主教阁下是否有个侄子？可以问一下他是谁吗？"

"这是我的朋友小时拍的照片，我那天告诉过你——"

"就是你害死的那个人吗？"

她不由自主地哆嗦了一下。他把这个可怕的词说得多么轻松，多么残忍！

"是的，就是我害死的那个人——如果他真的死了。"

"如果？"

她盯着他的脸。

"我有时表示怀疑，"她说，"从没发现过尸体。他也许从家里逃走了，就像你一样，逃到了南美。"

"我们希望他不是吧。那样你就会噩梦缠身了。我这一生进——进——进行过几——几次艰难的战斗，也许把不止一个人打发到冥王那里去了。如果我感到内疚的是我曾把一个人打发到南美去了，那么我是睡不好觉的——"

"那么你相信，"她打断了他的话，握紧双手向他走近几步，"如果他没有淹死——如果他经历了你那些磨难——他永远都不会回来，并且不咎既往吗？你相信他永远都不会忘记吗？记住，我也为此付出了一些代价。看！"

她把浓密的黑发从额头往后掠去。黑发之中夹着一大块白发。

一阵长久的沉默。

"我认为，"牛虻缓慢地说，"死去的人最好还是死去。忘记某些事情是很难的。如果我是你那位死去的朋友，我就会做——做——做个死人。还魂的鬼是丑鬼。"

她把那张照片放回到抽屉里，然后锁上了写字台。

"这是一个冷酷的理论，"她说，"现在我们还是谈点别的东西吧。"

"我来是和你谈点小事，如果我是件私事，我的脑子里有个计划。"

她把一张椅子拉到桌旁，然后坐了下来。

"你对草拟之中的新闻出版法有什么看法？"他开口说道，一点也看不出他平时结巴。

"我对它有什么看法？我看它不会有多大的价值，但是半块面包要比没有面包好。"

"那是毫无疑问的。这儿有些好人正在筹备创办新的报纸，你想为其中的一份工作吗？"

"这事我想过。创办一份报纸总是要做大量的实际工作，印刷，安排发行，以及——"

"你这样浪费你的才智要到什么时候为止？"

"为什么是'浪费'呢？"

"就是浪费。你知道得十分清楚，你远比与你一起工作的大多数人聪明，你让他们把你当成一个常年苦工，整天打杂。智力上你强于格拉西尼和加利，他们仿佛就是小学生。可是你却像印刷厂的徒工一样，替他们校改清样。"

"首先我并没把我的全部时间用于校改清样，此外我觉得你夸大了我的智力。我根本就不像你想的那么精明。"

"我并不认为你有什么精明之处，"他平静地回答，"但是我确实认为你的智力是健全而又可靠的，这一点有着非常重要的意义。在委员会召开的那些沉闷的会议上，总是你指出每个人逻辑上的缺陷。"

"你这样说对别人就不公平了。比方说马尔蒂尼吧，他的逻辑能力就很强。法布里齐和莱嘉的才能也是毋庸置疑的。还有格拉西尼，对意大利经济统计数字的了解，他也许比这个国家任何一位官员都要全面。"

"呃，这并不说明什么。我们还是不去谈论他们及其才能吧。鉴于你拥有这样的天赋，你可以做些更加重要的工作，担任一个比目前更加重要的职务。"

"我对我的处境感到十分满意。我所做的工作也许没有多大的价值，但是我们都是尽力而为。"

"波拉夫人，你我已经非常熟悉了，现在不必玩弄这套恭维和谦逊的把戏。坦率地告诉我，你承认你费力所做的工作，能力比你低的人也能做吗？"

"既然你逼我回答——对，在某种程度上是吧。"

"那么为什么你还要继续下去呢？"

没有回答。

"为什么你还要继续下去呢？"

"因为，我无能为力。"

204

"为什么？"

她带着责备的神情抬头望着他。"这么逼我也太不客气了，这不公平。"

"但是你要告诉我为什么。"

"如果你一定要我回答，那么，因为我的生活已经支离破碎，我现在没有精力开始从事真正的工作。我大概只配当个革命的老黄牛，为党打点杂。至少我是诚心诚意的，而且必须有人来做这事。"

"当然必须有人来做这事，但是不能老是让同一人来做。"

"大概我适合吧。"

他眯着眼睛望着她，神情令人费解。她很快也抬起头来。

"我们又回到了老话题，本来是要谈正事的。告诉你，所有这些工作我也做过，我敢说一点用也没有。现在我永远都不会再做这些事情。但是也许我能帮你构思你的计划。你有什么打算？"

"你开始对我说我做什么都没有用，然后又问我想做什么。我的计划要求在付诸行动时你要帮助我，而不仅是在构思的时候。"

"让我听听，然后我们再来讨论。"

"先告诉我有关威尼斯的起义，你都听到了什么。"

"自从大赦以后，我就听到了起义的计划和圣信会的阴谋。恐怕我对这两件事都表示怀疑。"

"大多数情况下，我也是表示怀疑。但是我所说的是为了反抗奥地利人，全省真的是在认真地进行起义的准备工作。教皇领地，特别是在四大教省里，有许多年轻人暗自准备越过边境，以志愿兵的身份加入这次起义。我从我在罗马尼亚的朋友那里听说——"

"告诉我，"她打断了他的话，"你十分肯定你的那些朋友可靠吗？"

"十分肯定。我就认识他们，而且还同他们共过事。"

"这就是说他们是你所属的那个'团体'的成员了？请原谅我的怀疑，但是对来自秘密团体的情报，我总是有点怀疑其准确性。在我看来——"

"谁告诉你我属于一个团体？"他厉声地打断了她的话。

"没有人告诉过我，我猜的。"

"啊！"他靠在椅背上，皱着眉头望着她。"你总是猜测人家的私事吗？"他在片刻之后说道。

"经常这样。我爱好观察，而且习惯把事情凑在一起。我告诉你，要是你不想让我知道什么，你还是谨慎一些。"

"我并不介意你知道什么，只要不传出去。我想这——"

她抬起头来，惊讶之余有些生气。"确实是个没有必要的问题！"她说。

"我当然知道你不会向外人说些什么，但是我以为你也许会对别的党员——"

"党务处理的是事实，而不是私人的推测和幻想。我当然从来没有把这事跟任何人提过。"

"谢谢你。你碰巧猜出我属于哪个团体吗？"

"我希望，你不要因为我说话直率而生气。这话是你先说起的，你知道，我的确希望不是'短刀会'。"

"你为什么这样希望？"

"因为你适合从事更好的工作。"

"我们都适合从事更好的工作。你原该这么回答。我并不属于'短刀会'，而是属于'红带会'。他们更加坚定，工作更加认真。"

"你指的是暗杀工作吗？"

"这是其中的一项工作吧。就其本身来说，刀子挺有用的。但是必须有组织良好的宣传作后盾。这也是我不喜欢另一个团体之处。他们认为刀子能够解决世上所有的难题。这是错误的。它能解决许多难题，但是并不能解决所有的难题。"

"你真的相信它能解决什么难题吗？"

他诧异地望着她。

"当然了，"她接着说道，"就目前来说，它能解决某个狡猾的暗探或者某个讨厌的官员所引起的实际难题，但是除去一个难题以后，它是否制造更加糟糕的难题则是另外一个问题。在我看来就像是那则寓言一样，把房子打扫装饰一新，却招来了7个魔鬼。每一次暗杀只会使警察变得更加凶狠，并使人们更加习惯于暴力和兽行，最后的情况也许会比原来更糟。"

"你认为在革命到来之时将会发生什么呢？你想那时人们就不会习惯于暴力？战争就是战争。"

"是的，但是公开的革命则是另外一回事。它是人们生活中的一个瞬间，它是我们为了一切的进步必须付出的代价。无疑将会发生可怕的事情，每一次革命都会发生这些事情。但是它们将是孤立的事实，一个非常时期的非常现象。乱动刀子之所以可怕是因为它成了一种习惯。人们把它当成每天都会发生的事情，他们对生命的神圣感变得麻木。我没去过罗马尼亚，但是从我的点滴见闻中，我得出的印象是人们已经或者正在沾染上行暴的机械习惯。"

"就是这也比顺从和屈服的机械习惯要好。"

"我并不这么认为。所有的机械习惯都是不好的、奴性的，而且这个习惯还是残忍的。当然了，如果你认为革命党人的工作只是从政府那里争取某些明确而又具体的让步，那么秘密团体和刀子在你看来一定是最好的武器，因为一切政府害怕的莫过于这些东西。但是如果你像我一样认为胁迫政府本身不是目的，仅是达到目的的一个手段，我们真正需要改革的是人与人之间的关系，那么你一定会以不同的方式去工作。让无知的人们习惯见到流血，这不是提升他们赋予生命价值的方式。"

"他们赋予宗教的价值呢？"

"我不明白。"

他微微一笑。

"我认为对于祸根的所在，我们有着不同的看法。你认为是对生命的价值重视不够。"

"而是对人性的神圣重视不够。"

"随你怎么说吧。我们的混乱和错误在我看来，主要原因在于叫作宗教的那种神经病。"

"你是指特定的一种宗教吗？"

"噢，不！这不过是个外部症状的问题。这病本身叫作宗教心理态度。它是一种病态的欲望，想要树立并且崇拜一个偶像，跪下身来尊崇某个东西。不管是基督或是佛陀，这都没有多大关系！你当然不同意我的观点。你也许是无神论者，或者是不可知论者，或者是你愿意成为的任何一种人，但是距离五码我就能感到你的宗教气质。可是我们谈论这个是没有用的。如果你以为我把动刀子只看作是结果讨厌官员的一种手段，那你就大错特错了，它确实是一种手段，可我认为最好的手段是破坏教会的名誉，要使人们习惯于把教会的代理人看作是毒虫。"

"等你达到了这个目的,等你唤起安眠在人们心中的野兽，把它放出去攻击教会，那么——"

"那么我就完成了不虚此生的工作。"

"这就是你那天谈到的工作吗？"

"是的，就是这个。"

她浑身颤抖，然后转过身去。

"你对我感到失望吗？"他说，抬头微微一笑。

"不,并不完全是这个。我是——我想是吧——有点怕你。"

过了一会儿，她转过身来，带着平常那种谈论正事的口气说道："这是无益的讨论。我们的立场迥然不同。就我来说，我相信宣传、宣传和宣传。等到时机成熟就举行公开的暴动。"

"那么还是让我们再来谈谈我的计划吧，它与宣传有关，更与暴动有关。"

"是吗？"

"正如我所说的那样，许多志愿人员正从罗马尼亚进入威尼斯。我们还不知道暴动多快就会举行，也许不到秋天或者冬天。但是亚平宁山区的志愿人员必须武装起来，并且做好准备，这样他们听到召唤以后就能直接开往平原。我已经着手帮他们把武器和弹药私运进教皇领地——"

"等一等。你怎么和那个团体一起共事呢？伦巴第和威尼斯的革命党人全都拥护新教皇。他们正与教会中的进步势力携手推进自由改良。像你这样一个'毫不妥协'的反教会人士怎么能和他们相处呢？"

他耸了耸肩膀。"只要他们别忘了自己的工作，他们找个破布娃娃自得其乐与我又有什么关系呢？他们当然会把教皇当成一个傀儡。如果暴动正在筹备之中，我为什么要去管这个呢？棍子能够打狗就行，口号能够唤起人们反抗奥地利人就行，管它是什么口号。"

"你想让我做什么？"

"主要是帮我把武器私运过去。"

"但是我怎么才能做到呢？"

"你恰是这项工作的最佳人选。我想过要在英国购买武器，把它们带过来困难很大。运进教皇领地的任何一个港口都是不可能的。必须通过托斯卡纳，然后运过亚平宁山区。"

"这样就要两次越过边境，而不是一次。"

"对，但是另一条路毫无希望。你无法把大批的货物运进没有贸易的港口，而且你也知道契维塔韦基亚的全部船只是三条划艇和一条渔船。如果我们一旦把东西运过托斯卡纳，我就可以设法把它们运过教皇领地的边境。我手下的人熟悉山里每一条道路，而且我们有许多藏匿的地点。货物必须通过海上运到里窝那，这是我面临的最大困难。我与那里的私贩子没有来往，我相信你与他们有来往。"

"让我考虑5分钟。"

她倾身向前，胳膊肘支在膝上，一只手托着下巴。沉默了几分钟以后，她抬起头来。

"这方面的工作我也许能派上一些用场，"她说，"但是在我们进一步讨论之前，我想向你提出一个问题。你能向我保证，这事与任何行刺或者任何秘密暴力没有关系吗？"

"那当然了。我不会请你参加你所不赞成的事情，这一点无须赘言。"

"什么时候你想从我这里得到一个明确的答复？"

"没有多少时间了，但是我可以给你几天时间做出决定。"

"这个星期六晚上你有空吗？"

"让我看看，今天是星期四。有空。"

"那么就到这儿来吧，这事我会再三考虑，然后给你一个最终的答复。"

随后的那个星期天里，琼玛给玛志尼党的佛罗伦萨支部送去一份声明，表示她想去执行一项特殊的政治工作，这样在今后的几个月里，她无法履行她一直从事的党内工作。

有人对于这份声明感到惊讶，但是委员会没有表示反对。

这几年以来，党内的人都知道可以依赖她的判断。委员们认为如果波拉夫人采取了一个意外的举措，那么她很可能是有充足的理由。

对于马尔蒂尼，她就直截了当。她说自己决定帮助牛虻做些"边境工作"。她已和牛虻讲好，她有权把这么多的情况告诉给她这位老朋友，以免他们之间产生误解，或者因为怀疑和迷惑而觉得痛苦。她觉得应该这样做，借以证明对他的信任。当她把情况告诉他时，他未作评论。但是她看得出来，也不知道为什么，反正这个消息使他受到了很大的伤害。

他们坐在她的寓所阳台上，眺望菲耶索尔那边的红色屋顶。沉默良久以后，马尔蒂尼站了起来，开始踱来踱去，双手插在口袋里，嘴里吹着口哨——显然这是心绪烦躁的确切迹象。她坐在那儿，看了他一会儿。

"塞萨雷，你对这事放心不下，"她最后说道，"真是对不起，你竟然这样不高兴。但是我能决定在我看来是正确的事情。"

"不是这事，"他生气地回答，"对此我一无所知，一旦你同意去做这事，那么它可能就是对的。我只是信不过那个人。"

"我看你是误解他了，我在深入了解他之前也信不过他。他远不是一个完美的人，但是他的优点比你想的要多。"

"很有可能。"有一段时间，他默不作声地踱着步，然后停下脚步站在她的身边。

"琼玛，放弃这件事吧！趁早放弃这件事吧！别让那个家伙把你拖进你会后悔的事中。"

"塞萨雷，"她温柔地说道，"你都没有想想你在说些什么。没有人把我拖进任何事中。我是独自做出这个决定，独自反复考虑了这件事。我知道你个人讨厌里瓦雷兹，但是我们现在讨论的是政治，而不是个人。"

"夫人！放弃它吧！那个家伙很危险，他既阴险又残酷，且肆无忌惮，他爱上你了！"

她身体往后一缩。"塞萨雷，你怎么胡思乱想呢？"

"他爱上你了，"马尔蒂尼重复说道，"离开他吧，夫人！"

"亲爱的塞萨雷，我无法离开他，我无法向你解释这是为什么。我们已被绑在了一起，既不是出于任何的希望，也不是出于任何的行动。"

"如果你们已被绑在了一起，那就没有什么可说的了。"马尔蒂尼无精打采地答道。

他说要忙着办事去，随后就走开了。他在泥泞的街上走了几个小时。在他看来，那天傍晚世界是那么黑暗。最心爱的人，是那个滑头的家伙闯了进来，把她偷走了。

第十章

快到 2 月底的时候，牛虻去了一趟里窝那。琼玛把他引见给了在那里担任船运经理的一位英国青年。她和她的丈夫是在英国认识他的。他曾数次给玛志尼党的佛罗伦萨支部帮过小忙，还曾借钱应付意外的紧急情况，也曾允许使用他的商业地址收寄党的信件，等等。但是这一切都是通过琼玛去做工作，看在他和她的私人交情份上。因此根据党内惯例，她有权利用这层关系去做在她看来是有益的事情。至于这样做有没有用，那是另外一个问题。请求一位友好的同情者出借他的地址，收寄发自西西里的信件，或者在他的账房保险箱的一角存放几份文件，这是一回事。请他私运武器旨在发动起义则是另外一回事。至于他能否同意，她不抱什么希望。

"你只能碰碰运气，"她对牛虻说，"但是我并不认为会有什么结果。如果你带着介绍信去找他，请他借 500 斯库多，我敢说他会立即借给你。他这个人特别慷慨，也许会在危急关头把他的护照借给你，而且也会把一个逃犯藏在他的地窖里。

但是如果你提到诸如枪支这类的事情，他会瞪眼望着你，并且认为我们都在发神经。"

"他也许会给我几个暗示，或者把我引见给一两位友好的水手。"牛虻回答，"反正值得碰碰运气。"

月底的一天，他走进她的书房，穿得不像平常那样讲究。

从他的脸上，她立即就看出他有好消息要告诉她。

"啊，你终于来了！我开始以为你一定出了什么事！"

"我还是认为不写信要更安全，而且我也不能早点回来。"

"你刚到吗？"

"对，我下了公共马车就直接赶了回来。我过来就想告诉你一声，那事全都办妥了。"

"你是说贝利真的已经答应帮助吗？"

"岂止是帮助。他把全部工作都承担下来了，装货、运输，一切事情。枪支将被藏在货包里，直接从英国运来。他的合伙人威廉姆斯是他的好友，此人同意负责南汉普顿那边的启运，贝利会设法把货混过里窝那的海关。所以我在那里待了那么长的时间。威廉姆斯刚刚动身去南汉普顿，我一直把他送到热那亚。"

"途中讨论了细节吗？"

"对，在我晕船不那么厉害时，我们就说个没完。"

"你还晕船吗？"她赶紧问道。她想起了曾有一天，她的父亲带着他们去海上游览时，亚瑟因为晕船吃了不少苦头。

"晕得厉害，尽管以前经常出海。但是他们在热那亚装船时，我们还是深谈了一次。我想你认识威廉姆斯吧？他真是一个好人，可靠而又明智。贝利也是这样的人。而且他俩都知道怎样才能不走漏风声。"

"我倒觉得贝利这样做是有点冒险。"

"我也是这么告诉他的，他只是面带怒色说道：'这与你有何相干？'这正是我所希望他说出的话。如果我在廷巴克图见到贝利，我就会走到他跟前说：'早晨好，英国人。'"

"但我想不出你怎样才使他们同意的，我没有想到威廉姆斯也会同意。"

"是啊，他先是表示强烈反对，并不是因为危险，而是因为这事'这么不像回事'。但是花了一点时间，我还是把他争取过来了。现在我们就来谈谈具体事项吧。"

当牛虻回到他的寓所时，太阳已经落山了。盛开的日本榅桲花垂挂在花园的墙上，在落日的余晖中显得那么暗淡。他摘了几支，把它们带进了屋里。当他打开书房的门时，绮达从角落的一张椅子里一跳而起，朝他跑过来。

"噢，费利斯，我还以为你永远也不回来了！"

一时冲动之下，牛虻想要厉声问她在他的书房里干什么，但是转念一想，已有三个星期没有见到她了。于是他伸出了手，有点生硬地问道："晚安，绮达。你好吗？"

她扬起头让他亲吻，但是他走了过去，好像没有看见这个举动。他拿过一只花瓶，把榅桲花插了进去。就在这时，门被撞开了，那只柯利狗闯进屋里，激动地围着他乱转，兴奋地叫个没完没了。他放下了花，弯腰拍拍那只狗。

"呃，谢坦。老伙计，你好吗？对，真是我。握握手吧，

216

应该像个好狗！"

绮达的脸上露出生硬而又愠怒的表情。

"我们出去吃饭吧？"她冷冷地问道，"我在我那儿给你订了饭，因为你写信说你今天傍晚回来。"

他迅速转过身来。

"非——非——非常抱歉，你就不——不该等我！我要收拾一下，马上就过来。也——也许你不介意我把这些放进水里吧。"

当他走进绮达的餐厅时，她正站在一扇镜子前，把一枝榅桲花系在她的裙子上。她显然已经拿定了主意，显出心情愉快的样子。她走到他跟前，手里拿着一小束扎在一起的鲜红色的花蕾。

"这是给你的插花，让我把它别在你的外衣上。"

他在吃饭的时候尽量显得和颜悦色，一直跟她闲聊着天儿，她则报以灿烂的微笑。见到他回来，她显然感到非常高兴，这使他有些尴尬。他已经习惯于认为她已离他而去，生活在与她意气相投的朋友和伙伴中间。他从没想过她会思念自己。现在她这么激动，那么在此之前她一定觉得百无聊赖。

"我们上阳台去喝咖啡吧，"她说，"今晚十分暖和。"

"很好。要我带上你的吉他吗？也许你会唱歌。"

她兴奋得满脸通红。他对音乐非常挑剔，并不经常请她唱歌。

沿着阳台的墙壁有一圈宽木凳子。牛虻选择了能够一览山间秀色的角落，绮达坐在矮墙上，脚搭在木凳上，背靠在屋顶的柱子上。她并不留意景色，她喜欢望着牛虻。

"给我一支香烟，"她说，"在你走后，相信我没抽过一支烟。"

"好主意！我正想抽根烟，尽兴享受这融融之乐。"

她倾身向前，情真意切地望着他。

"你真的高兴吗？"

牛虻那双好动的眉毛扬了起来。

"对，为什么不呢？我吃了一顿饭，正在欣赏欧洲的美景，现在又要一边喝着咖啡，一边欣赏匈牙利的民歌。我的良心和我的消化系统都没出什么毛病，一个人还想希望得到什么？"

"我知道你还希望得到一样东西。"

"什么？"

"这个！"她往他手里扔去一个纸盒子。

"炒杏仁！你为什么不在我抽烟之前告诉我呢？"他带着责备的口吻说道。

"嗨，你这个小宝贝！你可以抽完烟再吃。咖啡来了。"

牛虻一边喝着咖啡，一边吃着炒杏仁，就像一只舔着奶油的小猫那样神情专注，享受着这一切。

"在里窝那吃过那种东西以后，回来品尝正宗的咖啡真是好极了！"他拖长声音说道。

"既然你在这儿，回家歇歇就有了一个好理由。"

"我可没有多少时间啊，明天我又得动身。"

那个笑容从她脸上消失了。

"明天！干什么？你要到哪儿去？"

“噢！要去两三个地方，公事。”

他和琼玛已经作了决定，他要去亚平宁山区一趟，找到边境那边的私贩子，安排武器私运的事宜。穿过教皇领地对他来说是件极其危险的事情，但是想要做成这事只得如此。

“总是公事！”绮达小声叹息了一声，然后大声问道：“你要出去很长时间吗？”

“不，也就两三个星期，很——很——很可能是这样。”

“我想是去做那事吧？”她突然问道。

“什么事？”

“你总是冒着生命危险去做的事情——没完没了的政治。”

“这与政——政——政治是有点关系。”

绮达扔掉她的香烟。

“你是在骗我，”她说，“你会遇到这样或者那样的危险。”

“我要直接去闯地——地狱，”他懒洋洋地回答，“你——你碰巧那儿有朋友，想要让我捎去常青藤吗？其实你不——不必把它摘下来。”

她从柱子上用力扯下一把藤子，一气之下又把它扔了下来。

“你会遇到危险的，”她重复说道，“你甚至都不愿说句实话！你认为我只配受人愚弄，受人嘲笑吗？总有一天你会被绞死，可你连句道别的话都不说。总是政治、政治——我讨厌政治！”

“我——我也是。”牛虻说道，并且懒懒的打着呵欠。“所以我们还是谈点别的东西吧——要不，你就唱首歌吧。”

“那好，把吉他拿给我。我唱什么呢？”

"那支《失马谣》吧，这歌非常适合你的嗓子。"

她开始唱起那首古老的匈牙利民谣，歌中唱的是一个人先失去了他的马，然后失去了他的房子，然后又失去了他的情人，他安慰自己，想起了"莫哈奇战场失去的更多更多"。

年虹特别喜欢这首歌，它那激烈悲怆的曲调和副歌之中所含的那种苦涩的禁欲主义使他怦然心动，那些缠绵的乐曲却没有使他产生这样的感觉。

绮达的嗓音发挥得淋漓尽致，双唇唱出的音符饱满而又清脆，充满了渴望生活的强烈感情。她唱起意大利和斯拉夫民歌会很差劲，唱起德国民歌则更差，但是她唱起匈牙利民歌来却非常出色。

牛虻听着她唱歌，瞪着眼睛，张着嘴巴。他从没听过她这样唱歌。当她唱到最后一行时，她的声音突然颤抖起来。

"啊，没有关系！失去的更多更多……"

她泣不成声，停下了歌声。她把脸藏在常青藤里。

"绮达！"牛虻起身从她手里拿过吉他。"怎么了？"

她只是一个劲儿地抽泣，双手捂住脸。他碰了一下她的胳膊。"告诉我是怎么回事。"他温柔地说。

"别管我！"她抽泣着，身体直往后缩，"别管我！"

他快步回到他的座位，等着哭泣声停下来。突然之间，牛虻感到她的双臂搂住了他的脖子。她就跪在他的身边。

"费利斯别走！不要走！"

"我们回头再谈这个。"他说，并且轻轻地挣脱那只勾住他的胳膊。"先告诉我是什么让你如此心烦意乱。有什么事儿吓着你了吗？"

她默默地摇了摇头。

"我做了什么伤害你的事吗？"

"没有。"她伸出一只手抚摸他的喉咙。

"那是什么呢？"

"你会被杀死的，"最后她轻声地说道，"那天有些人到我这儿来，我听其中有个人说你会有麻烦——在我问你的时候，你却笑我！"

"我亲爱的孩子，"牛虻吃惊不小，过了一会儿说道，"你的脑子里装进了一些不着边际的念头。可能有那么一天我会被杀死。这是成为一位革命党人的自然结果。但是没有理由怀疑我现在就——就会被杀死。我冒的险并不比别人大。"

"别人，别人与我有什么关系？如果你爱我，你就不会这样走开，丢下我孤枕难眠，担心你被捕了，或者在睡着时就会梦见你已死了。你对我的关心程度，还不及你关心那只狗呢！"

牛虻站了起来，慢步走到阳台的另一头。他没有料到会碰上这样的场面，不知如何回答她才好。对，琼玛说得对，他使他的生活陷入一个他很难解脱的纠葛之中。

过了一会儿，他走了回来。"坐下来我们心平气和地谈谈，"也说，"我看我们误解了对方。如果我认为你是认真的，那么我当然就不应该笑你。尽量清楚地告诉我，是什么使你感到心烦意乱。如果有什么误解，我们也许就能把它澄清。"

"没有什么要澄清的。我看得出来，你对我毫不在乎。"

"我亲爱的孩子，我们彼此之间最好还是坦诚相待。我总是努力抱着坦诚的态度处理我们之间的关系，我认为我从来没有欺骗过你——"

"噢，的确没有！你一直都很诚实，你甚至从来都不装装样子，只把我当成一个妓女——从旧货店买的一件花衣裳，在你之前曾被许多男人占有过。"

"嘘，绮达！我从来就不曾把一个活人想成这样。"

"你从来没爱过我。"她气呼呼地坚持说道。

"没有，我从来就没有爱过你。听我说，尽量不要以为我是存心不良。"

"谁说过你存心不良？"

"等一等。我想说的是我并不相信世俗的道德准则，而且我也不尊重它们。对我来说，男女之间的关系只是个人喜好和厌恶的问题。"

"还是一个钱的关系。"她打断了他的话，并且冷笑了一声。他直往后缩，犹豫了一会儿。

"那当然是这个问题丑陋的地方。但是相信我，如果我认为你不喜欢我，或者对这事感到厌恶，那么我永远都不会提出我们处下去，而且也不会利用你的处境，劝说你同意我们相处。我这一辈子从没对任何女人做过这事，我也从没对任何一个女人虚情假意。你可以相信我说的是真话。"

他停顿了一会儿，但是她没有回答。

"我以为，"他接着说道，"如果一个男人在这个世界上独自一身，并且感到需要一个女人陪在他的身边，如果他能找到一个吸引他的女人，而且他并不觉得她讨厌，那么他就有权抱着感激和友好的态度，接受一个女人愿意给予他的喜悦，不必缔结更加密切的关系。我看这事没有什么坏处，只要公平对待双方，不要相互侮辱、相互欺骗。至于在我认识你之前，你曾与其他男人有过关系，我对此没有想过。我只是想过这层关系对我们两人都是愉快的，不会伤害谁。一旦这层关系变得让人感到厌倦，那么我们都有权割断这层关系。如果我错了，如果你已经从另外一个角度看待这层关系，那么——"

他又顿了一下。

"那么？"她小声说道，头也没抬一下。

"那么我就使你受了委屈，我非常抱歉。但是我并不是存心这样。"

"你'并不存心'，你'以为'费利斯，你是铁石心肠的人吗？你这一生从没爱过一个女人，竟然看不出我爱你吗？"

他突然打了一个激灵。已经很久没人对他说："我爱你。"

她随后跳了起来，张开双臂抱住他。

"费利斯，和我一起走吧！离开这个可怕的国家，离开这些人，离开他们的政治！我们与他们有什么关系？走吧，我们在一起会非常幸福的。我们去南美，到你曾经居住过的地方。"

联想所引发的肉体恐惧使他醒悟过来，并且恢复了自制。

他把她的双手从脖子上掰开，然后紧紧地握住它们。

"绮达！请你明白我对你讲的话。我并不爱你，即使我爱你，我也不会和你一起走开。我在意大利有我的工作，有我的同志——"

"还有一个你更爱的人吗？"她恶狠狠地叫道，"噢，我真想杀死你！你关心的并不是你的同志们。我知道你关心谁！"

"嘘！"他平静地说道，"你太激动了，尽想些并不真实的事情。"

"你以为我想到了波拉夫人吗？我不会那么容易上当的！你同她只谈政治，你对她并不见得比对我更关心。是红衣主教！"

牛虻吓了一跳，好像被枪击中了一样。

"红衣主教？"他机械地重复了一下。

"就是秋天到这里来布道的蒙泰尼里红衣主教。在他的马车经过时，你以为我没有看见你的脸吗？你脸色煞白，就像我口袋里的手绢一样！怎么，因为我说出了他的名字，所以你现在就像树叶一样颤抖吗？"

他站了起来。

"我不知道你在说些什么，"他缓慢而又温柔地说道，"我恨那位红衣主教。他是我最大的敌人。"

"不管是不是敌人，你都爱他，爱他甚于这个世界上的任何人。看着我的脸，如果你敢的话，你就说这不是真的！"

他掉过头去，望着花园。她偷偷地看着他，有点害怕她所做的事情。他的沉默有点让人感到恐惧。最后她偷偷走到他跟前，就像是一个受惊的小孩，羞答答地扯着他的袖子。他转过身来。

"是真的。"他说。

第十一章

"但是我能——能——能在山里某个地方见他吗？对我来说，布里西盖拉是个危险的地方。"

"罗马尼亚每寸土地对你都是危险的，但在目前对你来说，布里西盖拉要比其他地方更加安全。"

"为什么？"

"我马上就告诉你。别让那个身穿蓝布上衣的家伙看见你的脸，他是一个危险人物。对，那场暴风雨真是可怕。好久没有见到葡萄的收成这么糟糕。"

牛虻在桌上摊开他的双臂，并且把脸伏在上面，像是劳累过度或者饮酒过量。刚来的那个身穿蓝布上衣的家伙迅速往四下扫了一眼，只有两个农民对着一瓶酒讨论收成，还有一个山民伏在桌上睡觉。在马拉迪这个小地方，这样的情景司空见惯。身穿蓝布上衣的家伙显然断定在一旁偷听也不会有什么收获，因为他一口把酒喝了下去，就晃悠悠地走到另一间屋子。他在那儿靠在柜台上，懒洋洋地和掌柜聊着天，时不时透过敞开的门，用眼角的余光观察坐在桌边的三个人。两个农民继续喝酒，并用当地的方言讨论天气，牛虻则打着呼噜，就像是一个无牵无挂的人。

最后那个暗探似乎断定不值得在这家酒店里浪费时间。

他付完账后出了酒店，晃悠悠地朝狭窄的街道那头走去。牛虻打着呵欠，伸着懒腰。他抬起身体，睡眼惺忪地用粗布褂子揉着眼睛。

"装模作样可真不容易。"他说，随即拿出一把小刀，从桌上的黑面包切下一块。"米歇尔，让你担惊受怕了吧？"

"他们比 8 月份的蚊子更毒。没有片刻的宁静。不管你走到哪儿，总有暗探在周围转悠。甚至山里都有，他们原先可不敢进去冒险，现在他们开始三五成群去那里活动——吉诺，对吗？因此我们安排你在镇上和多米尼季诺见面。"

"是啊，但是为什么要在布里西盖拉呢？边境小镇总是布满了暗探。"

"布里西盖拉现在可是最好的地方。全国各地的朝圣者都汇集到这里。"

"但是这里并不是一个交通便利的地方啊。"

"这里离罗马不远，许多复活节的朝圣者要来这里参加弥撒。"

"我并——并——并不知道布里西盖拉还有什么特别的地方。"

"这儿有红衣主教啊。去年 12 月他去了佛罗伦萨，你不记得吗？就是蒙泰尼里红衣主教。他们说他在那儿引起了轰动。"

"大概是吧，我从来不去听布道。"

"呃，你知道他声望卓著，像是一位圣人。"

"他是怎么出的名？"

"我不知道。我想是因为他捐出了他的全部收入，就像一个教区神父一样，一年仅靠四五百斯库多生活。"

"啊！"那个叫作吉诺的人插言说道。"但是远不止这些。他并不只是捐出他的钱，他把毕生的精力都用来照顾穷人，设法安排病人得到治疗，从早到晚聆听别人诉苦喊冤。我并不比你更喜欢神父，米歇尔，但是蒙泰尼里大人不像其他的红衣主教。

"噢，我敢说与其说他是个坏蛋，倒不如说他是蠢蛋！"米歇尔说道，"反正人们对他如痴如迷，最近还有一个新的怪诞行为。朝圣者绕道请求得到他的祝福。多米尼季诺想过扮成一个小贩，挎上装着廉价十字架和念珠的篮子。人们喜欢购买这些东西，请求红衣主教触摸它们，然后把它们挂在小孩的脖子上辟邪。"

"等一等。我扮成朝圣者——进去怎么样？我想这种装扮对我非常合适，但是扮成我上次到这儿来的形象可不——不行。如果我被抓了起来，这会成为对你们不利的证据。"

"你不会被抓住的，我们给你准备了一套绝佳的装束，还有一份护照，一切都办齐了。"

"什么样的装束？"

"一位西班牙老年朝圣者的装束——一个悔过自新的土匪，来自锡拉斯。他去年在安科纳生了病，我们的一位朋友本着慈善之心把他带到一条货船上，送他去了威尼斯。他在那里有朋友，为了表示感谢，把他的证件留给了我们。这些证件对你正合适。"

"一个悔过自新的土——土——土匪？但是警察怎——怎么办？"

"噢，那没事！他在多年以前就服完了划船的苦役。自那以后，他就去耶路撒冷和其他地方朝圣，以便挽救他的灵魂。他把他的儿子当成别人给杀死了，他悔恨交加，遂到警察局自首了。"

"他年纪很大吗？"

"对，但是弄个白胡子和假发就行了。至于其他的地方，证件叙述的特征跟你极为相符。他是个老兵，像你一样瘸着腿，脸上有一块刀疤。他也是个西班牙人，你瞧，如果你遇见了西班牙的朝圣者，你完全能和他们交谈。"

"我在哪儿与多米尼季诺见面？"

"你跟随朝圣者走到十字路口，我们会在地图上指给你看。你就说在山里迷了路。然后到了镇上时，你就和其他人走进集市，集市就在红衣主教宫殿的前面。"

"这么说来，尽管他是一个圣人，他还是没法住在宫殿里？"

"他住在一侧的厢房里，其余的房子改成了医院。你们全都在那里等他出来为你们祝福。多米尼季诺会挎着篮子过来问你：'老大爷，你是一位朝圣者吗？'你回答：'我是一位苦命的罪人。'然后他放下篮子用袖子擦脸，你就给他 6 个斯库多，买一挂念珠。"

"然后他当然就会安排谈话的地方吗？"

"对。在人们张着嘴巴望着蒙泰尼里时，他会有足够的时间把见面的地址告诉你。这就是我们的计划，但是如果你不喜欢这个计划，我们可以告诉多米尼季诺，并且安排别的方法见面。"

"不，这就挺好。只是务必要把胡子和假发弄得和真的一样。"

牛虻坐在主教宫殿的台阶上，白发苍苍。他抬头说出了暗号，声音嘶哑而又颤抖，带有很重的外国口音。多米尼季诺从肩上取下皮带，把装着敬神小玩意的篮子放在台阶上。那群农民和朝圣者，有的坐在台阶上，有的在集市走动，全都没有注意他们。但是为了谨慎起见，他们还是不着边际地聊着天。多米尼季诺说的是当地的方言，牛虻操的是不大连贯的意大利语，中间还夹杂着西班牙语。

"主教阁下！主教阁下出来了！"靠近门口的人们叫道。

"闪开！主教阁下出来了！"

他俩也站了起来。

"这儿，老大爷，"多米尼季诺说道，随即把用纸包的小神像塞进牛虻手里，"把这个拿着，到了罗马时你要为我祈祷。"

牛虻把它塞进胸前，然后转身张望站在台阶最高一层的那个人。他身穿大斋期紫色法衣，头戴鲜红色的帽子，正伸出双臂祝福众人。

蒙泰尼里缓步走下台阶，围在身边的人亲吻着他的双手。

许多人跪了下来，在他经过时撩起法衣的下摆贴近自己的嘴唇。

"祝你们平安，我的孩子们！"

听到那个清脆的声音，牛虻低下了头，一头的白发就遮盖了他的面孔。多米尼季诺看见这位朝圣者的手杖在手中抖动，暗自佩服："真会演戏！"

站在他们附近的一位女人弯腰从台阶上抱起了她的孩子。"来吧，塞柯，"她说，"主教阁下将会赐福于你，就像上帝赐福于孩子们一样。"

牛虻向前走了一步，然后停了下来。噢，真是无法忍受！

这些外人，这些朝圣者和山民，可以走上前去跟他说话，他会把手放在孩子们的头上，也许他还会对那个农民的男孩说"Carino"，以前他就常这样说——

牛虻又坐在台阶上，扭过头去，不忍再看下去。如果他能缩到某个角落，捂住耳朵不再听到那个声音就好了！的确，任何人都无法忍受离得这么近，近到他能伸出他的胳膊，碰到那只亲爱的手。

"我的朋友，你不进去歇歇吗？"那个柔和的声音说道，"恐怕你受了寒。"

牛虻的心脏停止了跳动。霎时间，他失去了知觉。他只是觉得血压上升，直犯恶心。上升的血压仿佛扯碎了他的胸，然后又降了下来，在他的身体里面振荡、燃烧。他抬起了头，看见了他的脸。上方的那双眼睛突然变得温柔起来，充满了神授的同情。

"朋友们，退后一些，"蒙泰尼里转身对人群说道，"我想和他说话。"

人们往后退去，相互窃窃私语。牛虻坐在那里，一动也不动，咬紧牙关，眼睛盯着地面。他感到蒙泰尼里的手轻轻地搭在他的肩上。

"你有过巨大的不幸。我能帮你吗？"

牛虻默默地摇了摇头。

"你是一位朝圣者吗？"

"我是一位苦命的罪人。"

蒙泰尼里的问题竟与暗号相符，这无疑成了一根救命草。

牛虻在绝望之中机械地作了回答。他开始颤抖起来，那只手轻轻地按着，仿佛灼痛了他的肩膀。

红衣主教俯下身来，靠得更近。

"也许你愿意单独跟我谈谈？如果我能帮你——"

牛虻第一次平静地直视蒙泰尼里的眼睛，他已经恢复了自制。

"没有用的，"他说，"这事没有什么希望。"

一名警官从人群中走了出来。

"主教阁下，恕我打扰一下。我看这个老头神志不清。他绝对没有什么恶意，他的证件齐全，所以我们没有管他。他犯了大罪，服过苦役，现在是在悔过。"

"大罪。"牛虻重复说道，缓缓地摇了摇头。

"谢谢你，队长。请往旁边站点。我的朋友，如果一个人真诚忏悔，那么就没有什么是没有希望的。今晚你能来找我一下吗？"

"主教阁下愿意接待一个杀死亲生儿子的人吗？"

这个问题几乎带有挑战的语气，蒙泰尼里听了直往后缩，身体发抖，像是遇到了冷风。

"不管你做过什么，上帝都禁止我谴责你！"他庄重地说道，"在他的眼里，我们全都是有罪的，我们的正直就像肮脏的破布一样。如果你找我的话，我会接待你的，就像我祈祷上帝有一天也许会接待我一样。"

牛虻伸出双手，突然做出了一个热情洋溢的手势。

"听着！"他说，"基督徒们，你们全都听着！如果一个人杀死了他的唯一儿子，热爱并且信任他的儿子，他的亲生骨肉；如果他用欺骗和谎言诱使他的儿子走进死亡陷阱，那么这人在人间或者天堂还有希望吗？我在上帝和凡人之前都已忏悔了我的罪过，我已承受了凡人加于我的惩罚，他们已经对我网开一面。但是什么时候上帝才会说出'够了'呢？什么样的祝福才能从我的心灵之中解除他的诅咒呢？什么样的宽恕才会挽回我所做的那事呢？"

在随后的死寂中，人们望着蒙泰尼里。他们看见他胸前的十字架起伏不停。

他最后抬起眼睛，举起一只并不平稳的手为他祝福。

"上帝是慈悲的，"他说，"在他的神座前放下你的重负，因为圣书上写道：'你们不该蔑视一颗破碎的、痛悔的心。'"

他转身穿过集市，不时停下来和人交谈，并且抱一抱他们的孩子。

根据写在神像包装纸上的指令，牛虻在晚上到了约好的见面地点。这是当地一位医生的家，他是"团体"的一名积极成员。大多数的革命党人都已到了，牛虻的到来使他们欢欣鼓舞。这给了他以新的证明，证明他作为一名领袖深孚众望，如果他需要这种证明的话。

"能够再次见到你，我们感到非常高兴，"医生说道，"但是我们见到你后会感到更加害怕。这事极其冒险，让人感到害怕。我是反对这个计划的。你真的相信今天上午那些警察耗子没有注意上你吗？"

"噢，他们够注——注意上我了，但是他们没——没有认出我来。多米尼季诺把这事安排得很好。但是他在什么地方？我没有看见他。"

"他还没有到。这么说你一切顺利？红衣主教为你赐予他的祝福吗？"

"他的祝福？噢，那没什么，"多米尼季诺走进门来说道，"里瓦雷兹，你就像圣诞节的蛋糕让人称奇不已。你有多少本领可以施展出来让我们叹服呢？"

"现在又怎么了？"牛虻懒洋洋地问道。他正靠在沙发上，抽着一根雪茄。他仍然穿着朝圣者的衣服，但是白胡子和假发放在身边。

"我没有想到你那么会演戏。我这一辈子还没见过这么精彩的表演。你差不多使主教阁下感动得掉下了眼泪。"

"怎么回事？说来让我们听听，里瓦雷兹。"

牛虻耸了耸肩膀。他处于沉默寡言的心境，其他人看出从他那里打听不出什么东西，于是就央求多米尼季诺讲述事情的经过。讲完了集市上发生的那一幕以后，一位未和别人一起哄笑的年轻工人突然说道："干得当然非常聪明，但是我看不出这番表演对大家有什么好处。"

"只有一点好处，"牛虻插言说道，"那就是在这个地区，我可以想到哪儿就到哪儿，想干什么就干什么，没有一个男人、女人或者小孩会想到怀疑我。到了明天，这个故事会传遍这个地方。在我遇到一个暗探时，他只会想：'就是那个疯子迭亚戈，那个在集市忏悔罪行的家伙。'这当然是个有利条件。"

"对，我明白。可是我仍然希望不必愚弄红衣主教就能做成这事。他这人非常善良，不该跟他玩弄这种把戏。"

"我自己也曾觉得他是个正派人。"牛虻懒散地回答。

"桑德罗，你别胡说八道！我们这儿不需要红衣主教！"多米尼季诺说，"蒙泰尼里有机会到罗马任职，如果当时他接受了那个职位，那么里瓦雷兹就不能愚弄他了。"

"他不愿接受那个职位，因为他不想离开他在这儿的工作。"

"更有可能是因为他并不想被兰姆勃鲁契尼手下的暗探毒死。他们对他有些意见，这一点我敢保证。一位红衣主教，特别是这样一位深孚众望的红衣主教，愿意留在这样一个被上帝遗忘的小洞里，我们全都知道这意味着什么。里瓦雷兹，对不对？"

牛虻正在吐着烟圈。"这也许是'破碎的、痛悔的心'之类的事情，"他说。他随后仰起头来，观察那些烟圈飘散开去。

"好了，伙计们，现在我们就来谈正事吧。"

关于武器的私运和掩藏，已经制定了许多计划。他们开始详细讨论这些计划。牛虻聚精会神地听着，时不时地插上一句，尖锐地纠正一些不正确的说法或者不谨慎的提议。大家发言完毕，他提出了几个切实可行的建议，这些建议大多没有经过讨论就被采纳了。然后会议就结束了。会上决定至少在他平安回到托斯卡纳之前，为了不要引起警察的注意，应尽量避免召开时间太晚的会议。到了十点以后，大家都已散去，只剩下医生、牛虻和多米尼季诺。他们三人开了一个小会，讨论具体的细节。经过长久的激烈争论，多米尼季诺抬头看了一下时钟。

"11点半了，我们不能再待下去了，否则巡夜人就会发现我们。"

"他什么时候经过？"牛虻问道。

"约在12点。我想在他到来之前回到家中。晚安，吉奥丹尼。里瓦雷兹，我们一起走吧？"

"不，我看我们还是分开走安全一些。我还要会你一面吗？"

"是的，在卡斯特尔博洛尼斯。我不知道我会扮成什么人，但是你已经知道了暗号。我想你是明天离开这里吧？"

牛虻照着镜子，小心翼翼地戴上胡子和假发。

"明天上午，同那些朝圣者一起走。后天我假装生病，住在牧羊人的小屋里，然后从山中抄近道。我会比你先到。晚安！"

当牛虻朝那个巨大的谷仓门里望去时，大教堂的钟声敲响了12点。那个谷仓已被空了出来，用以充作招待朝圣者的住处。地上躺着横七竖八的身躯，大多数人都在使劲地打着鼾声，空气污浊，让人难以忍受。他有些发抖，觉得恶心。想要在这里入睡是不可能的。他还是散会儿步吧，然后找个小棚或者草堆，那里至少干净而又安静。

这是一个美丽的夜晚，一轮满月挂在紫色的天空。他开始漫无目的地在街上游荡，沮丧地想起上午发生的那一幕。他希望当初不该同意多米尼季诺的计划，在布里西盖拉和他会面。如果他一开始就宣布这个计划太危险，那么就会选择另外一个地方。那样他和蒙泰尼里就不会遇上这出可怕的滑稽闹剧。

神父变化多大啊！可是他的声音却一点也没变，还像过去那样。那时他常说："亲爱的。"

巡夜人的灯笼出现在街道的那头，牛虻转身走进一条狭窄、弯曲的小巷。走了几码以后，他发现自己来到大教堂广场，靠近主教宫殿的西侧。广场月光满地，周围没有一个人。

但是他注意到大教堂的侧门半掩着。教堂司事一定忘了关上它。这么晚了那里当然不会有什么事。他或许可以走进去，躺在一条长凳上睡觉，从而不用在那个透不过气的谷仓里睡觉。

早晨他在教堂司事进来之前溜走。即使被人发现了，他们自然会认为疯子迭亚戈躲在角落里祈祷，然后被关在里面。

他在门口听了一会儿，然后轻轻走了进去。瘸了腿以后，他还是保持了这种走路的姿态。月光透过窗户照了进来，在大理石地面上映出一条条宽阔的光带。特别是在祭坛，月光之下一切都清晰可见。在祭坛的台阶上，蒙泰尼里红衣主教独自跪在那里，紧握双手。

牛虻退到阴影之中。他应该在蒙泰尼里看见他之前走开吗？那样无疑是最明智的，也许还是最慈悲的。可是，只是走近一点——再次看上一眼神父的脸——又有什么坏处呢？既然人群已经散去，那就没有必要继续上午那出丑恶的喜剧。也许这是他最后的机会，神父不必看见他，他悄悄走上去，看上一眼，就这一次。然后他就会回去继续他的工作。

他隐在柱子的阴影之中，摸到内殿栏杆跟前，然后停在靠近祭坛的侧门。主教宝座投下的阴影很宽，足以掩住他。他在暗中蹲了下来，屏住了呼吸。

"我可怜的孩子！噢，上帝。我可怜的孩子啊！"

断断续续的低语充满了彻底的绝望，牛虻情不自禁地战栗起来。然后传来低沉、深重、无泪的哭泣，他看见蒙泰尼里挥动双手，肉体好像忍受着剧痛。

他没有想到事情会像这样糟糕。他曾时常痛苦地安慰自己："我不必为这事感到心烦，那个创伤早就愈合了。"现在，经过这么多年，这个创伤摆在他的面前，他看见它还在流血。

现在治愈它是多么容易啊！他只需抬起手来——只要走上前，说道："神父，是我。"还有琼玛，她的头上已经出现了白发。

噢，如果他能宽恕就好了！如果他能割断他的记忆，过去的经历已经烙在他的记忆深处——那个拉斯加人、甘蔗园和杂耍班子！当然没有比这更悲惨的事情——愿意宽恕，渴望宽恕；知道那是没有希望的。他不能，也不敢宽恕。

蒙泰尼里最终站了起来，画了一个十字，然后转身离开祭坛。牛虻往后退到阴影中，浑身发抖。他害怕他被看见，然后他释然地松了一口气。蒙泰尼里已经从他身边走过，近到他的紫色法衣拂到了他的面颊。他走过去了，而且没有看见他。

没有看见他，噢，他做了什么？这是他最后的机会，这个宝贵的时刻——而他竟让它失之交臂。他突然站了起来，走进亮处。

"神父！"

他自己的声音响了起来，然后又沿着拱形的屋顶消失。这个声音使他心中充满了奇异的恐惧。蒙泰尼里站在柱子边，瞪大眼睛听着，心中充满了死亡的恐惧。他猛地一惊，然后醒悟过来。蒙泰尼里开始摇晃起来，好像就要摔倒下去。他的嘴唇动了起来，先是没有发出声音。

"亚瑟！"他的低语终于可以听见，"对，水很深——"

牛虻走上前去。

"主教阁下，请您饶恕我！我还以为是位神父呢。"

"噢，你就是那位朝圣者吗？"蒙泰尼里立即恢复了自制。

他手中的蓝宝石闪闪发光。牛虻看得出来他还在发抖。"我的朋友，你需要什么吗？天已晚了，大教堂晚上要关门的。"

"如果我做错了什么，主教阁下，还请您多多原谅。我看见门开着，所以就进来祈祷。我以为我看见了一位神父在默念，所以我等着请他为我祝福。"

他举起锡造的小十字架，这是从多米尼季诺那里买来的。

蒙泰尼里接了过来，重新走进内殿，把它在祭坛上放了一会儿。

"拿去吧，我的孩子，"他说，"放宽心吧，因为上帝是慈祥的，怜悯的。去罗马吧，请求他的使者圣父为你赐福吧。祝你平安！"

牛虻低头接受祝福，然后转身离去。

"别走！"蒙泰尼里说道。

他站在那里，一只手扶着内殿的栏杆。

"你在罗马接受圣餐时，"他说，"请为一个痛苦深重的人祈祷。在他的心灵上，上帝的手是沉重的。"

他几乎是含着眼泪说出这番话，牛虻的决心发生了动摇。

转瞬之间，他就会暴露自己的身份。可是他又想起了杂耍班子，就像约拿一样，他认为他恨得对。

"我是什么人？上帝会聆听我的祈祷吗？一个麻风病人，一个被遗弃的人！如果我能像主教阁下一样，能在上帝的神座奉献圣洁的一生，奉献一个毫无瑕疵、毫无隐私的灵魂。"

蒙泰尼里突然转过身去。

"我只能奉献一样，"他说，"那就是一颗破碎的心。"

几天以后，牛虻乘坐公共马车从皮斯托亚回到佛罗伦萨。

他直接去了琼玛的寓所，但是她出门了。他留下一张条子，说他第二天上午过来。然后他又回家去了，真诚地希望不会发现绮达侵入了他的书房。她那些带着妒意的责备就像牙医锉刀的声音，如果今晚他还会听到她的责备，他的神经一定会受不了。

"晚安，比安卡。"他在女仆打开房门时说道，"莱尼小姐今天来了吗？"

她茫然地望着他。

"莱尼小姐？先生，这么说她回来了？"

"你这话是什么意思？"他皱着眉头说道，并且站在门口的垫子上。

"她突然出走了，就在你走了以后，把她的东西全都留了下来。她也没说要去什么地方。"

"在我走了以后？什么，两个星期以前吗？"

"是的，先生，就在同一天。她的东西还乱七八糟地放在那儿。左邻右舍都在谈论这事。"

他什么也没说，转身离开门口。他匆忙地穿过小巷，来到绮达的寓所。在她的房间里、什么都没有动过。他送给她的礼物全都放在原来的地方，哪儿都找不到信或字条。

"先生，打扰您一下，"比安卡把头探进门里说道，"有个老太婆——"

他恶狠狠地转过身来。

"你想干什么——竟然跟我到这儿来？"

"一个老太婆想要见你。"

"她想干什么？告诉她我不能—能见她，我忙着呢。"

"自从你走了以后，先生，差不多她每天傍晚都要来的。她老是问你什么时候回来。"

"问她有什——什么事。不，不用了。我看我还是亲自去吧。"

那个老太婆在他的门厅里等他。她穿得破破烂烂的，棕色的脸庞满是皱纹，就像欧楂果一样。她的头上围裹着一条亮丽的围巾。当他走进来时，她站起身来，瞪着一双黑色的眼睛仔细打量着他。

"你就是那位瘸腿的先生吧，"她说，并且带着挑剔的目光，从头到脚看了他一遍。"我是替绮达·莱尼给你捎个口信的。"

他打开书房的门，然后扶着门让她进去。他跟在后面把门关上，不让比安卡听见他们的谈话。

"请坐。现——现在，告诉我你是谁。"

"我是谁不关你的事。我来是告诉你，绮达已经和我的儿子一起走了。"

"和——你的——儿子？"

"是，先生。如果你有了情人，却不知道如何管住她，那么其他的男人把她带走了以后，你就没有什么可抱怨的。我的儿子是个热血男子，他的血管里流的不是牛奶和水。他可是一个吉卜赛人。"

"噢，你是个吉卜赛人！那么绮达是回到自己人那里去了？"

她带着惊愕的鄙夷望着他。显然这些基督徒不是血气方刚的男子汉，受到了侮辱竟不生气。

"你是什么坯子做的，她为什么应该和你在一起？我们的女人也许肯把自己借给你们，这是出于姑娘的幻想，或是因为你们会给她们很多钱，但是吉卜赛人终究是要回到吉卜赛人中间的。"

牛虻的脸庞仍旧那么冷漠、平静。

"她是去了一个吉卜赛营地，还是仅仅和你的儿子生活在一起？"

那个女人放声大笑。

"你想去追她，并且企图把她夺回来吗？太晚了，先生。你早就应该想到这一点！"

"不，我只是想知道真相，如果你愿意告诉我的话。"她耸了耸肩膀，对这事竟然听之任之的人，根本就不值得侮辱。

　　"哼，真相就是在你走的那天，她在路边遇见了我的儿子。她用吉卜赛语和他攀谈起来，当他看见她也是我们的人，她穿着华丽的衣裳，他就爱上了她那张漂亮的脸蛋。我们的男人就是这么个爱法。她把烦恼全都告诉了我们，她坐在那里哭个不停，可怜的姑娘，哭得我们都为她感到伤心。我们尽量安慰她，最后她脱下了那身华丽的衣裳，穿上了我们那些姑娘穿的东西，并且把自己交给了我的儿子。她成了他的女人，他也成了她的男人。他不会对她说'我不爱你'，或者'我有别的事要做'。女人年轻时就想要得到男人。你是个什么男人？一个漂亮的姑娘用手搂你的脖子时，你竟不去吻她？"

　　他打断了她的话。"你说过给我带来了她的口信。"

　　"对。我们的营地撤走了以后，我留了下来，就是为了给你捎个口信。她让我转告你，她已经厌倦了你们这些人，厌倦了你们的斤斤计较和冷酷无情。她想要回到自己的人那里，自由自在。'告诉他，'她说，'我是一个女人，我爱过他。因此我再不愿做他的婊子。'这个姑娘走是对的。一个姑娘能用美貌挣点钱没有关系——否则美貌又有什么用处。但是一位吉卜赛姑娘才不会爱上你们这一种族中的男人。"

　　牛虻站了起来。

　　"这是口信的全部内容吗？"他说，"那就请你告诉她，说我认为她做得对，我希望她幸福。我要说的就这些。晚安！"

　　他纹丝不动地站在那里，直到她随手关上花园的大门。然后他坐了下来，双手捧住了脸。

又是一记耳光！他还有丝毫的骄傲——些许的自尊吗？他当然忍受了一个人所能忍受的一切，他的心曾被拖进烂泥之中，并遭路人践踏。他的心灵没有一处未被烙上受人轻视的印记，没有一处未被落下受人嘲笑的痕迹。现在这个吉卜赛姑娘，他在路边捡来的姑娘——甚至连她都握着鞭子。

谢坦在门外呜呜地叫着，牛虻起身把它放了进来。那只狗像平常那样带着狂喜奔到主人跟前，但是很快就明白什么地方出了岔子，于是躺在旁边的地毯上，并往那只无力的手里伸去它那冰冷的鼻子。

一个小时以后，琼玛走到门前。她敲门没人答应。比安卡发现牛虻不想吃饭，于是溜去看望邻居家的厨子。走时她敞开了门，门厅里亮着一盏灯。琼玛等了一会儿，然后决定进去看看能否找到牛虻，因为巴利捎来一个重要的口信，她希望和他谈谈。她敲了一下书房的门，牛虻从里面答道："你可以走了，比安卡。我什么也不要。"

她轻轻地推开了门。屋里很黑，但是在她进去时，过道的那盏灯投出一道长长的光亮。她看见牛虻独自坐在那里，脑袋垂在胸前，那只狗睡在他的脚边。

"是我。"她说。

他惊醒了过来。"琼玛，琼玛！噢，我多么想见你啊！"

还没等她说出话来，他就跪在她的脚边，并把他的头埋在她的裙褶里。他全身都在剧烈地颤抖，有他这样比看他流泪更让人难受。

她静静地站在那儿。她无法帮他，一点也不能帮他。这是最痛苦的事情。她必须冷眼旁观——为了解除他的痛苦，她情愿死去。只要她弯下腰来，把他抱在怀里，把他紧紧地抱在胸前，用自己的身躯使他不再遭受伤害和冤屈，那么他当然就会成为她的亚瑟，那么天就会放晴，阴影就会散去。

噢，不，不！他怎么能忘记过去呢？难道不是她把他赶进了地狱——不是她用自己的右手吗？

她任凭这一时刻流逝。他赶紧起身坐在桌边，抬起一只手捂住他的眼睛，并且咬着嘴唇，仿佛要把它咬破。

他很快就抬起头来，平静地说道："恐怕我吓着你了。"

她向他伸出双手。"亲爱的，"她说，"我们现在的友情难道不足以使你有点相信我吗？出了什么事儿？"

"只是我的个人烦恼。我看不出你应该为此感到担心。"

"你听我说。"她接着说道，并且握住他的双手，想要止住他剧烈的颤抖。"我没有试图干涉过我不该干涉的事情。但是现在你已主动给了我这么大的信任，那就再给我一点——你就把我当成你的妹妹吧。继续戴着你的面具，如果它能给你安慰。但是为了你自己，不要在你的心灵上也戴上面具。"

他把头垂得更低。"你必须对我耐心一些。"他说，"恐怕我是一个难以让人感到满意的哥哥，但是如果你能知道——上个星期我差点发疯，好像又到了南美一样。不管怎样，恶魔已经钻进了我的身躯——"他打住了话头。

"我可以为你分担你的苦恼吗？"最后她小声地说道。

他把头伏在她的胳膊上。"上帝的手是沉重的。"

第三部

第一章

　　随后的五个星期里，琼玛和牛虻兴奋不已，忙得不可开交。他们既没有时间，也没有精力去思考他们个人的事情。当武器平安地运进教皇领地以后，剩下的是一项更加艰难、更危险的任务，那就是把它们从山洞和山谷的秘密隐藏地点悄悄运到当地的各个中心，然后再运到各个村庄。整个地区到处都是暗探，牛虻把弹药交给了多米尼季诺。多米尼季诺派了一个信使到了佛罗伦萨，紧急呼吁派人帮忙，要不就宽限时间。牛虻曾经坚持这一工作必须在 6 月底之前完成。可是道路崎岖，运送辎重是件难事；而且为了随时躲避侦探，运期一再耽搁。多米尼季诺已经陷入绝望。"我是进退两难，"他在信上写道，"我不敢加快工作，因为怕被发觉。如果我们想要按时作好准备，我就不该拖延。要不立即派个得力的人来帮忙，要不就让威尼斯人知道我们在 7 月的第一个星期之前无法做好准备。"

　　牛虻把信带到琼玛那里。她一边看着信，一边皱着眉头，坐在地板上，并且用手逆抚小猫的毛。

"这可糟糕了，"她说，"我们可不能让威尼斯人等上三个星期。"

"我们当然不能，这事真是荒唐。多米尼季诺也——也许明——明——明白这一点。我们必须按照威尼斯人的步骤行事，而不是让他们按照我们的步骤行事。"

"我看这不怪多米尼季诺，他显然已经尽了全力。无法完成的事情，他是做不成的。"

"问题并不出在多米尼季诺身上，问题出在他身兼两职。我们至少应该安排一个人负责看守货物，另外安排一个人负责运输。他说得很对。他必须得到切实的帮助。"

"但是我们能给他什么帮助呢？我们在佛罗伦萨没人可以派去啊。"

"那么我就必须亲自去了。"

她靠在椅子上，略微皱起眉头看着他。

"不，那不行。这太危险了。"

"如果我们找——找——找不到别的办法解决问题，那么只能这样。"

"那么我们必须找到别的办法，就这样定了。你现在又去，这不可能。"

他的嘴唇下角出现了一条固执的线条。

"我看不出这有什么不可能。"

"你还是平心静气地想上一分钟。你回来以后只有五个星期，警察还在追查朝圣的事情，他们四处出动，想要找出一条线索。是，我知道你精于伪装，但是记住很多人看见过你，既见过扮作迭亚戈的你，也见过扮作农民的你。你既无法伪装你的瘸腿，也无法伪装你脸上的伤痕。"

"这个世上瘸腿的人多——多着呢。"

"对，但是你瘸了一条腿，脸上有块刀疤，左臂受了伤，而且你的眼睛是蓝色的，皮肤又这么黝黑。在罗马尼亚，像你这样的人可不多。"

"眼睛没关系。我可以用颠茄改变它们的颜色。"

"你不能改变其他东西。不，这不行。因为你现在这样堂而皇之地去，你会睁眼走进陷阱里去。你肯定会被抓住。"

"但是必须有——有——有人帮助多米尼季诺。"

"让你在这样的紧急时刻被捕，对他来说毫无帮助。你的被捕只会意味着整个事情宣告失败。"

但是很难说服牛虻，他们讨论了半天也没有结果。琼玛开始意识到他的性格极其固执，虽然言语不多，可就是宁折不弯。如果她不是对这件事感触很深，她很可能会息事宁人，做出让步。可是在这件事情上，她的良心不许她做出让步。从拟议的行程中所得的实际好处，在她看来都不足以值得去冒险。她禁不住怀疑他急于想去，与其说是出于坚信政治上的迫切需要，倒不如说是出于一种病态的渴望，想要体会危险的刺激。他已经习惯于拿生命去冒险，他易于闯进不必要的险境之中。她认为这是放荡不羁的表现，应该平静而又坚定地予以抵抗。发现争来争去都无法打消他那自行其是的顽强决心，她使出了最后的一着。

"我们还是坦率地对待这事，"她说，"实事求是。并不是多米尼季诺的困难使你如此决意要去，只是你热衷于——"

"这不是真的！"他激烈地打断了她的话。"他对我来说不算什么，即使我再也见不到他，我也不在乎。"

他停了下来，从她的脸上看出他的心事业已暴露。他们的眼睛突然相对而视，然后又垂了下来。他们都没有讲出心中俱知的那个名字。

"我并——并不想挽救多米尼季诺。"他最后结结巴巴地说道，脸却半埋在猫的毛发里。"而是我——我明白如果他得不到帮助，我们的工作就有失败的危险。"

她没有理会他那不值一驳的遁词，接着说了下去，好像她并没被打断过。

"你是因为热衷于冒险，所以你才想去那儿。在你烦恼的时候，你渴望冒险；在你生病的时间，你想要得到鸦片。"

"我并没索要鸦片，"他执意说道，"是别人坚持让我服的。"

"大概是吧。你有点为你的禁欲主义引以为豪，要求肉体的解脱就会伤害你的自尊。但是在你冒着生命危险去缓解神经的刺激时，你的自尊则会在很大程度上得到满意。不管怎么说，这种差别仅是一个惯常的差别。"

他把猫的脑袋扳到后面，俯身望着那双绿色的圆眼睛。

"帕希特，真的吗？——"他说。"你的主人说——说我的这些苛刻的话是真的吗？这是'我有罪，我犯下大罪'的事情吗？你这只聪明的动物，你从来就不索要鸦片，是吗？你的祖先是埃及的神灵，没人会踩它们的尾巴。可是我想知道的是，如果我截下你的猫爪，把它凑到烛火之中，你对人间罪恶的超

250

然态度又会怎样。那你就会找我索要鸦片吧？抑或也许——寻死吧？不，猫咪，我们没有权利为了个人而去寻死。我们也——也许骂骂咧咧，如果这能安慰我们的话。但是我们不必扯下猫爪。"

"嘘！"她把猫从他的膝上拿下来，然后把它放在一只小凳上。"你我可以回头考虑这些东西。我们现在必须考虑怎样才能帮助多米尼季诺脱离困境。凯蒂，怎么回事？来了一位客人。我忙着呢。"

"赖特小姐派了专人送来了这个，夫人。"

包裹封得严严实实，里面装着一封写给赖特小姐的信。信没有拆开，上面贴着教皇领地的邮票。琼玛以前的同学仍然住在佛罗伦萨，为了安全起见，比较重要的信件经常是寄到她们那里。

"这是米歇尔的记号。"她迅速瞥了一眼，信上似乎谈的是亚平宁山区一所寄宿学校的夏季费用。她指着信件一角的两处小点。"这是用化学墨水写的，试剂就在写字台的第三个抽屉里。对，就是那个。"

他把信摊在写字台上，拿着一把小刷子在信上涂了一遍。

当信上的真正内容显现出来时，他看到了那行鲜艳的蓝字，然后靠在椅背上放声大笑。

"怎么回事？"她匆忙问道。他把信递给了她。

"多米尼季诺已经被捕。速来。"

她拿着信坐了下来，绝望地凝视着牛虻。

"呃——呃？"他最后说道，拖着柔和、嘲讽的声音。"你现在总该相信我必须去吧？"

"是，我想你必须去，"她叹息一声回答，"我也去。"

他抬起头来，有些吃惊。"你也去？但是——"

"那当然了。我知道佛罗伦萨一个人也不留，会很不方便的。但是为了提供额外的人手，现在一切都要搁在一边。"

"那儿有足够的人手。"

"但是他们并不属于你能信任的人。你刚才自己说过必须有两个人分头负责，如果多米尼季诺无法做成这件事情，那么显然你也无法做成。记住，在做这种工作时，像你这样时刻都有危险的人会很不方便的，而且会比别人更需要帮助。如果不是你和多米尼季诺，那一定就是你和我。"

他皱着眉头考虑了一会儿。

"对，你说得很对，"他说，"而且是越快越好。但是我们不该一起出发。如果我今晚出发，嗯，你明天可以乘坐下午的马车。"

"去哪儿？"

"这一点我们必须讨论一下。我认为我最——最——最好还是直接去范查。如果我今天深夜出发，乘车到达圣·罗伦索，那我可以在那儿安排我的装扮，然后我接着往前赶。"

"我看不出我们还有别的办法。"她说，着急地略微皱起了眉头。"但是这样非常危险，你这样匆忙动身，委托博尔戈的私贩子给你找个伪装。在你越过边境之前，你至少应该安排三个整天来扰乱踪迹。"

"你不用害怕，"他笑着回答，"再往前我也许被抓起来，但是在越过边境时不会被捕。一旦到了山里，我就像在这里一样安全。亚平宁山区没有一个私贩子会出卖我。我倒是不大清楚你怎样才能通过边境？"

"噢，那很简单！我就拿上路易丝·赖特的护照，装作去度假。罗马尼亚没人认识我，但是每一个暗探都认识你。"

"幸运的是，每一个私贩子也都认识我。"

她拿出表来。

"两点半。如果我们今晚动身，我们还有一个下午和一个傍晚。"

"那么我最好还是回家，现在就把一切安排好，然后弄上一匹快马。我就骑马去圣·罗伦索，那样安全。"

"但是租用马匹一点儿也不安全。马的主人会——"

"我不会去租马的。我认识一个人，他会借我一匹马。他这个人可以信赖。他以前为我做过事。边境上的一个牧羊人会把马送回来。那么，我会在 5 点或 5 点半到这儿来。我走了以后，我想、想让你去找马尔蒂尼，把一切都向他解释一下。"

"马尔蒂尼！"她转过身来，吃惊地看着他。

"对，我们必须相信他，除非你能想到另外一个人。"

"我不大明白你的意思。"

"我们在这儿必须有个能够信任的人，防止遇到任何特别的困难。在所有的人当中，我最相信马尔蒂尼。里卡尔多当然什么事都愿为我们做，但是我认为马尔蒂尼的头脑更加冷静。不过，你还是比我更了解他。你看着办吧。"

"我丝毫也不怀疑马尔蒂尼的可靠和各方面的能力，而且我也认为他可能同意尽量帮助我们。但是——"

他立即就明白了。

"琼玛，如果你发现了一位同志急于得到帮助，因为害怕伤害你的感情，或者害怕让你感到烦恼，他竟然没有请你给予可能的帮助，你有什么感想呢？你会说这样做是出于真正的好心吗？"

"很好，"她沉默片刻以后说道，"我马上就派凯蒂去把他请来。在她出去以后，我去把路易斯的护照拿来。她答应过我，不管什么时候，只要我需要，她都会把它借给我。钱怎么办？要我上银行取出一些钱吗？"

"不，别为钱浪费时间。我可以从我的存款里把钱取出来，这笔钱我们足以用上一段时间。如果我的存款用完了，我们回头再来动用你的存款。那么我们5点半再见。我能在这儿见到你，对吗？"

"噢，对！那时我早就应该回来了。"

约定的时间过后半个小时，他回到了这里，发现琼玛和马尔蒂尼一起坐在阳台上。他立即就看出他们的谈话不很愉快，两人显然进行过激烈的讨论。马尔蒂尼异乎寻常地沉默，闷闷不乐。

"你把一切都安排好了吗？"她抬头问道。

"对，我还给你带来了一些钱，让你路上用。马也准备好了，半夜一点在罗索桥关卡等我。"

"那样不是太晚了吗？你应该在清晨到达圣·罗伦索，那时人们还没起床。"

"我那时应该已经到了。那是一匹快马，我走的时候不想让人看见我。我不回家了，有个暗探守在门口，他还以为我在家里。"

"你出来怎么没有让他看见你？"

"我是从后花园的厨房窗户钻出来的，然后翻过邻家果园的院墙。所以来得这么晚，我得躲着他。我让马匹的主人待在书房里，整夜都点着灯。当那个暗探看见窗户里的灯光和窗帘上的影子时，他会确信我今晚是在家里写作。"

"那么你就待在这儿，到了时间从这儿去关卡吗？"

"对，我不想今晚让人在街上看见。马尔蒂尼，抽烟吗？我知道波拉夫人不介意别人抽烟的。"

"我不会介意你们在这儿抽烟。我必须下去，帮助凯蒂准备晚餐。"

当她走了以后，马尔蒂尼站了起来，双手背在身后，开始踱起步来。牛虻坐在那里抽着烟，默默地望着毛毛细雨。

"里瓦雷兹！"马尔蒂尼开口说道，他就站在他的面前，但是眼睛却看着地面。"你想把她拖进什么样的事情之中？"

牛虻把雪茄从嘴里取了出来，吹出了长长的烟圈。

"她独自作的决定，"他说，"没人强迫过她。"

"是，是——我知道。但是告诉我——"

他停了下来。

"我会尽力相告。"

"呃，那么——我并不知道山里那些事情的细节——你要带她去做一件非常危险的事吗？"

255

“你想知道真相吗？”

“是。”

“那么——是吧。”

马尔蒂尼转过了身，继续踱来踱去。他很快又停了下来。

“我还想问你一个问题。如果你选择不作回答，你当然就不必回答。但是如果你回答的话，那么你就坦率地回答。你爱她吗？”

牛虻故意敲掉雪茄上的烟灰，然后接着抽烟。

“这就是说——你选择不作回答？”

“不，只是我有权知道你为什么要问我这个。”

“为什么？天啊，伙计，难道你看不出为什么吗？”

“噢！”他放下雪茄，平静地望着马尔蒂尼。“对，”他最后和缓地说，“我爱她。但是你不要想着我会向她求爱，不要为此担心。我只是去——”

他的声音变成奇怪、无力的低语，然后逐渐消失。马尔蒂尼上前一步。

“只是——去——”

“死。”

他直愣愣地凝视前方，目光冷漠而又呆滞，仿佛他已死了一样。当他再次开口说话时，奇怪的是他的声音毫无生气，平平淡淡。

“你不用事先为她感到担心，”他说，“对我来说，我是一点儿希望也没有了。这事对大家都是危险的，这一点她和我都知道。但是私贩子会尽量不让她被抓住。他们都是好人，尽

256

管他们有点粗俗。对我来说，绳索已经套在我的脖子上。在我通过边境时，我就扯紧了绞索。"

"里瓦雷兹，你这话是什么意思？当然有危险，对你尤其危险。这一点我也明白，但是你以前也曾通过边境，而且一向都是成功的。"

"对，这一次我会失败的。"

"但是为什么？你怎么知道？"

牛虻露出倦怠的微笑。

"你还记得那个德国传说吗？人要是遇到了长得跟他一模一样的幽灵，他就会死的。不记得？那个幽灵在一个孤寂的地方向他现身，绝望地挥动它的胳膊。呃，上次我在山里时，我见到了我的幽灵。在我再次通过边境时，我就回不来了。"

马尔蒂尼走到他跟前，并把一只手放在他的椅背上。

"听着，里瓦雷兹。这一套故弄玄虚的东西，我一个字也听不懂。但是我明白一点：如果你有了这种预感，你就不宜出发。既然坚信你会被捕还要去，那么被捕的可能性就最大。你一定是病了，或者身体有点不大舒服，所以这样胡思乱想。假如我替你去呢？那里该做的任何实际工作，我都可以去做。你可以给你的那些人写封信去，解释——"

"让你去送死吗？这倒是挺聪明的。"

"噢，我不可能死的！他们都认识你，但是却不认识我。此外，即使我被捕了——"

他停了下来，牛虻抬起头来，用探询的目光慢慢地打量着他。马尔蒂尼的手垂在他的身边。

"她很可能不像思念你一样深深地思念我。"他说，声音平淡无奇。"此外，里瓦雷兹，这是公事。我们得从功利的观点看待这个事情——对于大多数人们的最大好处。你的'最终价值'——这是不是经济学家的叫法？——比我的要大。我虽然不够聪明，但是还能看到这一点，尽管我并没有理由非要特别喜欢你不可。你比我伟大，我并不敢说你比我更好，但是你确有更多的长处，你的死比我的死损失更大。"

　　从他说话的神情来看，他似乎是在讨论股票在交易所的价值。牛虻抬起头来，好像冻得浑身发抖。

　　"你愿让我等到我的坟墓自行张开把我吞下吗？

　　假如我必须死，

　　我会把黑暗当作新娘——[①]

　　"你瞧，马尔蒂尼，你我说的都是废话。"

　　"你说的当然都是废话。"马尔蒂尼气呼呼地说。

　　"对，可你说的也是废话。看在老天的份上，我们不要去做罗曼蒂克的自我牺牲，就像堂·卡洛斯和波莎侯爵一样[②]。这可是 19 世纪啊，如果我的任务就是去死，那么还是让我去死吧。"

　　"如果我的任务就是活着，我想我就得活着。你是一位幸运儿，里瓦雷兹。"

---

① 　引自莎士比亚的喜剧《一报还一报》第三幕第一场。"假如我必须死，我会把黑暗当作新娘。"（朱生豪译文）

② 　席勒悲剧《堂·卡洛斯》（Don Carlos）中的两个主要人物。堂·卡洛斯是西班牙国王菲利浦二世的儿子，因有反政府倾向，被其父拘禁，后来死在狱中。波莎侯爵是堂·卡洛斯的好友，为了营救他而牺牲了自己。

“对。”牛虻直截了当地承认，“我以前一直都很幸运。”

他们默默地吸烟，过了几分钟开始谈起具体的细节。当琼玛上来招呼他们吃饭时，他们俩的脸色或者举止都没有露出他们进行了一次不同寻常的谈话。吃完饭后，他们坐下来讨论计划，并且作些必要的安排。到了11点时，马尔蒂尼起身拿过他的帽子。

“里瓦雷兹，我回家去取我的骑马斗篷。我看你穿上它就不容易被人认出来，不像你这一身轻装。我还去侦察一下，确定在我们动身时附近没有暗探。”

“你把我送到关卡那儿吗？”

“对，要是有人跟着你，四只眼睛要比两只眼睛保险。我12点回来。千万等我回来再走。我最好还是带上钥匙，琼玛，这样就不会因为摁铃吵醒别人。”

在他拿起钥匙时，她抬起头来望着他的脸。她明白他找了一个借口，以便让她单独和牛虻待上一段时间。

“你我明天再谈，”她说，“早晨等我收拾好了以后，我们还有时间。”

“噢，对！很多时间。还有两三件小事我想问你，里瓦雷兹，但是我们可以在去关卡时再谈。你最好还是让凯蒂睡觉去，琼玛。你们俩尽量轻点。那么我们就十二点时再见。”

他略微点了一下头，带着微笑走开。他砰的一声随手把门关上，以便让邻居听到波拉夫人的客人已经离去。

琼玛走进厨房去和凯蒂互道晚安，然后用托盘端着咖啡走了回来。

"你想躺一会儿吗？"她说，"后半夜你可没有时间睡觉。"

"噢，亲爱的，不！到了圣·罗伦索，在那些人为我准备装束时，我可以去睡觉。"

当她在食品橱前跪下身来时，他突然在她肩膀上方弯下腰来。

"你这儿有些什么？巧克力奶糖和英国太妃糖！怎么，这可是国王才配享用的奢侈品！"

她抬起头来，对其喜悦的语调报以淡淡的一笑。

"你喜欢吃甜食吗？我总是为塞萨雷存上一些。他简直就像小孩子一样，什么糖都爱吃。"

"真——真——真的吗？呃，你明天一定要为他再弄——弄一些，这些让我带走吧。不，让我把太妃糖装——装——装进我的口袋里，它会安慰我，让我想起失去的快乐生活。我的——的确希望在我被绞死的那天，他们会给我一点太妃糖吃。"

"噢，还是让我来找一个纸盒子装着吧，至少在你把糖放在口袋之前！你会弄得黏乎乎的！要我把巧克力也放进去吗？"

"不，我想现在就吃，和你一起吃。"

"但是我不喜欢巧克力呀，我想让你过来，正儿八经地坐着。在你或我被杀之前，我们很可能再也没有机会静静地交谈，而且——"

"她不喜欢巧克力！"他喃喃地说道。"那我就得独自放开吃了！这就是断头饭，对吗？今晚你就满足我的一切怪念头吧。首先，我想让你坐在这把安乐椅上，因为你说过我可以躺下来，我就躺在这里舒服一下。"

他躺在她脚边的地毯上，胳膊肘靠着椅子。他抬头望着她。

"你的脸色真白！"他说，"这是因为你对生活持着悲观的态度，而且不喜欢吃巧克力——"

"你就严肃5分钟吧！这可是个生与死的问题。"

"严肃两分钟也不行，亲爱的。不管是生是死都不值得严肃。"

他已经抓住了她的双手，正用指尖抚摸它们。

"别这样神情庄重，密涅瓦①。再这样一分钟，你就会让我哭出声，然后你就会后悔的。我真的希望你再次露出微笑，你的笑容总是给人一种意外的喜、喜悦。好了，你别骂我，亲爱的！我们还是一起吃着饼干，就像两个乖孩子一样，不要为了吃多吃少而吵架——因为明天我们就会死去。"

他从盘子中拿过一块甜饼，谨慎地切成两半，一丝不苟地从中折断。

"这是一种圣餐，就像那些道貌岸然之徒在教堂里吃的一样。'你们拿着吃，这是我的身体。'而且你知道，我们必须用同一个杯子喝酒——对，这就对了。为了缅怀——"

她放下酒杯。

"别这样！"她说，几乎哭出声来。他抬起头来，再次握住她的双手。

"那就别说话！我们就安静一会儿。当我们中间一个人死

---

① 罗马神话中的智慧女神、女战神，又叫雅典娜。

了，另一个人将会记得这一切。我们将会忘记这个喧闹而又永恒的世界，我们将会一起离开这个世界，手拉着手。我们将会走进死亡的秘密殿堂，躺在那些罂粟花的中间。嘘！我们将会十分安静。"

他垂下头来靠在她的膝上，掩住了他的脸。她默不作声地朝他俯下身去，她的手放在那头黑发上。时间就这样流逝过去了，他们既没有动也没有说话。

"亲爱的，快到 12 点了。"她最终说道。他抬起了头。

"我们只有几分钟的时间了，马尔蒂尼很快就会回来。或许我们再也不会相见了。你没有什么要跟我说吗？"

他缓慢地站起身来，走到屋子的另一头。

"我有一件要说，"他开口说道，声音低得几乎听不清楚，"一件事——是要告诉你——"

他停了下来，坐在窗户旁边，双手捂住了脸。

"过了这么长的时间，你总算决定发点慈悲了。"她轻声说道。

"我这一生没有见过多少慈悲，我以为，开始的时候，你不会在乎。"

"你现在不这么想吧。"

她等了一会儿，然后走到屋子的另一头，站在他的身边。

"你就把实情告诉我吧。"她小声说道，"想一想，如果你被杀了，我却活着，我就得回顾我的一生，但却永远也不知道，永远都不能肯定。"

他抓起她的手，紧紧地握住它们。

"如果我被杀死了，你知道，当我去了南美。噢，马尔蒂尼！"

他猛然吓了一跳，赶紧打住话头，并且打开房门。马尔蒂尼正在门口的垫子上蹭着靴子。

"一分——分钟也不差，就像平时那样准时！你俨然就是一座天文钟。那就是骑——骑——骑马斗篷吗？"

"是，还有两三样别的东西。我尽量没让它们淋雨，可是外面正在下着倾盆大雨。恐怕你在路上会很不舒服的。"

"噢，那没关系。街上没有暗探吧？"

"没有，所有的暗探好像都已回去睡觉了。今晚天气这么糟糕，我想这也不奇怪。琼玛，那是咖啡吗？他在出门之前应该吃点热的东西，否则他会感冒的。"

"咖啡什么也没加，挺浓的。我去煮些牛奶。"

她走进厨房，拼命咬紧牙齿，并且握紧双手，不让自己哭出声来。当她端着牛奶回来时，牛虻已经穿上了斗篷，正在系上马尔蒂尼带来的长筒皮靴。他站着喝下了一杯咖啡，然后拿起了宽边骑马帽。

"我看该出发了，马尔蒂尼。我们必须先兜上一个圈子，然后再去关卡，防止发生意外。再见，夫人，谢谢你的礼物。那么星期五我在弗利接你，除非出现什么意外。等一等，这——这是地址。"

他从小本子上撕下一页，拿起铅笔写了几个字。

"地址我已有了。"她说，声音单调而又平静。

"有——有了吗？呃，这也拿着吧。走吧，马尔蒂尼。嘘——

嘘——嘘！别让门发出吱吱嘎嘎的响声！"

他们轻手轻脚地下了楼梯。当临街的门咔嗒一声关上时，她走进屋里，机械地打开他塞进她手里的那张纸条。地址的下面写着：

在那儿我会把一切告诉你。

第二章

这天是布里西盖拉赶集的日子，这个地区大小村庄的农民来到这里，带着他们的猪和家禽，以及他们的畜产品和不大驯服的成群山羊。市场里的人们川流不息，他们放声大笑，开着玩笑，为着晾干的无花果、廉价的糕饼和葵瓜子而讨价还价。炎热的阳光下，皮肤棕黑的儿童赤脚趴在人行道上。他们的母亲坐在树下，身边摆着装有奶油和鸡蛋的篮子。

蒙泰尼里大人出来祝愿人们"早安"，他立即就被吵吵嚷嚷的儿童给围住。他们举起大把的燕子花、鲜红的罂粟花和清香的白水仙花，希望接受这些从山坡上采来的鲜花。人们出于爱意，容忍他对鲜花的喜爱，认为这一小小的怪癖与智者十分相称。如果有人不是这样受到众人的热爱，那么他把房间堆满了野草闲花，他们就会嘲笑他。但是"有福的红衣主教"可以有几个无伤大雅的怪癖。

"呃，马尤西亚。"他说，并且停下脚步拍着一个小孩的脑袋。"自从我上次见过你以后，你又长个儿了。你奶奶的风湿病怎么样了？"

"她最近好多了，主教阁下，但是妈妈现在病得厉害。"

"我很难过，告诉妈妈改天到这儿来，看看吉奥丹尼医生有什么法子。我会找个地方安置她，换个环境对她也许会有好处。你的气色好多了，鲁伊吉，你的眼睛怎么样？"

他一路走过，并和山民拉着家常。他总能记住儿童的姓名和年龄，以及他们的难处和他们父母的难处。他会停下脚步，抱着同情的态度，询问圣诞节得病的那只奶牛，以及上一次赶集时被大车轮子压过的破布娃娃。

当他回到宫殿时，集市开始了。一个瘸子穿着蓝布衬衫，一头黑发垂到他的眼睛上，左脸有一道很深的伤疤。他步履蹒跚地走到一个摊子跟前，操着一口蹩脚的意大利语，索要一杯柠檬水喝。

"你不是这儿附近的人。"倒水的女人说道，同时抬起头打量着他。

"不是。我是从科西嘉来的。"

"来找活干？"

"是啊。马上就到了收割干草的季节，有一位先生在拉文纳附近有一个农场，那天他去了科西嘉，告诉我这里有很多活干。"

"我希望你能找到活干，我相信你能，但是这儿一带收成可不好。"

"科西嘉更糟，大娘。我不知道我们这些穷人还有什么活头？"

266

"你是一个人来的吗？"

"不，我和同伴一起来的。他在那儿，就是穿红衬衫的那个。喂，保罗！"

米歇尔听到有人叫他，于是把手叉在口袋里，晃悠悠地走了过来。尽管他戴着假发，可他打扮得很像一个科西嘉人，连自己都认不出来。至于牛虻，他这个扮相可以说是天衣无缝。

他们一路闲逛，一起穿过了集市。迈克尔吹着口哨，牛虻肩上挎着一个包裹跟在一旁，拖着脚步，不让别人轻易看出他是个瘸子。他们正在等着送信的人，他们必须向他下达重要的指示。

"马尔科尼在那儿，骑在马上，就在拐角。"迈克尔突然小声说道。牛虻仍然挎着包裹，他拖着脚步朝那个骑马的人走去。

"先生，你想找个收干草的人吗？"他说，一边用手碰了一下他那顶破帽子，一边伸出一根手指去摸缰绳。这是他们原定的暗号。从外表上看，那位骑手也许是一个乡绅的管家。

那人跳下马来，把缰绳扔到马背上。

"伙计，你会干什么活儿？"

牛虻摸索着帽子。

"我会割草，先生，还会修剪篱笆。"他开口说道，一口气接着说了下去。"早晨在那个圆洞的洞口。你必须准备两匹快马和一辆马车。我会等在洞里——还有，我会刨地，先生，还会——"

"那就行了，我只要一个割草的。你以前出来干过吗？"

"干过一次，先生。注意，你们来时必须带枪，我们也许会遇到骑巡队。别从林子这边走，从另一边更安全。如果遇到了暗探，别停下来和他争辩，立即开火——我很高兴去干活，先生。"

一个衣衫褴褛的乞丐懒散地朝他们走来，扯着凄凉单调的声音苦苦哀求。"可怜一个苦命的瞎子吧，看在圣母马利亚的份上——赶快离开这里，骑巡队正在开来——最神圣的天后，贞洁的圣女——他们是来抓你的，里瓦雷兹。他们两分钟后就到——圣徒或许就会报答你的——你赶紧逃吧，到处都有暗探。要想溜走而不被发现是不可能的。"

马尔科尼把缰绳塞到牛虻的手里。

"快点！骑到桥上就把马放走，你可以藏在山谷里。我们都带了枪，我们可以抵挡 10 分钟。"

"不。我不能让你们这些人给抓走。靠到一起，全都靠到一起，跟着我依次开枪。靠拢我们的马匹，它们就拴在宫殿的台阶上。把刀准备好。我们边打边撤，等我扔下帽子，就把缰绳砍断，随后跳上最近的马匹。这样我们全都可以到达树林那里。"

他们说话时的语调相当平静，就连最近处的旁观者都没有怀疑他们谈的不是割草，而是更危险的东西。马尔科尼牵着他那匹母马的缰绳，走向拴马的地方。牛虻懒散地走在旁边。那个乞丐伸出双手跟在他们后面，并且一直苦苦哀求。米歇尔吹着口哨跟了上来，那个乞丐擦身而过时对他发出警告，并把消息从容地传给在树下啃着生洋葱的三个农民。他们立即站起身来，跟着他走来。没等别人注意上他们，7个人全都站在宫殿的台阶上，每人都把手摁在掖在身上的手枪上。他们轻易就能够着拴在那里的马匹。

"在我动手之前，不要暴露你们。"牛虻说道，语调平和，声音清晰。"他们也许认不出我们。在我开枪时，你们就顺序开枪。不要对着人开枪，打瘸他们的马脚——那样他们就无法追上我们。三个人开枪，其余的人装子弹。如果有人跑到我们和马匹之间，那就打死他。我骑那匹花马。在我扔掉帽子时，各人骑各人的马。无论发生什么都不要停下来。"

"他们来了。"米歇尔说道。牛虻转过身来，露出一副天真而又愚昧的惊愕表情。这时人们突然中止了讨价还价。

15名武装的士兵骑马缓慢地进入集市。他们很难从人群之中穿过，要是广场拐角没有那些暗探，他们7个革命党人就能悄然溜走。这时人们的注意力全都集中在那些士兵身上。米歇尔略微靠近了牛虻。

"我们现在不能走吗？"

"不能，我们被暗探给包围了，有一个人已经认出了我。

他刚才派了一人去找骑巡队的上尉，告诉他我在什么地方。我们唯一的机会是打瘸他们的马腿。"

"那个暗探是谁？"

"我开枪打的第一个人就是。你们全都做好了准备吗？他们已经清开了一条道路，就要向我们冲过来了。"

"闪开！"那位上尉叫道。"看在圣父的份上！"

人们往后退去，惊恐而又惶惑，士兵们朝着站在宫殿台阶上的那小群人冲了过来。牛虻从衬衫里抽出手枪开了一枪，不是对着前来的士兵，而是朝着接近马匹的暗探。那人被打断了锁骨，应声倒了下去。枪响以后，随后依次迅速响起了6下枪声。同时，7名革命党人从容地靠拢拴在那里的马匹。

骑巡队的一匹马绊了一下，然后倒了下去。另一匹马一声惨叫，随即也栽倒下来。人们惊恐万状发出了阵阵的尖叫。指挥官已经踩着马鞍站立起来，正把马刀举在头顶上。他气势汹汹，发出高声断喝。

"这边，弟兄们！"

他在马鞍上晃了几下，然后身体往下一沉。牛虻刚才又开了一枪，把他打个正着。一股细小的血流从上尉的军服上淌了下来，但是他拼命稳住自己。他抓住了马鬃，恶狠狠地大声喊道："如果不能活捉那个瘸腿的恶魔，那就杀死他。他就是里瓦雷兹！"

"再给我一支枪，快点！"牛虻冲着他的伙伴叫道，"走啊！"

他扔下帽子。这一招来得正是时候，因为那些士兵现在已被激怒了，他们挥着马刀逼到他的跟前。

"你们全都放下武器！"

蒙泰尼里红衣主教突然出现在战斗双方的中间，一名士兵吓得大声叫道："主教阁下！我的上帝，你会被杀死的！"

蒙泰尼里却又上前一步，面对牛虻的手枪。

5名革命党人已经上了马背，正在奔向崎岖的街道那头。

马尔科尼跳上了他那匹母马。就在骑马离去的瞬间，他回头看看他的领袖是否需要帮忙。那匹花马就在跟前，转瞬之后大家就会平安无事。但在那个穿着大红法衣的身影跨步向前时，牛虻突然摇晃起来，拿枪的那只手垂了下去。这一刻决定了一切。他立即就被包围了起来，并被摁倒在地。一名士兵挥起刀背敲落了他的手枪。马尔科尼踩着马镫击打马肚子，骑巡队的马匹朝他追来，马蹄声在山坡上响了起来。待在这里他也会被抓住，不仅帮不上忙而且更糟。他策马驰去的时候，回来对准最近的追兵开了最后的一枪。这时他看见牛虻满脸是血，被踩在马蹄下和暗探的脚下。他听见追捕者恶毒的咒骂，以及胜利和愤怒的呼喊。

蒙泰尼里没有注意到发生了什么。他已经转身离开了台阶，正在试图安慰受了惊吓的人们，当他在受伤的暗探跟前停下脚步时，人群的骚动使他不禁抬起头来。士兵们正在通过广场，他们拖着双手被缚住的俘虏。由于痛苦和疲劳，牛虻的脸色变得煞白。他气喘吁吁，模样实在怕人。但他还是转过身来望着红衣主教，苍白的嘴唇露出微笑。他低声说道："恭——恭喜——喜你啊，主教阁下。"

马尔蒂尼在 5 天以后到达弗利。他收到了琼玛邮寄的一包印刷传单。这是他们约定的信号，表明发生了特别的紧急情况，需要他前去。他想起了在阳台上进行的谈话，立即就猜出了事情的真相。

"我已经猜到了是怎么回事。里瓦雷兹已经被捕，对吗？"他走进琼玛的房间时说。

"他是上星期四被捕的，是在布里西盖拉被捕的。他拼死自卫，并且打伤了骑巡队的上尉和一名暗探。"

"武装抵抗，这可糟了！"

"这没有什么区别。他早就是重大嫌疑犯，多开一枪对他的处境没有多大的影响。"

"你认为他们准备怎么处置他？"

她的脸色变得更加苍白。

"我认为，"她说，"我们不能坐在这里，查明他们想要干什么。"

"你想我们能够把他营救出来吗？"

"我们必须这么做。"

他转过身去，把手背在后面，开始吹起了口哨。琼玛没有打扰他，让他想出法子来。她一动不动地坐在那儿，头靠在椅背上。她茫然地望着前方，目光呆滞，神情凄然。当她的脸露出这种表情时，她就像是丢勒的铜版雕刻《悲哀》中的人物。

"你见过他了吗？"马尔蒂尼停止踱步问道。

"没有，他原定第二天早晨在这儿见我。"

"对了，我想起来了。他在什么地方？"

"在城堡里，看得很严。他们说还带了手铐脚镣。"

他做了一个无所谓的手势。

"噢，那没关系。只要有把好锉子，什么锁链都能去掉。如果他没有受伤的话——"

"他好像受了轻伤，但是究竟如何我们并不知道。我认为你最好还是听听米歇尔亲自给你讲一下事情的经过，逮捕时他就在场。"

"他怎么没有被捕呢？他跑走了，竟然留下里瓦雷兹不管吗？"

"这并不是他的过错，他和别人一样战斗到底，并且严格执行了给他下达的指示。在这件事上，他们都是这么做的。唯一似乎忘记这一指示的人就是里瓦雷兹自己，要不就是他在最后的关头犯了一个错误，否则也不会发生这样的事情。这事整个解释不清。等一会儿，我去叫来米歇尔。"

她走出房间，很快就带着米歇尔和一位膀大腰圆的山民回来了。

"这是马尔科尼。"她说，"你已经听说过他，他是一个私贩子。他刚到这儿不久，也许他能告诉我们更多的情况。米歇尔，这是塞萨雷，就是我给你说过的那个人。你们能把所见到的情况告诉他吗？"

迈克尔简要地叙述了与骑巡队遭遇的经过。

"我不明白怎么会这样，"他在结束时说道，"如果我们认为他会被捕，那么我们没有一个会把他丢下。但是他的指示十分明确，在他扔下帽子时，我们没有想到他会把他包围起来。他就在那匹花马的旁边，他砍断了缰绳。我在上马之前，递给他一把上了子弹的手枪。我怀疑他在上马的时候失去平衡，因为他腿瘸。"

"不，不是这么回事，"马尔科尼插了进来，"他没有试图上马。我是最后一个走的，我的母马听到枪声受了惊。我回头看他是否安然无恙。如果不是因为红衣主教，他就会逃脱的。"

"啊！"琼玛轻声叫道。马尔蒂尼惊讶地重复了一遍："红衣主教？"

"对，他挡在手枪的前面——他真该死！我想里瓦雷兹一定是吃了一惊，因为他放下了持枪的手，另一只手这样举了起来——"他用左手腕挡住他的眼睛——"当然他们全都冲了上来。"

"我弄不明白，"米歇尔说道，"这不像里瓦雷兹，他在关键时刻从不惊慌失措。"

"他放下手枪，可能是害怕杀死一个手无寸铁的人。"马尔蒂尼插嘴说道，米歇尔耸了耸肩膀。

"手无寸铁的人就不该把鼻子伸进战斗中来。战斗就是战斗。如果里瓦雷兹开枪打死主教阁下，不像一只温顺的兔子一样被人抓住，那么世上就会多一个诚实的人，而少一个教士。"

他转过身去，咬着他的胡须。他气得快要落下泪来。

"反正事已如此，"马尔蒂尼说道，"浪费时间讨论发生了什么于事无补。问题是我们怎样才能安排他越狱。我想你们甘愿冒险吧？"

米歇尔甚至不屑回答这个多余的问题，那位私贩子只是笑着说道："如果我的兄弟不愿干的话，我会杀死他。"

"那好。第一件事，我们弄到了城堡的平面图吗？"

琼玛打开抽屉，拿出几张图纸。

"我已经画了所有的平面图。这是城堡的底楼，这是塔楼的上层和下层，这是垒墙的平面图。这些是通往山谷的道路，这是山中的小道和藏身的地方，这是地道。"

"你知道他被关在哪个塔楼？"

274

"东边的那个，就是那个窗户装着铁栏杆的圆屋。我已在图上作了记号。"

"你是怎么得到这个情报的？"

"是从一个绰号叫作'蟋蟀'的人那里弄来的。他是那里的一名卫兵，是季诺的表兄弟。季诺是我们的人。"

"这事你们做得挺快。"

"没有时间可以浪费。季诺当即就去了布里西盖拉，我们已经弄到了一些平面图。藏身的地方是里瓦雷兹列出来的，你可以看到他的笔迹。"

"看守的士兵是什么样的人？"

"这我们还没能查出来，蟋蟀只是刚到这个地方，对其他士兵不了解。"

"我们必须从季诺那里了解蟋蟀长得什么模样。知道政府的意图吗？里瓦雷兹可能在布里西盖拉受审吗？抑或他会被押到拉文纳？"

"这个我们就不知道了。拉文纳当然是这个教省的省府。根据法律，重大的案子只能在那里审理，是在预审法庭受审。但是法律在四大教省无足轻重，这要取决于掌权者个人好恶。"

"他们不会把他押到拉文纳去。"米歇尔插嘴说道。

"你为什么这样想？"

"我敢肯定。布里西盖拉的军事统领是费拉里上校，就是受伤的那位军官的叔叔。他是个报复心极强的恶棍。他不会放过对一个仇人泄愤的机会。"

"你认为他会设法把里瓦雷兹留在这里吗？"

"我认为他会把他绞死。"

马尔蒂尼迅速瞥了一眼琼玛。她的脸色非常苍白，但是听到这些话时，她的脸上并没有变色。显然这个念头对她来说并不新鲜。

"不走走过场，他很难做到这一点，"她平静地说，"但是他可能设立一个军事法庭，寻找这个或者那个借口，然后名正言顺，称出于本城的安全需要。"

"但是红衣主教呢？他会同意这样的事情吗？"

"他无权过问军务。"

"不会，但是他的影响力很大。没有得到他的同意，军事统领当然不敢采取这样的行动吧？"

"他永远也不会得到同意，"马尔科尼打断了他的话，"蒙泰尼里总是反对设立军事委员会，以及诸如此类的东西。只要他们把他关在布里西盖拉，那就不会有什么危险。红衣主教总是袒护任何一个犯人。我害怕的是他们会把他押到拉文纳。一旦到了那里，他就完了。"

"我们不该让他们把他押到那里去，"米歇尔说道，"我们设法在途中营救他，但是把他从城堡里救出来则是另外一个问题。"

"我认为，"琼玛说道，"坐等他被转移到拉文纳是一点用也没有的。我们必须在布里西盖拉把他搭救出来，我们没有时间可以浪费。塞萨雷，你我最好一起研究城堡的平面图，看看我们能否想出什么办法。我有个想法，但是有一个困难解决不了。"

"走吧，马尔科尼，"米歇尔起身说道，"我们让他们研究计划。今天下午我得去福亚诺，我想让你陪我走一趟。文森佐还没有把那些弹药运来，他们应该昨天就到这儿。"

在那两个人走了以后，马尔蒂尼走到琼玛跟前，默默地伸出他的手。她由着他握了一会儿她的手。

"你总是一位好朋友，塞萨雷，"她最终说道，"患难之交。现在让我们来讨论计划吧。"

第三章

　　"我再次诚恳地向您保证，主教阁下，您的拒绝危及了本城的治安。"

　　统领试图保持对教会一位高层人士应有的尊敬语气，但是从他的声音里可以听出他的恼怒。他的肝脏出了毛病，他的妻子欠账太多，他的脾气在过去三个星期里经受了严重地考验。公众愤怒而又不满，他们的危险情绪显然与日俱增；教区充满了阴谋，武器泛滥成灾；警备部队碌碌无能，他非常怀疑这支部队的忠诚；还有这位红衣主教，使他几乎陷入绝望。在对他的副官谈话时，他不无悲哀地把红衣主教描绘成"不折不扣的顽固化身"。现在他摊上了牛虻这个负担，牛虻活活就是一个恶魔的化身。

　　那个"跛脚的西班牙恶魔"打伤了他心爱的侄儿和最有价值的暗探，现在又扩大了他在集市取得的战果，煽动那些看守，吓唬审问官，并把"监狱变成了要熊的场所"。他在城堡里已有三个星期，布里西盖拉当局对于这宗买卖深恶痛绝。

278

他们一次又一次地审问他。为了让他招供，他们动用了各种手段，威胁、劝诱和计谋一齐而上。可是他仍旧像在被捕那天一样诡诈。他们已经意识到也许最好还是立即把他押往拉文纳，可是已经无法及时纠正这个错误了。统领在把捕获的报告呈交教皇特使时，曾经特意要求亲自监督这个案件的审理。这个要求已经承蒙批准，他现在撤回这个要求，就会丢尽脸面，承认他不是对手。

正如琼玛和米歇尔所预见的那样，设立军事法庭来解决这个问题，对他来说是唯一令他满意的途径。红衣主教蒙泰尼里非常固执，拒绝支持这个设想，这使他忍无可忍。

"我认为，"他说，"如果主教阁下知道我和我的助手所忍受的一切，您对这件事就会有不同的看法。您凭着良心反对司法程序的不当之处，对此我完全理解并且表示尊重。但是这是一个特别的案子，特别的案子要求采取特别的措施。"

"没有一个案子不要求公正，"蒙泰尼里回答，"如果根据一个秘密军事法庭的裁决来给一个平民定罪，那么这不仅是不公正的，而且也是非法的。"

"这个案子非常严重，主教阁下，这个犯人公然犯下了数项死罪。他参加了臭名昭著的萨维尼奥暴动，如果他不是逃到了托斯卡纳，斯宾诺拉大人任命的军事委员会那时肯定就会把他枪毙，或者把他送去服划船的苦役。从那以后，他就一直没有停止密谋策划。据悉，他参加了国内一个怙恶不悛的秘密团体，并是这个团体中的一位重要成员。我们确实怀疑他即使没有唆使，那么他也是同意暗杀了不少于三名警察秘密特工。可以说他是在把武器私自运进教省时被当场抓获的。他竟然抗命持枪拒捕，并且重伤了两名执行任务的警官。现在他对本城的治安已经构成了永久的威胁。在这样一个案子中，设立军事法庭当然是正当的。"

"不管这人做了什么，"蒙泰尼里回答，"他都有权依照法律来审判他。"

"依照法律的正常程序就得耽搁时间，主教阁下，在这个案子中，片刻的时间都耽搁不得。此外，我还担心他会越狱。"

"如果有这个危险，你就应该严加看管他。"

"我会尽力而为，主教阁下，但是我得依靠监狱的看守，他们好像全被那个家伙给迷惑了。我在三个星期内四次更换了看守。我已不厌其烦地处罚了那些士兵，可是这一切全都没用。我不能阻止他们来回传递信件。那些傻瓜爱上了他，好像他是个女人。"

"这倒非常奇怪。他肯定是有什么过人之处。"

"过人的邪恶之处——请您原谅，主教阁下，但是这个家伙确实足以让圣人也失去耐心。真是难以置信，但是我还得亲自主持审问，因为一般的军官再也忍受不了。"

"怎么会这样呢？"

"很难解释清楚，主教阁下，他信口雌黄，你一旦听过就明白了。别人还以为审讯官是犯人，而他却是法官。"

"但是他有什么厉害之处呢？他当然可以拒绝回答问题，可是他除了沉默没有别的武器。"

"刺刀一样的舌头。我们全是凡人，主教阁下，我们大多数人都曾犯过我们不愿公之于众的错误。这是人性使然，让他唠叨出 20 年前犯下的小小过失，谁也受不了——"

"里瓦雷兹兜出了审讯官的一些私人秘密吗？"

"那个可怜的家伙还是一名骑兵军官时欠了债，于是就从团里借了一笔钱——"

"事实上是偷窃了交他保管的公款？"

"这当然是错误的，主教阁下，但是他的朋友随后就把钱还了，这事就遮盖了下来。他出身很好，从那以后他一身清白。至于里瓦雷兹是怎么获悉了这个事情，我就想象不出了。但是他在审讯时所做的第一件事情就是兜出这起丑闻，竟然当着下属的面！而且还摆出一副天真的表情，就像是在祈祷一样！这个事情现在已经传遍了教省。如果主教阁下能够出席一次审讯，我相信您就会认识到——这事不必让他知道。您可以在一旁偷听——"

蒙泰尼里转过身来看着统领，脸上露出了不同寻常的表情。

"我是宗教使者，"他说，"不是警察的暗探，偷听不是我的职责。"

"——我并不是想惹您生气。"

"我认为这个问题再讨论下去没有什么好处。如果你把犯人送到这儿，我会和他谈谈。"

"我斗胆劝告主教阁下不要这样做。这个家伙完全是死不改悔。应该不要拘泥于法律的规定，立即把他干掉，免得再让他去犯罪。这样不仅更加安全，而且更加明智。在您表达了意见以后，我还得斗胆恳请您接受我的观点。但是不管怎样，我要对特使大人负责，维护本城的治安。"

"我呢，"蒙泰尼里打断了他的话，"要对上帝和圣父负责，确保在我的教区内没有见不得人的行径。既然你在这个问题上逼我就范，上校，那么我就行使红衣主教的特权。我不许和平时期在本城设立一个秘密军事法庭。我要在这里单独接见犯人，明天上午 10 点。"

"听凭主教阁下的吩咐。"统领带着愠怒的敬意回答，随后走开。一路上，他暗自嘟哝："他们倒是一对，一样固执。"

他没对任何人提及红衣主教将要接见犯人，到了时间才让人打开犯人的镣铐，然后把他押往宫里。他对受伤的侄子说，贝拉姆那头驴子的杰出子孙发号施令①，就已够让人受不了，可是还要担当风险，防止那些士兵和里瓦雷兹及其死党串通一气，计划在途中把他劫走。

当牛虻在严加看守下走进屋子时，蒙泰尼里正伏在一张堆满公文的桌子上写着东西。他突然想起一个炎热的仲夏下午，当时他坐在就像这间屋子的书房里翻着布道手稿。百叶窗关着，就像这里一样，不让热气进来。一个水果贩子在外面叫道："草莓！草莓！"

他愤怒地甩开眼前的头发，嘴上露出了笑容。

蒙泰尼里从公文堆里抬起头来。

"你们在门厅里等候。"他对卫兵们说。

"主教大人，请您原谅。"军曹小声说道，显然慌了神。

———————————
① 出自《圣经》故事，贝拉姆是一位先知，他因诅咒以色列人，被他所骑的驴子用人语叱骂。这里上校是借此辱骂蒙泰尼里是一个固执的人。

"上校认为这个犯人很危险，最好——"

蒙泰尼里的眼里突然露出了一道闪光。

"你们可以在门厅里等候。"他又重复了一遍，声音平静。

军曹大惊失色，敬了一礼，结结巴巴地告辞，然后带着手下的士兵离开了房间。

"请坐。"门关上以后，红衣主教说道。牛虻一声不吭地坐了下来。

"里瓦雷兹先生，"停顿片刻以后，蒙泰尼里开口说道，"我希望问你几个问题，如果你回答，我将不胜感激。"

牛虻微微一笑。"目——目——目前我的主——主——主要职责就是被人提问。"

"那么，不回答吗？这我已经听说了，但是那些问题是调查你的案子的官员提出来的，他们的职责是利用你的回答作为证据。"

"那么主教阁下的问题呢？"语调隐含的侮辱甚于言辞的侮辱，红衣主教立即就听出来了，但是他的面庞并没失去庄严而又和蔼的表情。

"我的问题，"他说，"不管你回答与否，始终只有咱俩知道。如果问题涉及你的政治秘密，你当然不作回答。如若不然，尽管我们都是素昧平生，我希望你能回答我的问题，就算帮我个人一个忙吧。"

"我完——完——完全听凭主教阁下的吩咐。"他说罢微微鞠了一躬，脸上的表情就连贪得无厌的人们都不敢鼓起勇气求他帮忙。

"那么，首先，据说你一直在把武器私自运进这一地区。它们是拿来做什么用的？"

"是——是——是杀——杀——杀老鼠。"

"这个回答可真吓人。如果你的同胞和你的想法不同，在你的眼里他们就是老鼠吗？"

"有——有——有些人是。"

蒙泰尼里靠在椅背上，默默地看了他有一小会儿。

"你的手上是什么？"他突然问道。

牛虻瞥了一眼他的左手。"一些老鼠牙咬的旧疤——疤——疤痕。"

"对不起，我说的是另一只手。那是新伤。"

瘦弱而又灵巧的右手布满了割伤和擦伤。牛虻把它举了起来。手腕已经肿了，上面有一道又深又长的黑色伤口。

"小——小——小事一桩，这您也能看得出来。"他说，"那天我被捕时——多亏了主教阁下。"——他又微微鞠了一躬——"一个当兵的给踩的。"

蒙泰尼里拿起手腕仔细端详。"过了三个星期，现在怎么还是这样？"他问。"全都发了炎。"

"可能是镣铐的压——压——压力对它没有什么好处。"

红衣主教抬起了头，眉头紧锁。

"他们一直都把镣铐扣在新伤上吗？"

"那是自——自——自然了，主教阁下。这就是新伤的用途，旧伤可没有用。旧伤只会作痛，你不能让它们产生正常的灼痛。"

蒙泰尼里又凑近仔细端详了一番，然后起身打开装满外科器械的抽屉。

"把手给我。"他说。

牛虻伸出手去，脸上绷得就像敲扁的铁块。蒙泰尼里清洗了受伤的地方以后，轻轻地把它缠上了绷带。他显然习惯于做这样的工作。

"镣铐的事儿我会跟他们谈谈，"他说，"现在我想问你另外一个问题：你打算怎么办？"

"这——这——这很容易回答，主教阁下。能逃就逃，逃不了就死。"

"为什么要'死'呢？"

"因为如果统领无法枪毙我，我就会被送去服划船的苦役。对我来说，结——结——结果是一样的。我的身体受不了。"

蒙泰尼里把胳膊支在桌子上，陷入了沉思。牛虻没去打扰他。他眯起眼睛靠在椅背上，懒散地享受着解除镣铐以后的轻松感觉。

"假设，"蒙泰尼里再次开口说道，"你逃了出去，以后你怎么办呢？"

"我已经告诉过您，主教阁下。我会杀老鼠。"

"你会杀老鼠。这就是说，如果我现在让你从这儿逃走——假设我有权这样做——你会利用你的自由鼓动暴力和流血，而不是阻止暴力和流血吗？"

牛虻抬起眼睛望着墙上的十字架。

"不是和平，而是宝剑①——至——至少我应该和善良的人们待在一起。就我本身来说，我更喜欢手枪。"

"里瓦雷兹先生，"红衣主教不失镇静地说道，"我还没有侮辱过你，也没有蔑视你的信仰和朋友。我就不能指望从你那里得到同样的礼遇吗？抑或你还是希望我假定无神论者不能成为谦谦君子吗？"

"噢，我给忘——忘得一干二净。在基督教的道德中，主教阁下看重的是礼节。我想起了您在佛罗伦萨的布道，当时我和您的匿名辩护者展开了一场论——论战。"

"这正是我想和你谈的话题之一。你能向我解释一下原因吗？你好像对我怀有一种特别的怨恨。如果你只是把我当成一个便利的靶子，那就是另外一回事。你那一套政治论战的方法是你自己的事情，我们现在不谈政治。但是我当时相信你对我怀有一些个人的仇恨。如果是这样，我乐于知道我是否让你受过委屈，或者在什么方面致使你引发了这样的情感。"

让他受过委屈！牛虻抬起缠了绷带的那只手放在喉咙上。

"我必须向主教阁下引述莎士比亚的话。"他说，并且轻声笑了一下。"'就像那人一样，无法忍受一只无害且必需的小猫②。我讨厌的就是教士。见到法衣我的牙——牙——牙齿就疼。"

"噢，如果只是——"蒙泰尼里作了一个满不在乎的手势，

---

① 此语引自《圣经》。耶稣有一次曾对他的信徒说："你们不要以为我带着和平来到世上；我带来的不是和平，而是剑。"

② 典出莎士比亚的喜剧《威尼斯商人》，意为各人的好恶不同，有些事情是没有什么理由的。'

随即丢开了这个话题。"可是,"他补充说道,"辱骂是一回事,歪曲事实则是另外一回事。在答复我的布道时,你曾经说过我知道那位匿名作者的身份,这你就错了。我不是指责你故意撒谎,你说的不是事实。直到今日,我对他的名字毫不知晓。"

牛虻把头歪到一边,就像一只聪明的知更鸟,严肃地望了他一会儿,然后突然仰面放声大笑。

"S—S—Sanctasimplicitas! ① 噢,你们这些可爱而又天真的阿卡迪亚人——你猜不到的!你没——没有看出恶魔的象征吧?"

蒙泰尼里站了起来。"我得明白,里瓦雷兹先生,论战双方的文章都是你一人写的吗?"

"这是一件丑事,我知道。"牛虻抬起那双纯真的蓝色大眼睛回答。"而你竟然吞——吞——吞下了这一切,就像吞下了一只牡蛎。这样做很不应该,但是,噢,太——太——太有趣了。"

蒙泰尼里咬着嘴唇,重又坐了下来。从一开始他就意识到牛虻想让他发脾气,他已经决定不管发生什么都要克制自己。但是他开始为统领的恼怒寻找借口。一个人在过去三个星期里,每天都要花上两个小时审讯牛虻,偶尔骂上一句,确实可以原谅。

"我们还是丢开这个话题,"他平静地说,"我想见你的原因是我在这里担任红衣主教,在如何处置你的问题上,如果我选择行使我的特权,我的话还是有些分量的。我要行使特权

---

① 拉丁语:多么圣洁啊!

287

的唯一用途是干涉对你动用暴力。为了阻止你对别人动用暴力，对你动用暴力不不必要的。因此，我派人把你带到这里来，部分原因是问你有什么抱怨的——我会处理镣铐一事，但是也许还有别的事情，部分原因是在我发表意见之前，我觉得应该亲眼看看你是什么样的人。"

"我没有什么抱怨的，主教阁下。à la guerre comme à guerre.① 我不是一个学童，把武器私自运进境内，竟还指望政府拍拍我的脑袋。他们使劲揍我，这是自然的。至于我是什么样的人，您曾听过我作的一次浪漫的忏悔。那还不够吗？抑或你愿——愿——愿意我再来一次吗？"

"我听不懂你在说些什么。"蒙泰尼里冷冷地说道，随即拿起一支铅笔在手中玩弄。

"主教阁下当然没有忘记老迭亚戈吧？"他突然改变了他的声音，开始像迭亚戈一样开口说道，"我是一个苦命的罪人——"

铅笔"啪"的一声在蒙泰尼里手中折断了。"这太过分了！"

牛虻仰面靠在椅背上，轻声地笑了一下。他坐在那里，望着红衣主教一声不吭地在屋里踱来踱去。

"里瓦雷兹先生，"蒙泰尼里说道，最终停下了脚步，"你对我做了一件任何一个出自娘胎的人对其不共戴天之敌都不肯做的事情。你窥探了我个人的悲伤，并且挖苦和嘲弄另一个人的痛苦。我再次恳请你告诉我：我让你受过委屈吗？如果没有，你为什么对我要弄这样丧尽天良的玩笑呢？"

① 法语：在战争中，我们必须遵循战争的惯例。

288

牛虻靠在椅垫上，带着神秘、冷酷和费解的微笑望着他。

"我觉得好——好——好玩，主教阁下。你对这一切那么在乎，这使——使——使我——有点——想起了杂耍表演——"

蒙泰尼里连嘴唇都气得发白。他转身摇响了铃。

"你们可以把犯人带回去了。"他在看守进来时说道。

他们走了以后，他坐在桌边，仍然气得浑身发抖。他从来没有气成这样。他拿起了他这个教区里的教士呈交的报告。

他很快就把它们推到一边。他靠在桌上，双手捂住了他的脸。牛虻好像已经留下了他那可怕的阴影，他那幽灵般的痕迹就在这间屋子里游荡。蒙泰尼里坐在那里，浑身发抖，直打哆嗦。他不敢抬起头来，以免看见他知道这里并不存在的幻影。那个幽灵连幻觉都算不上。只是过度疲劳的神经所产生的一个幻想。但是他却感到它的阴影有着一种难以言喻的恐怖——那只受伤的手，那种微笑，那张冷酷的嘴巴，那双神秘的眼睛，就像深深的海水——

他摆脱掉那个幻想，重又处理他的工作。他一整天都没有闲暇的时间，可这并没有使他感到烦恼。但是深夜回到卧室时，他在门槛前停下了脚步，突然感到一阵害怕。如果他在梦中看见它怎么办？他立即恢复了自制，跪倒在十字架前祈祷。

但是他彻夜都没能入眠。

第四章

　　蒙泰尼里并没有因为愤怒而忽视自己的承诺。他强烈地抗议给牛虻带上镣铐,那位不幸的统领现在毫无办法,绝望之余只得打开所有的镣铐。他牢骚满腹,对他的副官说:"我怎么知道下一步主教阁下将会反对什么?如果他把普通的一副手铐也称作'残忍',那么他很快就会惊呼不该在窗户上安装栏杆,或者要我用牡蛎和块菌款待里瓦雷兹。在我年轻的时候,罪犯就是罪犯,他们就被当成罪犯来看待,没有人会认为乱党要比小偷好,但是现在造反成了一种时髦,主教阁下好像有意鼓励这个国家的所有坏蛋。"

　　"我看不出他凭什么要来干涉,"副官说道,"他又不是教省的特使,无权插手民事和军事方面的事务。根据法律——"

　　"谈论法律有什么用?圣父打开了监狱的大门,把自由派的所有坏蛋全都放了出来。在这之后,你不能指望谁来尊重法律!这完全是胡闹!蒙泰尼里大人当然要摆摆架子。前任教皇在位时,他还算安稳。现在他可是妄自尊大。他立即就得到赏识，可以为所欲为。我怎么能反对他呢？他也许得到了梵蒂冈的秘密授权，谁知道呢。现在一切都是黑白颠倒。你闹不清下一步将会发生什么。过去多好，人们知道应该做些什么，但是现在——"

统领沮丧地摇了摇头。这个世界变得太复杂了，使他无法理解。红衣主教竟然操心监狱规章，并且谈论政治犯的"权利"。

至于牛虻，他在回到城堡时神经处于亢奋状态，近似歇斯底里，同蒙泰尼里的会面几乎使他再也忍受不了。绝望之中，最后他才恶狠狠地说到了杂耍表演，只是为了中止那次面谈。再过5分钟，他就会流出眼泪。

当天下午他被叫去受审。对于向他提出的每一个问题，他只是发出阵阵抽搐似的狂笑。统领忍不住发了脾气，开始破口大骂，牛虻却只是笑得愈加没有节制。不幸的统领怒气冲冲，大发雷霆，威胁要对这位倔强的犯人动用无以复加的酷刑。但是最终他得出了杰姆斯·伯顿老早就得出的结论，跟一个失去理智的人争辩只是白费口舌，徒伤肝火。

牛虻再次被带回到他的牢房。他在地铺上躺了下来，陷入一种低落而又绝望的情绪之中，疯疯癫癫一阵之后他总是这样。他一直躺到黄昏，身体一动也不动，甚至什么也不想。

经历过上午的冲动以后，他处于一种奇怪的冷漠状态，他自己的痛苦对他来说不过是沉闷的机械负担，压在某个忘了自己还有灵魂的木头物件上。事实上，结局如何没有多大关系。

对于一个具有知觉的生物来说，唯一重要的是免除难以忍受的痛苦。至于是从改变外部条件着手，还是从扼杀感觉着手，那是一个无关紧要的问题。也许他能逃出去，也许他们会把他杀死。不管怎样，他都不能再次见到神父了，所以这使他的精神感到空虚和烦恼。

一名看守送来晚饭，牛虻抬起头来，漠然地望着他。

"什么时间了？"

"6点。您的晚饭，先生。"

他厌恶地看了一眼臭不可闻、半热不冷的馊饭，随即转过身去。他不仅感到情绪低落，而且也感到自己病了。见到食物，他心中作呕。

"如果你不吃是会生病的，"那位士兵匆忙说道，"还是吃点面包吧，对你会有好处的。"

那人说话时语调带着一种好奇的诚恳，他从盘子中拿起一块未曾烘干的面包，然后又把它放了下来。牛虻恢复了革命党人的机警，他立即就猜出面包里藏了什么东西。

"你把它放在这儿，回头我会吃上一点。"他漫不经心地说。牢门开着，他知道站在楼梯的军曹能够听清他们所说的每一句话。

牢门又被锁上，他确信没人从窥测孔监视。他拿起了那块面包，小心地把它揉碎。中间就是他所期望的东西，一把截短的锉子包在一小张纸里，上面写着字。他小心地摊开那张纸，凑近略有光亮的地方。字密密麻麻地写在一起，纸又薄，所以字迹很难辨认。

铁门打开，天上没有月亮。尽快锉好，两点至三点通过走道。我们已经做好一切准备，也许再没有机会了。

他兴奋地把那张纸揉碎了。所有的准备工作都已做好，他只需锉断窗户的栏杆。镣铐已经卸下，真是幸运！他不用锉断镣铐。有几根栏杆？ 2根，4根。第一根得锉两处，这就等于8根。噢，如果他动作快点，他在夜里还是来得及的——琼玛和马尔蒂尼这么快就把一切都准备好了——包括伪装、护照和藏身之处？他们一定忙得不可分身，他们还是采用了她的计划。他暗自嘲笑自己愚不可及。究竟是不是她的计划又有什么关系，只要是个好计划就行！可是他还是忍不住觉得高兴，因为是她想出了让他利用地道的主意，而不是让他攀着绳梯下去，私贩子们原先就是这么建议的。她的计划虽然更加复杂和困难，但是不像另外一个计划那样，可能危及在东墙外面站岗的哨兵生命。因此，当两个计划摆在他的面前时，他毫不犹豫地选择了琼玛的计划。

　　具体的安排是这样的：那位绰号叫作"蟋蟀"的看守朋友抓住第一个机会，在他的同伴毫不知晓的情况下，打开院子通往垒墙下面的地道铁门，然后把钥匙挂在警戒室的钉子上。接到这个消息以后，牛虻就锉断窗户的栏杆，撕开衬衣编成一根绳子，然后顺着绳子落到院子东边的那堵宽墙上。在哨兵瞭望另外一个方向时，他沿着墙头往前爬；在那人朝这边张望时，他就趴着不动。东南角是坍塌了一半的塔楼。在某种程度上，塔楼是被茂密的常青藤支撑在那里。但是大块的石头坠落到里面，堆在院子的墙边。他将顺着常青藤和院子的石堆从塔楼爬下去，走进院子，然后轻轻打开没有上锁的铁门，途经过道进入与其相连的地道。数个世纪以前，这条地道是一道秘密走廊，连接城堡与附近山上的一个堡垒。地道现在已经废弃不用了，而且多处已被落进的石头阻塞。只有私贩子知道山坡有一个藏得严实的洞穴，他们掘开了这个洞穴，使它与地道相连。没人怀疑违禁的货物常常藏在城堡的垒墙下面，能在这里藏上数个星期，可是海关官员却到那些怒目圆睁的山民家里搜查，结果总是劳而无功。牛虻将从这个洞爬到山上，然后趁黑走到一个偏僻的地点。马尔蒂尼和一个私贩子将在那里等他。最大的困难将是晚间巡逻之后，并不是每天都有机会打开铁门。而且在天气晴朗的夜晚不能爬下窗户，那样就有被哨兵发现的危险。现在有了这么好的一个成功机会，那就不能使它失之交臂。

他坐了下来，开始吃上一点面包。至少面包不像监狱其他的食物，让他感到厌恶，他必须吃点东西来维持体力。

他最好还是躺一会儿，尽量睡上一会儿。10点之前就开锉可不安全，他得苦干一夜。

这么说来，神父还是想让他逃走！这倒像神父。但是就他而言，他永远也不同意这样做。这种事就是不行！如果他逃走了，那也是靠他自己，靠他的同志们。他不会接受教士们的恩惠。

真热！当然是要打雷了，空气闷得让人喘不过气来。他在地铺上翻来覆去，把缠了绷带的右手放在头后充作枕头，然后又把它抽了出来。它疼得发抖！所有的旧伤全都开始隐隐作痛。它们是怎么了？噢，真是荒唐！只是雷雨天气在作怪。

他会睡上一觉，在开锉之前休息一会儿。

8根栏杆，全都是那么粗，那么坚硬！还有几根要锉？当然没有几根了。他一定是锉了几个小时，连续干了几个小时，对，那当然，所以他的胳膊才会这么疼，疼得这么厉害，彻骨的疼痛！但是不大可能使他的侧身也这么疼。那条瘸腿悸动的灼痛，这是锉削引起的吗？

他惊醒了过来。不，他没有睡着。他一直是在睁着眼睛做梦——梦见锉削，可是这一切还没动手呢。窗户的栏杆碰都没碰，还是那么坚硬和牢固。远处的钟楼敲响了 10 下，他必须动手干了。

他透过窥测孔望去，没有发现有人在监视他。于是他从胸前取出一把锉子。

不，他没什么关系，没什么！全是想象。侧身的疼痛是消化不良，或者就是受了凉，要不就是别的什么。牢里的伙食和空气让人无法忍受，待上三个星期，这也不见为奇。至于全身的疼痛和颤抖，部分原因是紧张，部分原因是缺乏锻炼。对了，就是这么回事，毫无疑问是缺乏锻炼。真是荒唐，以前怎么没有想到这个！

他可以坐下歇一会儿，等到疼过这一阵再干。歇上一两分钟，疼痛肯定就会过去的。

坐着不动更糟。当他坐着不动时，他疼痛难忍，由于害怕，他的脸色发灰。不，他必须站起来工作，驱除疼痛。感觉疼痛与否取决于他的意志，他不会感觉疼痛，他会迫使疼痛收缩回去。

他又站了起来，自言自语，声音响亮而又清晰。

"我没病，我没有时间生病。我要把这些栏杆锉断，我不会生病。"

他随后开始锉起来。

10 点一刻，10 点半，10 点三刻……他锉了又锉，锉动铁条的声音是那么刺耳，就像是有人在锉他的躯体和大脑。

"真不知道哪个先被锉断，"他暗自小声笑了一下，"是我还是栏杆？"

11 点半。他仍在锉着，尽管那只僵硬而又红肿的手很难握住工具。不，他不敢停下来休息。如果一旦放下那件可怕的工具，他就再也没有勇气重新开始。

哨兵在门外走动，短筒马枪的枪托碰到了门楣。牛虻停下来往四下看了一眼，锉子仍在举起的那只手里。他被发现了吗？

一个小团从窥测孔里弹了进来，落在地上。他放下锉子，弯腰拾起那个圆团。这是一小片纸攥成的纸团。

直往下沉，沉入无底的深渊，黑色的波涛向他席卷过来——怒吼的波涛——

噢，对了！他只是弯腰拾起了那个纸团。他有点头晕，许多人弯腰的时候都会头晕的。这没什么关系——没什么。

他把它捡起来拿到亮处，然后平静地把它展开。

不管发生什么，今晚都要过来。蟋蟀明天就被调到另外一个地方。这是我们仅有的机会。

他撕毁了纸条，他就是这样处理前一张纸条的。他又抓起了锉子，回去继续工作，顽强、沉默而又绝望。

一点。他现在干了三个小时，已经锉断了六根栏杆。再锉两根，那么他就要爬——

他开始回忆他这身可怕的病症以前发作的情形，最后一次是在新年的时候。当他想起连续生病的五夜时，他不禁颤抖起来。但是那一次病魔来得不是这么突然，他从不知道会这么突然。

他丢下锉子，茫然伸出双手。由于陷入了彻底绝望，他做起了祷告。自从他成为一位无神论者，他还是第一次祈祷。

他对微乎其微祈祷——对子虚乌有祈祷——对一切的一切祈祷。

"别在今晚发作！噢，让我明天生病吧！明天我甘愿忍受一切，只要不在今晚发作就行！"

他平静地站了一会儿，双手捂住太阳穴。然后他再次抓起了锉子，重又回去工作。

一点半。他已经开始锉削最后一根栏杆。他的衬衣袖子已被咬成了碎片，他的嘴唇流出了血，眼前是一片血雾，汗水从他的前额滚落。他还在一个劲儿锉啊，锉啊，锉啊。

太阳升起的时候，蒙泰尼里睡着了。夜晚失眠的痛楚使他精疲力竭。在他安静地睡上一会儿时，他又开始做起了梦。

起先他的梦境模糊而又混杂，破碎的形象和幻想纷至沓来，飘飘忽忽，毫不连贯，但是同样充满了搏斗和痛苦的模糊感觉，同样充满了难以言喻的恐怖阴影。他很快就做起了失眠的噩梦，做起了可怕和熟悉的旧梦，这个噩梦多年以来一直使他心惊肉跳。甚至在他做梦的时候，他也能确认这一切他都经历过。

他在一个广袤的旷野游荡，试图寻找某个安全的地方，可以躺下来睡觉。到处都是人来人往，说话、欢笑、叫喊、祈祷、打铃，以及撞击铁器的声音。有时他会稍微离开喧闹的地方躺下来，一会儿躺在草地上，一会儿躺在木凳上，一会儿躺在一块石板上。他会闭上眼睛，并用双手捂住它们，挡着亮光。他会自言自语地说："现在我就睡觉了。"随后人群就会蜂拥而来，叫着、嚷着和喊着他的名字，恳求他："醒来吧！快点醒来吧，我们需要您！"

随后他进入一个偌大的宫殿，里面全是富丽堂皇的房间，摆放着床榻和低矮柔软的躺椅。天已经黑了，他自言自语地说："在这里我终于找到了一处安静的睡觉地方。"但是当他选择了一个黑暗的房间躺下时，有人端着一盏灯走了进来，毫不留情地照着他的眼睛，并说："起来，有人找你。"

他起身继续游荡，摇摇晃晃，踉踉跄跄，就像一个受伤将死的人。他听到时钟敲了一下，知道已经过了半夜——上半夜是这么短暂。两点、3点、4点、5点——到了6点，全城都会醒来，那时就不会这么寂静了。

他走进另一个房间，准备躺在一张床上，可是有人在床上一跃而起，叫道："这床是我的！"

他缩回身体走开，心中充满了绝望。

时钟敲响了一下又一下，可是他还在继续游荡，从一个房间走到另一个房间，从一所房子走到另一所房子，从一条走廊走到另一条走廊。可怕的灰蒙蒙的黎明愈来愈近；时钟正敲响了5下。夜晚已经过去了，可是他却没有找到休息的地方。噢，苦啊！又一天，又一天啊！

他走进一条长长的地下走廊，这条低矮的穹形通道好像没有尽头。里面点着耀眼的油灯和蜡烛，透过格栅的洞顶传来了跳舞的声音、喧笑和欢快的音乐。是在上面，是在头顶上方的那个活人的世界里。无疑那里正在欢度节日。噢，找个藏身和睡觉的地方吧。一小块地方，坟墓也行啊！在他说话的时候，他跌进了一个敞开的坟墓。一个敞开的坟墓，散发着死亡和腐烂——哎，这没有关系，只要他能睡觉就行！

"这个坟墓是我的！"这是格拉迪丝。她抬起了头，从正在腐烂的裹尸布上瞪着他。随后他跪下身来，向她伸出了双臂。

"格拉迪丝！格拉迪丝！可怜可怜我吧，让我爬进这个狭窄的空间睡觉。我并不要求你爱我。我不会碰你，不会跟你讲话，只让我躺在你的身边睡觉就行！噢，亲爱的，我好久没有睡过觉了！我一天也熬不下去了。亮光照进了我的灵魂，噪声正把我的大脑敲成粉末。格拉迪丝，让我进去睡觉吧！"

他想扯过她的裹尸布盖在他的眼睛上。但是她直往后缩，尖声叫道："这是亵渎神灵，你是一位教士！"

他继续游荡，来到了海边，站在光秃秃的岩石上。炽烈的光亮照射下来，大海持续发出低沉、焦躁的哀号。

"啊！"他说，"还是大海比较慈悲，它也乏得要命，无法睡觉。"

亚瑟随即从大海里探出了身体，大声叫道："大海是我的！"

"主教阁下！主教阁下！"

蒙泰尼里惊醒了过来。他的仆人正在敲门。他机械地爬了起来，打开了房门。那人看见他一脸惧色。

"主教阁下，您病了吗？"

他抹了抹他的前额。

"没有，我正在睡觉，你吓了我一跳。"

"非常抱歉，我以为我听见您一大早就起床了，我想——"

"现在不早了吧？"

"9点钟了，统领前来造访。他说有要事相谈，他知道您起得早——"

"他在楼下吗？我马上就去。"

他穿起了衣服，随即走下楼去。

"恐怕这样拜访主教阁下有些造次。"统领开口说道。

"希望没有什么要紧的事情？"

"事情非常要紧。里瓦雷兹差点就越狱逃走了。"

"呃，只要他没有逃走，那就没有造成危害。怎么回事？"

"他被发现在院子里，就靠在那个铁门上。今天凌晨3点，巡逻队在巡视院子时，有个士兵给地上的什么东西绊了一跤。

他们拿来灯后，发现里瓦雷兹倒在小路上不省人事。他们立即发出了警报，并且把我叫去。我去查看了他的牢房，发现窗户的栏杆全给锉断了，一条用撕碎的衬衣编成的绳子挂在一根栏杆上。他把自己放了下去，然后沿着墙头爬走。我们发现通往地道的铁门已被打开。看上去那些看守已被买通了。"

"但是他怎么会倒在小路上呢？他是从垒墙上摔了下去，并且受了伤吗？"

"我先也是这么想的，主教阁下。但是监狱的医生找不出摔伤的痕迹。昨天值班的士兵说，他昨晚把饭送去时，里瓦雷兹看上去病得很厉害，什么也没吃。但这肯定是胡说八道，一个病人绝不可能锉断那些栏杆，然后沿着墙头爬走。一点道理也没有。”

“这事他自己是怎么解释的？”

“他不省人事，主教阁下。”

“仍旧不省人事？”

“他只是时不时醒过来，呻吟几声又昏过去。”

“这就非常奇怪了，医生怎么看呢？”

“他不知道怎么说。没有心脏病发作的迹象，他解释不了昏迷的原因。但是不管他是怎么回事，一定来得突然，就在他快要逃走的时候。恕我直言，我相信是老天有眼，直接出手将他击倒。”

蒙泰尼里微微皱起了眉头。

“你怎么处置他呢？”他问。

“这个问题我会在近几天解决。在此之间，我要好好吸取这个教训。这是取下镣铐的后果——恕我直言，主教阁下。”

“我希望，”蒙泰尼里打断了他的话，“至少在他生病期间不要戴上镣铐。一个人处于你所描述的状况，根本就不能再作逃跑的尝试。”

“我会留意不让他逃跑的。”统领走出去时暗自嘀咕，“主教阁下尽可以去悲天悯人，这不关我的事。里瓦雷兹现在已被铐得结结实实的，而且以后一直这样，不管他生病还是不生病。”

“但是怎么可能发生了这种事情？最后关头昏了过去，当时一切准备就绪，当时他就在铁门前面！简直是天大的笑话。”

“我敢肯定，”马尔蒂尼回答，“我所能想到的唯一原因是旧病发作，他肯定苦撑了很长的时间，用尽了力气。当他走

301

进院子时，他累昏过去了。"

马尔科尼使劲敲去烟斗里的烟灰。

"呃，反正是完了。我们现在对他无能为力，可怜的家伙。"

"可怜的家伙！"马尔蒂尼小声附和。他开始意识到，没有了牛虻，这个世界将会变得空洞乏味。

"她怎么想？"那个私贩子问道，同时往屋子那头扫了一眼。琼玛独自坐在那里，双手悠然地搭在膝上，她的眼睛茫然地望着前方。

"我还没问她，自从我把消息告诉她以后，她就没有说过话。我们最好还是不要打扰她。"

她看上去全然不知他们的存在，但是他俩说话还是小声小气，仿佛他们是在看着一具死尸。停顿片刻以后，马尔科尼站了起来，放下了他的烟斗。

"我今天傍晚过来。"他说，但是马尔蒂尼举手止住了他。

"别走，我有话要跟你说。"他把声音放得更低，几乎像是耳语。"你相信真的没有希望了吗？"

"我看不出现在还有希望。我们不能再作尝试了。即使他身体好了，能够完成他那一方面的事情，我们也无法完成我们这一方面的事情。哨兵因为涉嫌全被换掉了。蟋蟀肯定再也没有机会了。"

"你不认为在他身体恢复以后，"马尔蒂尼突然问道，"我们可以做点什么，从而把哨兵引开吗？"

"把哨兵引开？你是什么意思？"

"呃，我想到了一个主意。迎圣体节那天，在游行队伍接近城堡的时候，如果我挡住统领的去路，当面向他开枪，那么所有的哨兵都会冲来抓我，你们的一些人也许可以乘着混乱救出里瓦雷兹。这不算什么计划，只不过是我的一个想法。"

"我怀疑这事能否做得到，"马尔科尼严肃地回答，"要想做成这事，当然需要仔细考虑清楚。但是，"——他停下来望着马尔蒂尼，"如果行得通，你愿干吗？"

马尔蒂尼平时是个保守的人，但是这可不是平时。他直视那个私贩子的脸。

"我愿干吗？"他重复说道。"看看她！"

没有必要再作解释，说了这句话也就说了所有的话。马尔科尼转身望着屋子的那一头。

自从他们开始谈话以后，她就一动也没动。她的脸上没有怀疑，没有恐惧，甚至没有悲哀。脸上什么也没有，只有死亡的阴影。看着她，私贩子的眼睛噙满了泪水。

"快点，米歇尔！"说罢打开游廊的门，朝外望去。

米歇尔从游廊走进来，后面跟着季诺。

"我现在准备好了。"他说，"我只想问夫人。"

他正要朝她走去，这时马尔蒂尼抓住了他的胳膊。

"别去打扰她，最好还是别去管她。"

"随她去吧！"马尔科尼补充说道。"劝她没什么用的。上帝知道我们都很难受，但是她更受不了，可怜的人啊！"

第五章

整整一个星期，牛虻的病都处于严重的状态。这次病情发作来势凶猛。统领由于害怕和困惑而变得残暴，不仅给他戴上了手铐脚镣，而且坚持用皮带把他紧紧地绑在地铺上。所以他一动弹，皮带就嵌进皮肉里。凭着顽强而又坚定的禁欲主义精神，他忍受了一切，然而到了第 6 天晚上，他的自尊垮了下来。他可怜巴巴地请求狱医给他一剂鸦片。医生十分愿意给他，但是统领听到这个请求以后，严厉禁止"任何愚蠢的行径"。

"你怎么知道他要它做什么？"他说。"可能他一直是在无病呻吟，可能他想用它麻醉哨兵，或者干出诸如此类的坏事。里瓦雷兹狡猾得很，什么事都能做得出来。"

"我给他一剂鸦片根本就不能帮助他麻醉哨兵。"医生回答，忍不住笑起来。"至于无病呻吟，这倒不用担心。他可能快死了。"

"反正我不许给他。如果想要别人待他好一些，那么他就应该表现得好一些。他理应受到一点严厉的管制。也许对他来

304

说是个教训，再也不要玩弄窗户栏杆那套把戏。"

"可是法律并不允许动用酷刑，"医生斗胆说道，"这就近乎动用酷刑了。"

"我认为法律并没有提到鸦片。"统领厉声说道。

"这当然该你来决定，上校，但我还是希望你让他们取下皮带。没有必要加重他的痛苦。现在不用害怕他逃跑，即使你把他放走，他也站不起来。"

"我的好好先生，我想医生也许会像别人一样犯下错误。我现在就要把他牢牢地绑在那里，他就得这样。"

"至少，还是把皮带松一下吧。把他绑得那么紧，那也太野蛮了。"

"就这么绑。谢谢你，先生，你就不要对我谈论野蛮了。如果我做了什么，那我是有理由的。"

第7个夜晚就这样过去了，没有采取止痛的措施。牢房门外站岗的士兵整夜都听到撕心裂肺的呻吟，他连连画着十字，浑身一阵阵地颤抖。牛虻再也忍受不住了。

早晨6点，就在下岗之前，哨兵打开了牢门，轻轻地走了进去。他知道他正在严重违反纪律，但是走前不去友好地说上一句安慰的话，他实在于心不忍。

他发现牛虻静静地躺在那里，闭着眼睛，张着嘴巴。他默默地站了一会儿，然后弯腰问道："先生，我能为你做些什么吗？我只有一分钟的时间。"

牛虻睁开了眼睛。"别管我！"他呻吟道，"别管我——"

在那名士兵溜回到岗位之前，他就已睡着了。

10 天以后，统领再次造访宫殿，他发现红衣主教去了彼埃维迪奥塔沃，为了看望一位病人，要到下午才能回来。当天傍晚，在他坐下来准备吃饭时，他的仆人进来通报：“主教阁下希望同您谈话。”

统领匆忙照了一下镜子，看看军服穿得是否齐整。他端起了最为庄重的架子，然后走进了接待室。蒙泰尼里坐在那里，轻轻地敲着椅子的扶手，紧锁眉头望着窗外。

“我听说你今天找过我。”他打断了统领的客套话，态度有些傲慢。他在和农民说话时从不这样。“可能就是我所希望和你交谈的事情。”

“有关里瓦雷兹，主教阁下。”

“这我已经想到了。过去几天我一直都在考虑这件事。但是在我们谈起这事之前，我愿意听听你有没有什么新的消息告诉我。”

统领有些尴尬，用手捋了下胡须。

“事实上我去您那里，是想了解一下主教阁下有什么话要对我说。如果您仍然反对我的提议，我将会十分乐意接受您的指示。因为说句实话，我也不知道应该怎么办。”

“出现了新的困难吗？”

“只是下个星期四就是 6 月 3 日——迎圣体节——不管怎样，在此之前都要解决这个问题。”

“星期四是迎圣体节，不错。但是为什么必须在此之前解决呢？”

“如果我似乎违背了您的意志，主教阁下，我将万分抱歉。但是如果在此之前不把里瓦雷兹除掉，本城的治安我就无法负责。所有的山野粗民那天都会聚集到这里，主教阁下，这您也知道。他们十有八九可能企图打开城堡的大门，把他劫持出去。他们不会成功的，我会采取措施加以防范，就是使用火药和子弹把他们从大门赶走，我也在所不惜。那天极有可能发生这种事情。罗马尼亚这里尽是凶悍强暴的刁民，他们一旦拔出刀子——"

"我认为只要小心一点，我们就可以防止事态扩大，不至于拔出刀子来。我一向发现这个地区的人们很好相处，只要合理地对待他们。当然了，如果你开始威胁或者要挟一个罗马尼亚人，他就变得无法无天。但是你有什么理由怀疑他们将会劫狱呢？"

"今天早晨和昨天，我从我的心腹特工那里听说这个地区谣言四起，显然有人正在图谋不轨。但是没有查出详细的情况。如果能够查出来，防范就会容易一些。就我而言，经历了那天的惊吓，我宁愿求稳。面对里瓦雷兹这样一只狡猾的狐狸，我们大意不得。"

"上次我听说里瓦雷兹病得既不能动弹也不能说话。那么他恢复了没有？"

"他现在好像好多了，主教阁下。他当然病得很重，除非他一直是在无病呻吟。"

"你有什么理由这样怀疑吗？"

"呃，医生似乎相信他是真的病了，但是病得非常蹊跷。反正他是在恢复，却更加桀骜不驯。"

"他现在干什么？"

"幸运的是他什么也干不了。"统领回答。想起了皮带，他禁不住微微一笑。"但是他的举止有点说不清楚。昨天早晨，我去牢里问他几个问题。他的身体还没有好转，不能前来接受我的审问。的确，我认为在他身体复原之前，最好还是不让别人看见他，免得节外生枝。那样的话，马上就会传出荒谬的谣言。"

"这么说你去那里审问了他？"

"是，主教阁下。我曾希望现在他比较通情达理。"

蒙泰尼里审慎地看着他，几乎像在查验一只未曾见过而又令人生厌的新动物。所幸统领正在玩弄他的腰刀，没有看见这种目光。他若无其事地接着说道："我并没有对他施用任何特别的酷刑，但是我被迫对他严加管束，特别是因为那是一座军事监狱，我曾以为稍微宽容一点也许有些效果，提出放宽管束的尺度，如果他能理智一些。主教阁下猜猜他是怎么回答我的？他躺在那里看了我一会儿，就像一只关在笼子里的恶狼，然后非常和气地说：'上校，我起不来，无法把你掐死。但是我的牙齿还挺厉害，你最好把你的喉咙搁远一点。'他就像一只野猫一样凶狠。"

"听到这话我并不觉得惊讶，"蒙泰尼里平静地回答，"但是我到这里是想问你一个问题。你真的相信里瓦雷兹留在狱中，对这个地区的治安构成了严重的威胁吗？"

"我确信如此，主教阁下。"

"你认为如要防止流血，在迎圣体节之前就得除掉里瓦雷兹吗？"

"我只能再三重申，如果星期四他还在的话，我坚信节日当天会有一场战斗，而且我认为那将是一场激烈的战斗。"

"如果他不在这里的话，那就不会有这样的危险？"

"这样的话，要不就是风平浪静，要不至多就是喊上几声，扔扔石头而已。如果主教阁下能够找到一个除掉他的办法，我会确保治安。否则，我估计会出大的乱子。我相信他们正在密谋新的劫狱计划，星期四就是他们动手的日子。现在，如果那天早晨他们突然发现他并不在城堡，他们的计划就会自行宣告失败，他们没有机会发起战斗。但是如果我们非得挫败他们，等到他们在人群中拔出刀子，我们可能在天黑之前就得焚毁那个地方。"

"那么你为什么不把他押送到拉文纳去呢？"

"天知道，主教阁下，能那样做的话我就该谢天谢地！但是我怎么才能防止他们在途中把他劫走呢？我没有足够的士兵抵挡武装袭击，那些山民全都带着刀子和明火枪，以及诸如此类的东西。"

"那你仍然坚持希望建立军事法庭，并且请求我同意吗？"

"请您原谅，主教阁下，我只请求您一件事——帮助我防止骚乱和流血，我十分愿意承认军事委员会，如像费雷迪上校的军事委员会，有时过于严厉，非但没有抑制民众，反而激怒了民众。但我认为在这个案子上，设立军事法庭将是一步明智的举措，而且极有可能恢复圣父已经废除的军事委员会。"

统领结束了简短的讲演，神情煞是庄重。他等着红衣主教的答复。对方良久没有作声，等到他开口说话时，他的答复却又出乎意料。

"费拉里上校，你相信上帝吗？"

"主教阁下！"上校瞠目结舌。

"你相信上帝吗？"蒙泰尼里重复了一遍，起身俯视着他，目光平静而又咄咄逼人。上校也站了起来。

"主教阁下，我是个基督徒，从来没被拒绝过赦罪。"

蒙泰尼里举起胸前的十字架。

"救世主为你而死，你就对着他的十字架发誓，你跟我说的话全是真话。"

上校站着不动，茫然地凝视着十字架。他实在弄不清楚，到底是他疯了，还是红衣主教疯了。

"你已经请求我同意把一个人处死，"蒙泰尼里接着说道，"如果你敢，你就亲吻十字架，并且告诉我你相信没有别的办法防止更多的人流血。记住，如果你跟我撒谎，你就在危及你那不朽的灵魂。"

沉默片刻之后，统领俯下身去，把十字架贴到唇上。

"我相信这一点。"他说。

蒙泰尼里缓慢地转身走开。

"明天我会给你一个明确的答复。但是我必须先见见里瓦雷兹，单独和他谈谈。"

"主教阁下——如果您能听我一句话，我相信您会为此感到后悔的。他昨天通过看守给我捎了一个口信，请求面见主教阁下。但是我没有理会，因为——"

"没有理会！"蒙泰尼里重复了一遍，"一个人身陷这种处境，他给你捎了一个口信，而你竟然没有理会？"

"如果主教阁下深感不悦，那我非常抱歉。我不希望为了这样一件无礼的小事打扰您，我现在非常了解里瓦雷兹，他只想侮辱您。如果蒙您准许，要我说的话，单独接近他可是非常莽撞的。他真的很危险——因此，事实上我一直认为有必要使用某种温和的身体约束——"

"你真的认为一个手无寸铁的病人，置于温和的身体约束之下，会有很大的危险吗？"蒙泰尼里说道，语气十分和气。

但是上校觉出了他那平静的轻蔑，气得脸涨得通红。

"主教阁下愿怎么做就怎么做吧。"他说，态度很生硬，"我只是希望不想让您听到那个家伙说出恶毒的亵渎言词。"

"你认为对于一个基督徒来说，什么才是更加悲哀的不幸：听人说出一个亵渎的单词，还是放弃一个处于困境的同类？"

统领挺直身体站在那里，脸上官气十足，就像是用木头雕成。蒙泰尼里的态度使他非常气愤，于是他显得格外的客套，借此表现他的气愤。

"主教阁下希望什么时间探视犯人？"他问。

"我立即就去找他。"

"悉听主教阁下尊便。如果您能等上几分钟，我会派人让他准备一下。"

统领匆忙离开他的座位。他不想让蒙泰尼里看见皮带。

"谢谢，我情愿看到他现在是副什么模样，不用准备了。我径直前去城堡。晚安，上校。你明天就会得到我的答复。"

第六章

听到牢门打开以后，牛虻转过眼睛，露出懒散的冷漠之情。他以为又是统领，借着审问来折磨他。几名士兵走上狭窄的楼梯，短筒马枪磕碰在墙上。随后有人毕恭毕敬地说："这里很陡，主教阁下。"

他抽搐了一下，然后缩了一下身体，并且屏住呼吸。紧束的皮带使他疼痛难忍。

蒙泰尼里随同军曹和三名看守走了进来。

"如果主教阁下稍等片刻，"军曹神情紧张地说道，"我就让人搬来椅子。他已经拿去了。恳请主教阁下原谅——如果我们知道您来，我们就会做好准备。"

"没有必要准备。军曹，请你让我们单独谈一谈。你带上你的部下到楼下去等好吗？"

"是，主教阁下。这是椅子，我来把它放到他的身边好吗？"

牛虻闭着眼睛躺在那里，但是他感觉到蒙泰尼里正在看他。

"我看他睡着了，主教阁下。"军曹开口说道，但是牛虻睁开了眼睛。

"不。"他说。

正当士兵们离开牢房的时候，蒙泰尼里突然喝住了他们。

他们转过身来，看见他正弯腰检查皮带。

"谁干的？"他问。

军曹摸着军帽。

"这是遵照统领的明确命令，主教阁下。"

"这我毫不知晓，里瓦雷兹。"蒙泰尼里说道。声音里流露出极度的痛心。

"我告诉过主教阁下，"牛虻答道，面露苦笑，"我从来就不指望被人拍拍脑袋。"

"军曹，这样已有多长时间了？"

"自从他企图越狱以后，主教阁下。"

"这就是说有两个星期了？拿把刀子来，立即割断皮带。"

"悉听主教阁下尊便，医生想要取掉皮带，但是费拉里上校不许。"

"立即拿把刀子来。"蒙泰尼里没有提高声音，但是那些士兵可以看出他气得脸色发白。军曹从口袋里取出一把折刀，然后弯腰去割皮带。他不是一个手脚灵活的人，因为动作笨拙而使皮带束得更紧。尽管牛虻保持自制，他还是直往后缩，并且咬紧牙关。

"你不知道怎么做，把刀子给我。"

"啊——啊——啊！"皮带松去以后，牛虻舒展胳膊，情不自禁地长叹一声。蒙泰尼里随后割断了绑在脚踝上的另一根皮带。

"把镣铐也给去掉,军曹。然后到这里来,我想和你谈谈。"

他站在窗边望着。军曹取下镣铐,然后走到他的跟前。

"现在,"他说,"把这里发生的一切都告诉我。"

军曹并非不乐意。他讲述了他所知道的全部情况,包括牛虻的病情、"惩戒措施"和医生想管却没管成的经过。

"但是我认为,主教阁下,"他补充说道,"上校给他捆上皮带是想逼出他的口供。"

"口供?"

"是,主教阁下。前天我听上校说他愿意取下皮带,如果。"……他瞥了一眼牛虻,"他愿意回答他提的一个问题。"

蒙泰尼里攥紧了放在窗台上的那只手,士兵们相互望着对方。他们以前从没见过性情温和的红衣主教生气。至于牛虻,他已经忘记了他们的存在,竟自体会松绑之后的愉悦。他的四肢曾被绑着,现在却能自如伸展、转动和扭曲,煞是惬意。

"你们现在可以走了,军曹。"红衣主教说道,"你不用担心违犯了纪律,你有义务回答我的问题。务必不让别人打扰我们。完了我就出去。"

士兵们关门离去以后,他靠在窗台上,对着落日看了一会儿,好让牛虻有点喘息的时间。

他离开窗户,坐在地铺的旁边。"我已经听说了,"他随后说道,"你希望和我单独谈谈。如果你觉得身体还行,想要对我说出你想说的话,我就洗耳恭听。"

他说起话来非常冷漠,他的态度一贯生硬而又傲慢。在皮带取掉之前，牛虻对他来说只是一个受到严酷虐待和折磨的人。但是现在他回忆起了他们上次见面的情景，以及结束的时候自己受到的莫大侮辱。牛虻懒洋洋地把头枕在一只胳膊上，然后抬起头来。他装出了悠然自得的神态，这种才能他是具备的。当他的脸庞没在阴影之中时，没有人猜得出来他经历了多大的磨难。但是当他抬起头来时，明净的夜色显出他是那样的憔悴和苍白，最近几天受到虐待的痕迹那样清晰地烙在他的身上。蒙泰尼里的怒气平息了下来。

"恐怕你一直病得非常厉害，"他说，"这些我全然不知，对此我诚心表示歉意。否则我早就予以制止。"

牛虻耸了耸他的肩膀。"战争之中一切都是公平的。"他冷冷地说道。"主教阁下出于基督教的观点，从理论上反对使用皮带。但是想让上校明白这一点，那就毫不公平了。他无疑不愿把皮带绑在自己的身上——我的情况也——也——也是如此。但是这个问题就看谁——谁——谁方便了。目前我是低人一等——你还——还——还想怎么样？多谢主教阁下能来看我，但是您来兴许也是出于基——基——基督教的观点。看望犯人——噢，对了！我给忘了。'对他们中的一个卑微小人行下功德'①——不是什么恭维话，但是卑微小人感谢不尽。"

"里瓦雷兹先生，"红衣主教打断了他的话，"我来这里是为了你——不是为了我。如果你不是你所说的'低人一等'，那么在你最近对我说了那些话以后，我是永远也不会跟你说话的。但是你享有双重的特权，既是犯人又是病人，我无法拒绝

———————————
① 引自《福音书》。

前来。现在我已来了，你有什么话要说？抑或你把我叫来，只是为了侮辱一位老人取乐吗？”

没有回答。牛虻转过身去，一只手挡住他的眼睛。

“非常抱歉，我想麻烦您一下，”最后他扯着嘶哑的声音说道，“我能喝点水吗？”

窗户旁边放着一只水壶，蒙泰尼里起身把它取来。当他伸出胳膊扶起牛虻时，他突然感到牛虻冰冷而又潮湿的手指抓住了他的手腕，就像一把钳子。

“把您的手给我，快！就一会儿。”牛虻低声说道，“噢，这又有什么关系呢？只要一分钟。”

他倒了下去，把脸伏在蒙泰尼里的胳膊上。他浑身抖个不停。

“喝点水吧。”过了一会儿，蒙泰尼里说道。牛虻默默地喝了水，然后闭着眼睛躺在地铺上。他无法解释，在蒙泰尼里的手碰到他的面颊时，他的心里产生了什么样的感受。

他只是知道他这一生还没有什么比这更加可怕。

蒙泰尼里把椅子挪近地铺，然后坐了下来。牛虻躺在那里，一动也不动，就像一具死尸，煞白的脸拉得老长。沉默许久以后，他睁开眼睛，那种让人难以忘怀的目光死死盯住红衣主教。

“谢谢您，”他说。“我——我非常抱歉。我想——您问过我什么话吧？”

“你还不宜交谈。如果你有什么话要对我说，明天我会尽量来的。”

“请您不要走，主教阁下，我的确没什么。我在想这几天有点心烦意乱，一半是装的。如果您问上校，他会这么跟您说。"

"我宁——出——的结论。"蒙泰尼里平静地答道。

"上校也——也——也会这样。您知道，有些时候，他的结论可是非常机智。看他的外表，您不——不——不会想到这一点。但是有时，他能冒出一个绝——绝——绝妙的主意。比如上上个星期五——我想是星期五吧，但是日子所剩无几了，我对时间有——有点颠三倒四——反正我想要一剂——剂鸦片——我记得十分清楚。他走了进来，说如果我告诉他谁打——打开了铁门，我就可——可以得到鸦——鸦片。我记得他说：'如果真病，你就会同意；如果你不同意，我认为这就证、证明了你在装病。'我还不曾想过会有这么滑稽。这事真是好笑——"

他突然发出一阵不大和谐的刺耳笑声，然后猛地转过头来，看着沉默的红衣主教。他接着说了下去，话说得越来越快，结结巴巴，所以他的话很难听懂。

"您不——不——不觉得这事好——好笑吗？当——当然不好笑了，你们这些宗——宗教人士从——从来就没有什么幽默感——感——你们抱着悲——悲——悲观的态度看待一切。比——比如说那天夜晚在大教——教堂里——您是多么庄重！随便说说——我装——装扮的朝圣者多——多么叫人怜——怜悯！今晚您来到这里，我不——不相信您能——能觉得有什么好——好——好笑之处。"

蒙泰尼里站起身来。

"我来是听听你有什么话要说，但是我认为今晚你太激动了。医生最好给你服用一片镇静剂，等你睡上一夜以后，我们明天再谈。"

"睡——睡觉？噢——我会安稳入——入睡，主教阁下，等您同——同意上校的计——计划——盎司的铅——铅就是绝——绝好的镇静剂。"

"我不明白你在说些什么，"蒙泰尼里调头说道，吃惊地看着他。

"主教阁下，主教阁下，诚——诚——诚实是基督教的主——主要道德。您认——认——认为我不知——知道统领一直尽力争——争取您同意设立军事法庭吗？您最——最好还是同意吧，主教阁下。别的主——主教也会同——同意这么做的，'Cosifanfutti'[①]您这、这样做好处颇多，坏处极——极少！真的，不——不值得为此整夜辗转反侧！"

"请你暂时别笑。"蒙泰尼里打断了他的话。"告诉我，这些你都是从哪里听说的，谁对你说的？"

"难——难——难道上校没——没有告诉过你，我是一个魔——魔——魔鬼——不是一个人吗？没有？他也没——没有对我说！呃，我是一个魔鬼，能够发——发现一点人们心里在想些什么。主教阁下正在想着我是一个极其讨——讨厌的东西，您希望别——别人来处理我的问题，免得扰乱您那敏感的良心。猜得很——很对，是不是？"

"听我说。"红衣主教重又坐在他的身边，表情非常严肃。

"不管你是怎么知道的，这都是真的。费拉里上校担心你的朋友再次劫狱，所以希望预先阻止这种事情，就用你所说的

① 法语：大家都是这样做的。

318

办法。你知道，我对你十分坦诚。"

"主教阁下素以诚实著称天下。"牛虻恨恨地插了一句。

"你当然知道，"蒙泰尼里接着说道，"从法律上来说，我无权干涉世俗的事务。我是一位主教，不是教皇的特使。但是我在这个地区有很大的影响力。我认为上校不会贸然采取这么极端的措施，除非他至少得到我的同意。直到现在为止，我一直无条件地反对这个计划。他一直竭力打消我的反对意见。他郑重向我说明，在星期四民众游行的时候，极有爆发武装劫狱的危险——这会最终导致流血。你听清我说的话吗？"

牛虻漫不经心地望着窗外。他回过头来，无精打采地答道："是，我听着呢。"

"也许你的身体真是不大好，今晚无法承受这样的谈话。要我明天再来吗？这是一件非常重要的事情，我需要你集中全部的精力。"

"我情愿现在把它谈完，"牛虻带着同样的语调回答，"您的话我听得一清二楚。"

"如果真是这样，"蒙泰尼里接着说道，"如果因为你，真有爆发骚乱和流血的危险，那么反对上校，我就给自己揽下了巨大的责任。我相信他的话至少是有几分道理。另一方面，我又觉得在某种程度上他的判断有些偏差，因为他个人对你怀有敌意，而且他很有可能夸大了这种危险。由于我已目睹了这种可耻的野蛮行为，这一点在我看来可能性更大。"他瞥了一眼摊在地上的皮带和镣铐，然后接着说了下去："如果我同意的话，我就杀死了你；如果我拒绝的话，我就冒着杀死无辜民众的危险。我认真地考虑了这个问题，殚精竭虑地想从这个可怕的抉择中寻找出一条道路来。现在我终于做出了决定。"

"当然是杀死我，挽救无辜的民众——这是一个基督徒所能做出的唯一决定。'若是右手冒犯你，就砍下来丢掉，'①等。我不——不幸成为主教阁下的右手，可我却冒犯了你。结——结——结论显而易见，不用长篇大论，您就不能直说吗？"

牛虻说话带着懒散的冷漠和鄙视，仿佛厌倦了整个话题。

"呃？"他在片刻之后又问，"主教阁下，您是做出了这个决定吗？"

"不！"

牛虻改变了他的姿态，双手枕在头后，眯起眼睛望着蒙泰尼里。红衣主教低头陷入沉思，一只手轻轻地敲着椅子的扶手。啊，这个熟悉的老姿势！

"我已经决定了，"他最后抬起头来说道，"我想是要做出一件前所未有的事情。当我听说你想见我的时候，我就决意要到这里来，把一切都告诉你。我已经这么做了，即把问题交到你的手里。"

"我——我的手里？"

"里瓦雷兹先生，我到你这儿来，不是作为一位红衣主教或法官。我到你这儿来，是作为一个人看望另一个人。我并不要求你告诉我，说你知道上校所担心的劫狱计划。我十分明白，如果你知道，那是你的秘密，而你也不会说。但是我要求你站在我的位置想想。我已经老了，无疑活不了多长的时间。我希

①　引自《福音书》。

望在进入坟墓的时候，双手不要沾满鲜血。"

"主教阁下，难道它们还没有沾满鲜血吗？"

蒙泰尼里的脸色变得有些苍白，但他还是镇静自若，接着说道："我毕生反对高压政策和残暴，到哪儿我都是这样。我一直都不赞同各种形式的死刑。前任教皇在位的时候，我再三强烈抗议设立军事委员会，并且因此失势。直到现在，我所拥有的影响和权力都用于布施慈悲。请你相信我，至少我说的都是真话。现在我是进退两难。如果予以拒绝，本城就有爆发骚乱的危险，后果不堪设想。这样就会挽救一个人的生命，可他却亵渎了我所信仰的宗教，并且诽谤、冤枉和侮辱了我本人（尽管相对来说这是一件小事），而且我坚信如果放他一条生路，他会继续去做坏事。可是，这样就会挽救一个人的生命啊。"

他停顿片刻，然后接着说道："里瓦雷兹先生，从我所掌握的情况来看，你的所作所为都是存心不良。我早就相信你是一个胡作非为、凶狠残暴和无法无天的人。在某种程度上，我对你仍然持有这样的看法。但是在过去的两个星期里，我又发现你是一位勇敢的人，忠于你的朋友。你也使那些士兵热爱你，并且钦佩你；并不是每一个人都能做到这一点。我认为也许是我看错了你，你的身上有着某种好的东西，这种东西从你的外表是看不出来的。我祈求于你心中好的一面，郑重恳求你，凭着你的良心如实告诉我，处在我的位置，你会怎么做？"

随后是一阵长久的沉默，然后牛虻抬起头来。

"至少我会自己决定我的行动，并且承担行动的后果。我不会低三下四地跑到别人跟前，俨然是一副懦弱的基督徒模样，请求他们来解决我的问题！"

这阵攻击来得太突然，猛烈的言辞和激愤的情绪与片刻之前懒散的温情态度形成鲜明的对比。牛虻仿佛一下子扔掉了面具。

"我们无神论者明白，"他愤怒地说道，"如果一个人必须承担一件事情，他就必须尽量承担。如果他被压垮了下去——哼，那他就活该。但是一位基督徒会跑到他的上帝或者他的圣徒跟前哀号；如果他们帮不了他，他就跑到他的敌人跟前哀号——他总是能够找到一个背脊，卸下他的负担。难道你的《圣经》、你的弥撒书和你那些伪善的神学书里规定你必须跑到我的跟前，让我告诉你怎么办吗？天啊，你怎么这样！难道我的负担还不够重吗？你非得把你的责任加在我的肩上？去找你的耶稣，他要求献出一切，你最好也这么做吧。反正你杀的只是一个无神论者——一个咬不准'示潘列'^①的人，这当然不是犯下什么大罪！"

他打住话头，喘过气来，然后重又慷慨陈词："你居然也谈起了残暴！哼，那头笨驴就是用上一年的时间，他也不能像你这样伤害我；他没有头脑。他所想的只是抽紧皮带，如果再也抽不紧了，他就无计可施。哪个笨蛋都会这么做！但是你呢——'签上你的死亡判决书吧，我心太软了，下不了这个手。'噢！基督徒才会想出这个主意，一位性情温和、慈悲为怀的基

---

① 出自《圣经》之《旧士师记》中的故事。基列人（Gilead）把守约旦河渡口，为了不让以法莲人（Ephraimites）逃走，用 Shibboleth "示潘列"考验过河的人，把此字念成 Sibboleth "西潘列"的人则会被处死。故凡念不准 Shibboleth "示潘列"的人便是敌人。

督徒，见到皮带抽得太紧，脸色都会发白！在您进来的时候，就像一位慈悲的天使——见到上校的'野蛮行径'那么震惊。我就该知道好戏就要开场了！您为什么这样看我？伙计，当然还是同意了，然后回家吃你的饭去。这事不值得小题大做。告诉你的上校，他可以把我枪毙，或者绞死，或者是怎么方便怎么来。如果他乐意，也可以把我活活烤死，这事就算结束了！"

牛虻变得几乎认不出来了。愤怒和绝望之余，他已身不由己。他喘着粗气，浑身发抖，他的眼睛闪出绿色的光芒，就像是一只发怒的猫。

蒙泰尼里已经站起身来，正在默默地俯视着他。他不明白为什么会受到这样疯狂的指责，但是他明白在情急之下才会说出这样的话。明白了这一点，他就原谅了以前对他的所有侮辱。

"嘘！"他说，"我并不想这样伤害你。我的确没有打算把我的负担转嫁到你的身上，你的负担已经太多。我从来没有对一个活人故意做过。"

"你在撒谎！"牛虻两眼冒火，大声说道，"主教的职位是怎么来的？"

"主教的职位？"

"啊！您忘记了吗？那么容易就忘了！'如果你希望我不去，亚瑟，我就说我不能去。'让我替您决定您的生活——我，那时我才17岁！如果这都不是丑陋的行径，那就太好——太好——好笑了！"

"住嘴！"蒙泰尼里发出一声绝望的叫喊，用双手捂住脑袋。他又垂下手来，缓慢地走到窗前。他坐在窗台上，一只胳膊支在栏杆上，前额抵在胳膊上。牛虻躺在那里望着他，身体抖个不停。

蒙泰尼里很快就起身走了回来，嘴唇如死灰一样煞白。

"非常抱歉。"他说，可怜巴巴地强打精神，竭力保持平常那种从容不迫的态度。"但是我必须回家去。我——身体不大好。"

他就像得了疟疾一样浑身哆嗦。牛虻的所有愤怒全都烟消云散了。

"神父，您看不出来。"

蒙泰尼里直往后缩，站在那里不动。

"但愿不是！"他最后低声说道。"我的上帝，但愿不是啊！要是我在发疯——"

牛虻撑着一只胳膊抬起身体，一把抓住蒙泰尼里发抖的双手。

"神父，您难道从不明白我真的没被淹死吗？"

那一双手突然变得又冷又硬。瞬间一切都变得那样寂静，蒙泰尼里随后跪下身来，把脸伏在牛虻的胸前。

当他抬起头来时，太阳已经落山，西边的晚霞正在暗淡下去。他们已经忘却了时间和地点，忘却了生与死。他们甚至忘却了他们是敌人。

"亚瑟，"蒙泰尼里低声说道，"真的是你吗？你是从死亡那里回到了我的身边吗？"

"从死亡那里——"牛虻重复说道，浑身发抖。他躺在那里，把头枕在蒙泰尼里的胳膊上，就像一个生病的孩子躺在母亲的怀里。

"你回来了，你终于回来了！"

牛虻长叹一声。"是，"他说，"而且您得和我斗，否则就得把我杀死。"

"噢，亚瑟，别说话！现在说那些做什么！我们就像两个在黑暗之中迷途的孩子，误把对方当成了幽灵。现在我们已经找到了对方，我们已经走进了光明的世界。我可怜的孩子，你变得太厉害了，你变得太厉害了！你看上去像是经历了全世界所有的苦难，你曾经充满了生活的欢乐！亚瑟，真的是你吗？我常常梦见你回到我的跟前，然后我就醒了过来，看见外部的黑暗正凝视一个空荡荡的地方。我怎么能知道我不会再次醒来，发现全都是梦呢？给我一点明确的证据，告诉我事情的全部经过。"

"经过非常简单。我藏在一条货船上，作了一回偷渡客，乘船到了南美。"

"到了那里以后呢？"

"到了那里我就活着呗，如果你愿意这么说的话，后来，噢，除了神学院以外，因为您教过我哲学，我还看到了一些别的东西！您说您梦见过我，是，我也梦见过您——"

他打住了话头，身体直抖。

"有一次，"突然他又开口说道，"我正在厄瓜多尔的一个矿场干活。"

"不是当矿工吧？"

"不是，是作矿工的下手，随同苦力打点零工。我们睡在矿井口旁边的一个工棚里。有一天夜晚——我一直在生病，就像最近一样，在烈日之下扛石头。我一定是头晕，因为我看见您从门口走了进来。您举着就像墙上这样的一个十字架。您正在祈祷，从我身旁走过，头也没回一下。我喊您帮助我，给我毒药，或者是一把刀子，给我一样东西，让我在发疯之前了结一切。可您，啊！"

他抬起一只手挡住眼睛。蒙泰尼里仍然抓着另一只手。

"我从您的脸上看出您已经听见了，但是您始终不回头。您祈祷完了吻了一下十字架，然后您回头瞥了我一眼，低声说道：'我非常抱歉，亚瑟，但是我不敢流露出来。他会生气的。'我看着他，那个木雕的偶像正在大笑。

"然后我清醒过来，看见工棚和患有麻风病的苦力，我明白了。我看出您更关心的是向您那个恶魔上帝邀宠，而不是把我从地狱里拯救出去。这一情景我一直都记得。刚才在您碰到我的时候，我给忘了。我一直都在生病，我曾经爱过您。但是我们之间只能是战争、战争和战争。您抓住我的手做什么？您看不出来在您信仰您的耶稣时，我们只能成为敌人吗？"

蒙泰尼里低下头来，吻着那只残疾的手。

"亚瑟，我怎能不信仰他呢？这些年来真是可怕，可我一直都坚定我的信念。既然他已经把你还给了我，我还怎能怀疑他呢？记住，我以为是我杀死了你。"

"你仍然还得这么做。"

"亚瑟！"这一声呼喊透出真实的恐怖，但是牛虻没有听见，接着说道："我们还是以诚相待，不管我们做什么，不要优柔寡断。您和我站在一个深渊的两边，要想隔着深渊携起手来是毫无希望的。如果您认为您做不到，或者不愿放弃那个东西，"他瞥了一眼挂在墙上的十字架，"您就必须同意上校。"

"同意！我的上帝，同意，亚瑟，但是我爱你啊！"

牛虻的脸扭曲得让人感到可怕。

"您更爱谁，是我还是那个东西？"

蒙泰尼里缓慢地站起身来。他的心灵因恐怖而焦枯，他的肉体仿佛也在萎缩。他变得虚弱、衰老和憔悴，就像霜打的一片树叶。他已从梦中惊醒，外部的黑暗正在凝视一个空荡荡的地方。

"亚瑟，你就可怜一下我吧——"

"在您的谎言把我赶出去成为甘蔗园的奴隶时，您又给了我多少可怜呢？听到这个您就发抖啊，这些心软的圣人！这就是一个符合上帝心意的人，这个人忏悔了他的罪过，并且活了下来。只有他的儿子死去。您说您爱我——您害得我够惨的了！您认为我可以勾销一切，几句甜言蜜语就能使我变成亚瑟？我曾在肮脏的妓院洗过盘子；我曾替比他们的畜生还要凶狠的农场主当过马童；我曾在走江湖的杂耍班子里当过小丑，戴着帽子，挂着铃铛；我曾在斗牛场里为斗牛士们干这干那；我曾屈从于任何愿意凌辱我的混蛋；我曾忍饥挨饿，被人吐过唾沫，被人踩在脚下；我曾乞讨发霉的残羹剩饭，但却遭人拒绝，因为狗要吃在前头。哼，说这些有什么用？我怎能说出您所给我带来的一切？现在，您爱我！您爱我有多深？足以为了我而放弃您的上帝吗？哼，他为您做了什么？这个永恒的耶稣——他为您受过什么罪，竟使您爱他甚过爱我？就为了那双被钉穿的手，您就对他如此爱戴？看看我吧！看看这儿，还有这儿，还有这儿——"

他撕开他的衬衣，露出可怕的伤痕。

"神父，您的上帝是一个骗子。他的创伤是假的。他的痛苦全是做戏！我才有权赢得您的心！神父，您使我历尽了各种折磨。要是您知道我过的是什么样的生活就好了！可我没死！我忍受了这一切，耐心地把握住我的心灵，因为我会回来的，并和您的上帝斗争。我就是抱着这个目的，把它作为盾牌来捍卫我的内心，这样我才没有发疯，没有第二次死去。现在，等我回来以后，我发现他仍占据我的位置——这个虚伪的受难者，他在十字架上被钉了 6 个小时，真的，然后就死里复生！神父，我在十字架上被钉了 5 年，我也是死里复生。您要拿我怎么办？您要拿我怎么办？"

他说不下去了。蒙泰尼里坐在那里就像是一尊石像，或者就像是被扶坐起来的死人。起先听到牛虻在绝望之下慷慨陈词，他有点发抖，肌肤机械地收缩，就像遭到鞭子的抽打；但是现在他十分镇静。经过长久的沉默，他抬起头来，沉闷而又耐心地说道："亚瑟，你能给我更清楚地解释一下吗？你把我弄糊涂了，我也给吓坏了。我听不明白。你对我有什么要求？"

牛虻转身看着他，脸上阴森可怖。

"我什么也不要求。谁会强迫别人爱他呢？您可以在我们两者之中自由选择，看您最爱哪一个。如果您最爱他，您就选择他吧。"

"我不明白，"蒙泰尼里无力地回答，"我能选择什么？我无法弥补过去。"

"您必须在我们当中作选择。如果您爱我，那就从您的脖子上取下十字架，然后跟我一起走。我的朋友正在安排另一次劫狱，有了您的帮助，他们就能轻易取得成功。然后等我们平安越过边境，您就分开承认我是您的儿子。但是如果您对我的爱不足以使您做出这一切——如果这个木雕的偶像比我对您更重要——那么您去找上校，告诉他您同意。如果您要去，那您马上就去，免得让我因为见到您而感到痛苦。我已受够了。"

蒙泰尼里抬起头来，微微颤抖。他开始明白过来了。

"我当然会和你的朋友联系。但是，跟你一起走，这不可能，我是一位教士。"

"那我就不接受教士的恩惠。神父，我不会再作让步。我已厌恶了让步，吃尽了让步的苦头。您必须放弃教士职位，否则您就必须放弃我。"

"我怎能放弃你呢？亚瑟，我怎能放弃你呢？"

"那么就放弃他。您得从我们当中做出选择。您愿意分给我一部分您的爱，一半给我，一半给您那个魔鬼一般的上帝吗？我不会接受他丢下的东西。如果您是他的，您就不是我的。"

"你要把我的心撕成两半吗？亚瑟！亚瑟！你想把我逼疯不成？"

牛虻拍着墙壁。

"您得从我们当中做出选择，"他重复说道。

蒙泰尼里从他的胸前取出一个小盒子，里面装着一张又脏又皱的纸条。

"看！"

我相信过您，正如我曾相信过上帝一样。上帝是一个泥塑的东西，我可以用锤子将它砸碎。您却用一个谎言欺骗了我。

牛虻放声大笑，然后把它递了回去。"19岁的人多么天——天真烂漫！拿起锤子砸碎它们看起来倒挺容易。现在也是这样——只是我已置身于锤子之下。就您而言，您还可以用谎言欺骗许多人，而且他们甚至发现不了。"

"随你怎么说吧，"蒙泰尼里说道，"也许处在你的位置，我就会和你一样残忍无情，上帝知道。我无法做出你所要求的事情，亚瑟，但是我会做我能做的事情。我会安排你逃走，等你平安无事以后，我会到山里死于非命，或者服用过量的安眠药，随你怎么选择。你同意吗？我只能这样做。这是一桩大罪，但是我认为他会原谅我的。他更加慈悲。"

牛虻摊开双手，发出一声尖叫。

"噢，这太过分了！这太过分了！我做了什么，以至于您把我想成这样？您有什么权利？好像我想报复您一样！您就看不出我只想救您吗？您永远都不明白我爱您吗？"

他抓住蒙泰尼里的双手，并用炽烈的亲吻和泪水沾满了它们。

"神父，跟我们一起走吧！您与这个教士和偶像的死寂世界有什么关系？它们充满了久远年代的尘土，它们已经腐烂，臭气熏天！走出瘟疫肆虐的教会——随同我们走进光明！神父，我们才是生命和青春，我们才是永恒的春天，我们才是未来！神父，黎明就要照临到我们的身上——您在日出之时还会怅然若失吗？醒来吧，让我们忘记可怕的噩梦——醒来吧，我们会重新开始我们的生活！神父，我一直都爱您——一直都爱您，甚至当初在您杀死我时——您还会杀死我吗？"

蒙泰尼里抽开他的双手。"噢，上帝可怜我吧！"他叫道。

"你有一双你母亲的眼睛！"

他们陷入一阵奇怪的沉默，长久、深沉和突然。在灰蒙蒙的黄昏中，他们相互看着对方，他们的心因为害怕而停止了跳动。

"你还有什么话要说吗？"蒙泰尼里低声说道，"能——给我一点希望吗？"

"不。我的生命除了和教士斗争别无他用。我不是一个人，我是一把刀子。如果您让我活下去，您就是批准动用刀子。"

蒙泰尼里转身看着十字架。"上帝！听听——！"

他的声音消失在空洞的静寂之中，没有回音。只是牛虻重又变成冷嘲热讽的恶魔。

"对他喊——喊——喊响点，也许他是睡——睡——睡熟了——"

蒙泰尼里吓了一跳，好像被打了一下。好一会儿，他站在那里，直愣愣地看着前方——然后他坐在地铺边上，双手捂住了脸，哭了起来。牛虻不住地颤抖，身上直冒冷汗。他知道泪水意味着什么。

他拉起床单盖在头上，免得自己听见。他得死去，这就够受的了——他曾活得那么洒脱，那么壮丽。但是他无法堵住那种声音；它就在他的耳边响起，敲打着他的大脑，冲击着他的脉搏。蒙泰尼里还在哭个没完，泪水从他的指缝中滴了下来。

他终于停止了哭泣，并用手帕擦干了眼睛，就像一个刚刚哭过的小孩。当他站起来时，手帕从他的膝上掉到地上。

"再谈也没有用了，"他说，"你明白吗？"

"我明白。"牛虻回答，木然而又顺从。"这不是您的错。您的上帝饿了，必须喂他。"

蒙泰尼里转过身来望着他。将要掘开的坟墓都不会比他们更加寂静。他们默默地看着对方的眼睛，就像一对半死离别的情人，隔着他们无法逾越的障碍。

牛虻先垂下他的眼睛。他缩下身体，捂住他的脸。蒙泰尼里明白这个动作的意思是让他"走"！他转过身去，走出了牢房。

片刻之后，牛虻惊跳起来。

"噢，我受不了啦！神父，回来！回来！"

牢门关上了。他缓慢地转过头来，睁大的眼睛露出呆滞的目光。他明白一切都完了。那个加利利人 ① 占了上风。

下面院子里的茅草整夜都在轻轻地摇荡——茅草很快就会枯萎，被人用铲连根掘起。牛虻整夜都躺在黑暗之中哭泣。

---

① 指耶稣基督。

第七章

军事法庭于星期二上午开审。审判草草了结，仅仅流于形式，前后勉强只有 20 分钟。的确没有什么可以消磨时间的。不准进行辩护，仅有的证人是负伤的暗探和军官，以及几名士兵，提前起草好了判决书。蒙泰尼里已经派人过来，转达了想要得到的非正式认可意见。法官（费拉里上校、本地龙骑兵少校和瑞士卫队的两名军官）没有多少事情可做。宣读了起诉书，证人作了证，判决书上签了字，随后郑重其事地向犯人宣读了一遍。犯人默默地听着。根据惯例问了他有什么话要说，他只是不耐烦地挥了挥手，打发了这个问题。蒙泰尼里丢下的手帕藏在他的胸前。昨夜他一直吻着手帕哭泣，仿佛它是一个活人。现在他看上去憔悴不堪，无精打采；眼睑上还有泪痕。但是"枪毙"这个词并没有给他造成多大的影响。念出这个词的时候，他的瞳孔放大了一些，也就仅此而已。

"把他押回牢房。"统领在所有的形式结束以后说道。军曹显然快要哭出来，他碰了一下牛虻的肩膀。牛虻一直纹丝不动地坐在那里。他微微一惊，随即转过身来。

"啊，是，"他说，"我忘了。"

统领的脸上似乎流露出了一丝怜悯之情。他本性不是一个残忍的人，对于他在这个月里的所作所为，他私下感到有些羞愧。现在想办的事已经办成，所以他愿意在其权力范围内做出每一个小小的让步。

"你不必再戴上镣铐了。"他说，同时瞥了一眼牛虻瘀血红肿的手腕。

"他可以待在自己的牢房里。死囚室黑咕隆咚的，而且阴沉沉的。"他补充说道，随即转向他的侄子，"这事真的仅是一个形式。"

他连连咳嗽，并且变换站立的姿势，显然感到局促不安。他随后叫回正押着犯人离开房间的军曹。

"等等，军曹。我想跟他说句话。"

牛虻动也没动，对于统领的话没有任何反应。

"如果你想给你的朋友和亲人作个交代——我想，你有亲人吧？"

没有回答。

"好吧，想一想再告诉我，或者告诉牧师。我负责给你照办。你最好还是找牧师吧，他马上就来，他会陪你过夜。如果还有别的愿望。"

牛虻抬起了头。

"告诉牧师我宁愿一个人待着。我没有朋友，也没有什么要交代的。"

"但是你要忏悔呀。"

"我是个无神论者。我只要安静，不要别人打扰。"

他说话时声音单调而又平静，既没有蔑视也没有生气。他缓慢地转过身去，他在门口又停下了脚步。

"我忘了，上校。我想求你一件事。请你明天别让他们把我绑起来，也不要蒙住我的眼睛。我会安安稳稳地站在那里。"

星期三早晨日出的时候，他们把他带进了院子。他的腿比平时瘸得更加明显，他走起路来显然困难，而且疼得厉害。

他重重地依靠在军曹的胳膊上。但是那种倦怠的温顺已从他的脸上消失。曾在空荡荡的黑暗之中把他压垮的幽灵般的恐怖，那个阴影世界的幻象和噩梦，随同产生这一切的黑夜荡然无存。一旦太阳升起，他的敌人出来就会激起他的战斗精神，他就无所畏惧。

执行枪决的 6 名士兵扛着短筒马枪，靠着长满常青藤的墙壁站成一排。越狱未遂的那天晚上，他曾爬上这堵满是窟窿且摇摇欲坠的墙壁。他们站在一起几乎无法忍住不哭，每个人的手里都拿着短筒马枪。竟派他们枪毙牛虻，他们觉得这是一件令人亡魂丧胆的事情，简直难以想象。他和他那尖刻反击，他那没完没了的笑声，他那豪爽且易感染他人的勇气，全都注入他们沉闷而又贫乏的生活之中，就像游离的阳光。他将要死去，而且是死在他们手里，这对他们来说仿佛是泯灭天堂里的明灯。

院子里那棵硕大的无花果树下，他的坟墓正等候着他。这是不情愿的人昨夜挖成的，泪水曾经落在铁锹上。当他走过时，他低下了头，面带微笑。看着这个黑色的土穴和旁边正在枯萎的茅草，他长长地吸了一口气，闻着刚刚翻过的泥土的清香。

军曹在大树附近停下了脚步，牛虻回过头来，露出最灿烂的笑容。

"军曹，我就站在这儿吗？"

那人默默地点了点头；他的喉咙有些哽咽，他说不上什么话，救不了他的命。统领、他的侄子、指挥枪决的马枪兵中尉、一名医生和一名牧师都已站在院子里，他们一脸严肃地走上前来。看到牛虻含笑的眼睛荡漾出铮铮傲气，他们都有点不知所措。

"早安，先生们！啊，尊敬的牧师这么早也来了！上尉，你好吗？这次可比我们上次见面愉快一些，对不对？我看见你还吊着膀子呢，这是因为我那枪没打准。这帮好汉会打得更准，小伙子们，对吗？"

他瞥了一眼士兵们的阴郁面孔。

"反正这次用不着悬带了。得了，得了，不要为了这事闹得凄凄惨惨！并起你们的脚跟，显示一下你们的枪法。要不了多长时间，你们会有更多的工作去做，多得连你们都不知道怎样才能完成，事前可是没有练习的机会。"

"我的孩子。"牧师上前打断了他的话，同时其他的人退后，留下他们单独交谈。"几分钟以后，你就到了造物主的跟前。留给你忏悔的最后几分钟，你就不能做点别的？我请求你想一想，如果不去忏悔，头顶所有的罪恶，躺在那里是件多么可怕的事情。等你站在你的审判者跟前，再想忏悔可就太晚了。难道你打算满嘴开着玩笑，走近他那威严的神座吗？"

"尊敬的牧师，你是说笑话吗？我看你们才会需要这个小小的训条。轮到我们的时候，我们将会动用大炮，而不是六支破旧的短筒马枪，那时你就会看出我们要开多大的玩笑。"

"你们将会动用大炮！噢，不幸的人啊！你仍旧执迷不悟，没有认识到你是站在深渊的边缘吗？"

牛虻扭过头去看了一眼敞开的坟墓。

"这——这——这么说来，尊敬的牧师认为等你们把我抛到里面，你们就算处置了我吗？也许你还会放上一块石头，防——防——防止死后三天复——复活吧？不用害怕，尊敬的牧师！我不会侵犯廉价表演的专利。我会像一只老——老鼠一样，安静地躺在你们把我抛下的地方。不管怎样，我们都会动用大炮。"

"噢，仁慈的上帝，"牧师叫道。"原谅这个可怜的人吧！"

"阿门！"马枪兵中尉喃喃地说道，声音低沉而又浑厚。与此同时，上校和他的侄子虔诚地画着十字。

坚持下去显然也没有什么效果，所以牧师放弃了徒劳的努力。他走到旁边，摇头晃脑，吟诵着一段祈祷文。简短的准备工作没多耽搁，随后就告结束。牛虻自动站在指定的位置，只是回头望了一会儿绚丽的日出。他再次要求不要蒙住他的眼睛，他那傲气凛然的面庞迫使上校不情愿地表示同意。他们俩都忘记了他们是在折磨那些士兵。

他笑盈盈地面对他们站着，短筒马枪在他们手中抖动。

"我已经准备好了。"他说。

中尉跨步向前，激动得有些颤抖。他以前没有下令执行过死刑。

"预备——举枪——射击！"

牛虻晃了几下，随即恢复了平衡。一颗子弹打偏了，擦破了他的面颊，几滴鲜血落到白色的围巾上。另一颗子弹打在膝盖的上部。烟雾散去以后，士兵们看见他仍在微笑，正用那只残疾的手擦拭面颊上的鲜血。

"伙计们，打得太差了！"他说。他的声音清晰而又响亮，那些可怜的士兵目瞪口呆。"再来一次。"

这排马枪兵发出一片呻吟声，他们瑟瑟发抖。每一个人都往一边瞄准，私下希望致命的子弹是他旁边的人射出，而不是他射出。牛虻站在那里，冲着他们微笑。他们只把枪决变成了屠杀，这件可怕的事情将要再次开始。突然之间，他们失魂落魄。他们放下短筒马枪，无奈地听着军官愤怒的咒骂和训斥，惊恐万状地瞪着已被他们枪决但却没被杀死的人。

统领冲着他们的脸晃动他的拳头，恶狠狠地喝令他们各就位并且举枪，快点结束这件事情。他和他们一样心慌意乱，不敢去看站着不倒的那个可怕的形象。当牛虻跟他说话时，听到那个冷嘲热讽的声音，他吓了一跳，浑身发抖。

"上校，你带来了一支蹩脚的行刑队！我来看看能否把他们调理好些。好了，伙计们！把你的工具举高一些，你往左一点。打起精神来，伙计，你拿的是马枪，不是煎锅！你们全都准备好了？那么来吧！预备——举枪——"

"射击！"上校冲上前来抢先喊道。这个家伙居然下令执行自己的死刑，真是让人受不了。

又一阵杂乱无章的齐射。随后队形就打散了，瑟瑟发抖的士兵挤成了一团，瞪大眼睛向前张望。有个士兵甚至没有开枪，他丢下了马枪，蹲下身体呻吟："我不能——我不能！"

烟雾慢慢散去，然后冉冉上升，融入晨曦之中。他们看见牛虻已经倒下，他们看见他还没有死。霎时间，士兵和军官站在那里，仿佛变成了石头。他们望着那个可怕的东西在地上扭动挣扎。接着医生和上校跑上前去，惊叫一声，因为他支着一只膝盖撑起自己，仍旧面对士兵，仍旧放声大笑。

"又没打中！再——一次，小伙子们——看看——如果你们不能——"

他突然摇晃起来，然后就往一侧倒在草上。

"他死了吗？"上校小声问道。医生跪下身来，一只手搭在血淋淋的衬衣上，轻声回答："我看是吧——感谢上帝！"

"感谢上帝！"上校重复说道。"总算完了！"

他的侄子碰了一下他的胳膊。

"叔叔！红衣主教来了！他就在门口，想要进来。"

"什么？他不能进来——我不让他进来！卫兵在干什么？主教阁下——"

大门开了以后又关上，蒙泰尼里站在院子里，直愣愣地望着前方。

"主教阁下！必须请您原谅——这个场面对您并不合宜！枪决刚刚结束，尸体还没——"

"我是来看他的。"蒙泰尼里说道。统领这时感到有些奇怪，从他的声音和举止看来，他像是一个梦游的人。

"噢，我的上帝！"一名士兵突然叫了起来，统领匆忙扭头看去。果然——

草地上那个血肉模糊的身躯再次开始挣扎，并且呻吟起来。医生伏下身去，托着牛虻的脑袋放到自己的膝上。

"快点！"他绝望地叫道。"你们这些野蛮的人，快点！看在上帝的分儿上，结束这事吧！真叫人受不了！"

大量的鲜血涌到他的手上，在他怀中的躯体不住地抽搐，致使他也浑身颤抖。他发疯似的四下张望，想找个人帮忙。这时牧师从他肩上俯下身来，把十字架放到濒于死亡的人的嘴唇上。

"以圣父和圣子的名义——"

牛虻靠着医生的膝盖抬起身子，睁大眼睛直视十字架。

哑然无声的寂静之中，他缓慢地举起已被打断的右手，推开了那个十字架。耶稣的脸上被抹上了鲜血。

"神父——您的——上帝——满意了？"

他仰头倒在医生的胳膊上。

"主教阁下！"

因为红衣主教还没从恍惚之中清醒过来，所以上校又喊了一遍，声音更大。

"主教阁下！"

蒙泰尼里抬起了头。

"他死了。"

"确实死了，主教阁下。您不回去吗？这种场面真是可怕。"

"他死了。"蒙泰尼里重复说道，并且再次俯身看着那张

340

脸。"我碰过他，他死了。"

"身中6发子弹的人，你还指望他能活吗？"中尉轻蔑地小声说道。医生低声回答："我想见到了流血，他有些惶恐不安。"

统领紧紧地抓住蒙泰尼里的胳膊。

"主教阁下，您最好还是不要再看他了。您让牧师送您回家吗？"

"是，我就走。"

他缓缓转身离开了那块血迹斑斑的地方，后面跟着牧师和军曹。他在大门口停下了脚步，回过头来，带着幽灵一般的平静和惊愕。

几个小时以后，马尔科尼走进山坡上的一座小屋，告诉马尔蒂尼再也没有必要去拼命了。

第二次营救的所有准备工作全部完毕，因为计划比前一个计划简单一些。安排第二天上午，当迎圣体节的游行队伍经过城堡所在的小山时，马尔蒂尼应该冲出人群，从胸前拔出手枪，对着统领的脸上开枪。在随后的混乱中，20名武装人员突然冲向大门，撞进城堡，强迫看守就范，进入犯人的牢房，然后把他背走，杀死或者制服任何企图干涉的人。他们从大门处边打边撤，掩护另外一队骑马的武装私贩子撤退。

第二队人马把他送到山里隐藏起来。他们这一小拨人中只有琼玛对这个计划一无所知，这是根据马尔蒂尼的特别要求才瞒住她的。"听到这个计划，马上她就会伤心欲绝。"

当那位私贩子走进花园时，马尔蒂尼打开玻璃院门，走出游廊迎接他。

"马尔科尼，有什么消息吗？啊！"

私贩子把宽边草帽推到脑后。

他们一起坐在游廊里。他们俩都没有说话。马尔蒂尼见到帽檐下面的那张脸后，随即明白了怎么回事。

"什么时候？"沉默良久以后他说，那声音听上去沉闷而又倦怠。

"今天早晨，日出的时候。军曹告诉我的。他就在那里，亲眼所见。"

马尔蒂尼低下头去，从他的外套袖子里抽出了一根散纱。

虚伪之虚伪，这也是虚伪。他准备明天死去。现在，他的内心意欲前往的世界已经消失，就像在黑暗降临的时候，布满晚霞般美梦的仙境随之消失一样。他被赶回到日复一日、夜复一夜的世界，这里存在格拉西尼和加利，这里存在密写书信和油印小册子，这里存在党内同志之间的争执和奥地利暗探的阴谋诡计，使人心力交瘁的革命老一套。在他的意识深处有一片偌大的空地，一个荒芜的地方，既然牛虻已经死了，那就没人填满这个地方了。

有人向他提了一个问题，他抬起了头，纳闷还有什么值得谈的。

"你说什么？"

"我是说当然是你把消息告诉她。"

马尔蒂尼的脸上出现了生气的表情，但也露出莫大的恐怖。

"我怎么能去告诉她呢？"他叫道。

"你还不如叫我去用刀把她杀死。噢，我怎么能去告诉她，我怎么能呢？"

　　他握紧双手捂住他的眼睛。尽管没有看见，但是他还是感到身旁的私贩子吓了一跳，于是他抬起了头。琼玛正好站在门口。

　　"塞萨雷，你听说了吗？"她说，"什么都完了。他们把他枪毙了。"

.

第八章

"IntroiboadaltareDei. "[①]蒙泰尼里站在高大的祭坛上朗诵赞美诗，语调平稳。四周都是他手下的教士和侍祭。

整个大教堂装饰得金碧辉煌。从汇聚一起的人们所穿的节日盛装，到悬挂火红的帷幕和花圈的柱子，没有一处黯然无光。

敞开的入口挂上了鲜红的门帘，炎热的六月阳光通过门帘的褶皱发出耀眼的光芒，就像阳光映过麦田里的红色罂粟花瓣。

各修道会的会友举着蜡烛和火炬，各教区的教友举着十字架和旗帜，照亮了两侧的小祭坛；游行旗帜的丝绸褶皱在过道里垂挂下来，镀金的旗杆和流苏在拱门之下闪闪发光。在彩色玻璃窗户下，唱诗班教士的白色法衣呈现出缤纷的色彩；阳光照到内殿的地板上，闪耀着橘红色、紫色和绿色的方形光斑。祭坛后面挂着一道闪亮的银色织锦；红衣主教穿着拖曳的白色长袍，他的身影衬着帷幕以及饰物和祭坛的灯光，站在那里就像一尊被赋予生命的大理石雕像。

---

① 拉丁语：让我伏在上帝的神座之前。

344

按照节日游行的惯例，他只负责主持弥撒，并不参加庆祝活动，所以恕罪祷告结束以后，他离开了祭坛，缓步走向主教的宝座。在他经过时，教士和教友向他深深鞠躬。

　　"恐怕主教阁下不大舒服，"一位神父对身旁的同伴低声说道，"他的神情有些异样。"

　　蒙泰尼里垂下脑袋，接受镶嵌宝石的主教冠。担任副主祭的教士给他戴上主教冠，看了他一会儿，然后凑身向前轻声耳语："主教阁下，您病了吗？"

　　蒙泰尼里略微转过身来。他的眼神没有做出反应。

　　"请您原谅，主教阁下！"那位教士低声说道，并且行了一个屈膝礼，然后走回自己的位置。他责备自己扰乱了红衣主教的祈祷。

　　熟悉的仪式继续进行，蒙泰尼里直挺挺地坐在那里，纹丝不动。闪亮的主教冠和金丝锦缎法衣反射出绚丽的阳光，白色节日长袍的沉重褶皱拖在红色的地毯上。百十支蜡烛的光亮照到他胸前的蓝宝石上，并且照到深邃而又平静的眼睛里，可是他的眼里却没有反光。听到"请赐福吧，主教阁下"时，他才向香炉弯腰祝福。阳光辉映宝石，他也许想起山中壮丽而又可怕的冰雪精灵，头顶彩虹，身披飞雪，伸出双手播撒祝福或者诅咒。

　　奉献圣饼时，他走下宝座，跪在了祭坛前。他的一举一动含有一种怪异而又平静的呆板。他随后起身回到了他的座位上。身穿节日制服的骑巡队少校坐在总督的后面，这时他低声对负伤的上尉说道："老红衣主教无疑是心力交瘁。他的举动就像机器一样。"

"活该！"上尉低声回答。"自从颁布了那道该死的大赦令，他就一直和我们过不去。"

"可他还是作了让步，同意设立军事法庭。"

"是，总算同意了。但是他磨了很长时间才做出了决定。

天啊，天气真闷！游行时我们都会中暑的。可惜我们不是红衣主教，一路上有华盖罩在头上——嘘——嘘——嘘！我叔叔正看着我们呢！"

费拉里上校转过身来狠狠地瞪着两位年轻的军官。经过昨天清晨那件庄重的事情，他处于一种虔诚、严肃的状态，想要斥责他们对他所谓的"国家之痛苦需要"缺乏正确的认识。

司仪开始指挥将要参加游行的人们排成队伍。费拉里上校起身离开了自己的座位，然后走到内殿栏杆的前面，并且招呼其他的军官跟随在他的身后。弥撒结束以后，圣饼安放在圣体龛子的水晶罩子里面，主持仪式的那位教士和手下的教士退进法衣室里更衣。这时教堂里响起了一阵窃窃私语声。

蒙泰尼里仍然坐在那里，直愣愣地看着前方，一动也不动。人世的喧嚣海洋仿佛在他的身下四周涌起，并在他的脚下渐渐平息下来。有人把一只香炉捧到他的面前，他机械地抬起了手，把香插进香炉里，眼睛没有旁视左右。

教士们从法衣室里走了回来，站在内殿里等他下来。但是他仍旧一动也不动。副主祭上前弯腰为他取下主教冠，迟疑地低声对他说道："主教阁下！"

红衣主教转过头来。

"你说什么？"

"您真的认为游行不会累着您吗？外面可是骄阳似火！"

"骄阳又有什么关系？"

蒙泰尼里说道，声音冷漠而有分寸。教士再次以为冒犯了他。

"请您原谅，主教阁下。我还以为您的身体好像不大舒服？"

蒙泰尼里站了起来，没有答话。他在宝座的最高台阶停下了脚步，带着同样颇有分寸的声音问道："那是什么？"

他那法衣的裙裾拖下台阶，摊在内殿的地板上。他指着白色锦缎上一片火红的色斑。

"只是透过彩色玻璃窗户映射的阳光，主教阁下。"

"阳光？那么红吗？"

他走下台阶，跪在祭坛前，慢慢地来回晃动香炉。当他把香炉递回去时，方格形状的阳光照到他的头顶和仰起的那双睁大的眼睛，并往白色的法衣上投下鲜红的光芒。手下的教士正在他的周围叠起那件法衣。

他从副主祭手里接过镀金的圣体龛子，然后站了起来。这时唱诗班和风琴爆发出了得意扬扬的旋律。

赞美光辉灿烂的圣体，基督的宝贵鲜血慷慨地洒向宝贵的世间，这是基督的恩典。仪仗人员缓步走上前来，在他的头上举起了丝绸华盖。这时副主祭站在他的左右，把长袍往后拉直。当侍祭弯腰从内殿的地板上托起他的法衣时，站在游行队伍前面的世俗会友庄严地排成了两排，举起了点亮的蜡烛，从中殿两旁向前走去。

他站在他们上方，靠近祭坛，在华盖下一动也不动。他稳稳地高举起圣体龛子，望着他们鱼贯走过。他们成双成对，举着十字架、神像和旗帜，走下内殿的台阶，沿着挂满花圈的宽阔中殿迈步走去，经过掀起的大红门帘，然后走进烈日之下的街道。他们的歌声逐渐消失，变成了嗡嗡的嘈杂声，并被随即而来的人声淹没。绵延不绝的人流向前涌过，脚步声在中殿里不断地响起。

各个教区的教友身穿长袍、罩着面纱从此经过；随后是从头到脚一袭黑衣的悲信会教士，他们的眼睛透过面罩的小孔发出黯淡的光芒；接着前来的是庄严肃穆的修道士，既有身披暗黑色长袍、赤着褐色脚板的托钵修道士，也有身披白色长袍、神情庄重的多明我会修道士。后面跟着这个地区的世俗官员；然后是骑巡队、马枪队和当地的警官；然后是身穿礼服的总督，以及身旁的同僚。一位助祭跟在后面，他举着一根巨大的十字架，左右两名侍祭捧着闪闪发光的蜡烛。门帘揭得更高，便于他们走出门口。这时蒙泰尼里站在华盖下面，透过门帘瞥了一眼铺着地毯的街道和悬挂旗帜的墙壁。身穿白袍的孩子撒着玫瑰花。啊，玫瑰花儿，多红的玫瑰花啊！

游行的队伍依次前进。一个方队接着一个方队，一种颜色接着一种颜色。忽而是宽大的白色法衣，庄重而又得体；忽而是华丽的祭服和绣花的长袍。现在经过一根高大而细长的镀金十字架，举在点燃的蜡烛之上；现在走过表情庄重的大教堂神父，全都穿着白色的长袍。一位牧师踱下内殿，在两把火炬之间擎着主教十字杖；侍祭随即迈步上前，手中的香炉随着乐曲的节奏而摇动；仪仗人员把华盖举得更高，并且数着他们的步子："1，2；1，2！"蒙泰尼里踏上了十字架之路。

他走下内殿台阶，经过了中殿，穿过了风琴雷动的游廊，穿过了掀起的红色门帘——红得怕人，然后走到了灼热的街道上。撒落在街上的鲜红色的玫瑰已经枯萎，并被众人踩进红色的地毯里。他在门口停顿了片刻，这时几位世俗的官员前来接替撑着华盖的仪仗人员。随后游行的队伍继续前进，他捧着圣体龛子走在队伍之中。周围的唱诗班歌声抑扬顿挫，香炉的摇动和橐橐的步伐合着节拍。

主使基督的身体变成了饼，主使基督的鲜血变成了酒……总是鲜血，总是鲜血！展现在面前的地毯就像一条红色的血河；玫瑰就像溅落在石头上的鲜血——噢，上帝！难道你的天地全都变红了吗？啊，这对你来说是什么，万能的上帝——你，你的嘴唇涂上了鲜血吗？

让我们深深鞠躬让我们膜拜伟大的圣餐。他望着水晶罩子里的圣饼。圣饼渗出——并从镀金的圣体龛子四角滴下——滴到他的白色法衣上的是什么？他看到滴下——从他手中滴下的是什么？

院子的茅草被人踩成了红色——全是红色——那么多的鲜血。从面颊流下，从被钉穿的手上流下，从受伤的胁部涌出热血。甚至连一束头发也沾上了鲜血——湿漉漉的头发贴在前额——啊，这是死亡的汗水，它来自可怕的痛苦。

唱诗班的歌声更加高亢，那么得意扬扬：Genitori,

genitoque, Lausetjubilatio, Salus, honor, virtusquoque, Sitetbenedictio. [1] 噢，再也无法忍受了！上帝坐在天堂的黄铜宝座上，鲜红的嘴唇露出微笑。他在俯看痛苦和死亡。这还不够吗？没有拙劣的赞美和祝福，难道就不够吗？基督的肉体，你为了拯救人类粉身碎骨；基督的鲜血，你为了替人类赎罪而流尽。

这还不够吗？

啊，对他喊得响点，也许他睡熟了！

亲爱的儿子，难道你真睡熟了？难道你再也不会醒来？坟墓如此嫉妒它的胜利吗？心爱的儿子，那个黑色的水坑连一会儿都不放过你吗？

水晶罩子里面的那个东西作了回答，滴下的鲜血说道：

"你不是做出了选择，并将忏悔你的选择吗？你的心愿不是得到满足了吗？看看那些裹着丝绸、穿金戴银的人们，他们走在光明之中；为了他们，我被抛进那个黑色的土坑。看看撒落玫瑰的孩子，听听他们的歌声是否甜蜜；为了他们，我的嘴巴塞满了尘土，那些玫瑰是被我心中流出的鲜血染红。看看人们怎么样跪下身来，他们要去喝从衣角滴下的鲜血；为了他们，我才会流血，以便遏制他们贪得无厌的饥渴。因为《圣经》上写道：'倘使有人为了朋友而献身，这种爱是最伟大的。'"

"噢，亚瑟，亚瑟。没有比这更伟大的爱了！倘使有人牺牲了他最亲爱的人，这还不伟大吗？"

---

① 拉丁语：赞美圣父和圣子，赞美主拯救人类，赞美主的光荣与权威，赞美主的恩惠。

它又答道："谁是你最亲爱的人？其实不是我。"

当他准备说话时，那些话冻结在他的舌头上。因为唱诗班的歌声已经绕过了他们，就像北风吹过结冰的池塘，并使他们缄默不语。

Deditfragilibuscorporisferculum, Deditettristibussanguinispoculum, DicensAccipete, quodtradovasculumOmenesexeobibite. [①] 喝下它，基督徒们；喝下它，你们全都喝下！这不是你们的吗？因为你们，鲜血染红了茅草；因为你们，活人的肉体枯朽，并被撕碎。吃下它吧，食肉的野人；吃下它，你们全都吃下！这是你们的盛宴，你们的狂欢；这是你们喜庆的日子！快点过来参加节日；加入游行的队伍，和我们一起前进；女人和孩子，青年和老人，过来分享一份肉吧！

它又答道："我把我藏在什么地方？《圣经》上不是写着：'他们将会在城里来回跑；他们将会撞到墙上；他们将会爬上房屋；他们将会像小偷一样从窗户进去？'如果我在山顶为我修建一个坟墓，他们不会把它打开吗？如果我在河床挖掘一个坟墓，他们不会捣毁吗？核实一下，他们就像猎狗一样精于追寻他们的猎物。因为他们，我的伤口流血，这样他们才可以喝血。你听不出他们唱些什么吗？"

Ave, verumCorpus, natum, DeMariaVirgine: Verepassum, immolatumIncruceprohomine !

CujuslatusperforatumUndamfluxitcumsanguine; Estonobisproe

---

① 　拉丁语：我们向伟大的躯体顶礼，我们向光荣的鲜血奉祭，把它们吃下去，喝下去，我们幸福无比。

gustatumMortisinexamine. [①] 当他们停止了歌唱时，他走到了门口，经过成排的沉默的修道士和教士。他们跪在各自的位置上，举着点燃的蜡烛。

他看见他们饥饿的眼睛盯着自己所捧的圣体，他们知道他们为什么在他经过时低下脑袋。因为暗黑的血从他的白袍褶皱流了下来，他的脚步在大教堂的地板上留下了一块深深的红色血迹。

他经过中殿走到内殿栏杆前。仪仗人员在那里停下脚步，他从华盖下走了出来，登上了祭坛台阶。左右的侍祭捧着香炉跪了下来，教士举着火炬跪了下来。当他们望着圣体，他们的眼睛在炽亮的火光中发出贪婪的目光。

他那沾满鲜血的双手高举已被谋杀的爱子残缺的身体，走到了祭坛前面。这时预备分享圣体的人们又唱起了歌声：OhsalutarisHostia，Quoecoelipandisostium；Bellapremunthostillia，Darobur, fer, auxilium！ [②] 啊，现在他们就要过来领取圣体——去吧，心爱的儿子，走向痛苦的末日，打开天堂的大门，放进那些无法赶走的饿狼。地狱底层的大门已经为我敞开。

副主祭把装有圣体的器皿放在祭坛上，这时蒙泰尼里伏下身体，跪在祭坛的台阶上。鲜血从上方的白色祭坛流了下来，滴在他的头上。唱诗班的歌声响了起来，回荡在拱门和穹顶之间：UnitrinoquedominoSitsempiternagloria：QuivitamsineterminoN

---

① 拉丁语：膜拜圣体吧，那是圣母马利亚之子，为了拯救人类，他被钉在十字架上，钉子刺穿了他的躯体，任凭鲜血流淌。

② 拉丁语：啊，神圣的主！崇高的牺牲者，我们心之慰抚，我们永世的安乐。

obisdonetinpatria. ① "Sinetermino，sinetermino！" ② 噢，幸福
的耶稣，他可以倒在他的十字架下！噢，幸福的耶稣，他可以
说："一切都结束了！"末日审判从来没有结束；它就像运行
于宇宙的星星一样永恒。它是不会死去的蚯蚓，它是无法扑灭
的火焰。

　　"Sinetermino，sinetermino！"

　　虽然疲倦，但在仪式的剩余时间里，他却耐心地行使他的
职责，在旧的习惯支配下完成那些对他来说早已没有意义的礼
节。随后，在祝福完了以后，他在祭坛前跪了下来，捂住了他
的脸。一位教士正在宣读免罪表，他的声音抑扬顿挫，最后变
成了喃喃地低语，像是来自他已不再属于的那个世界。

　　那个声音停止了，他站了起来，伸出手示意肃静。有些人
正在走向出口，见此随即转身回来。这时大教堂里响起了一片
窃窃私语声："主教阁下有话要讲。"

　　手下的教士颇觉意外，他们凑到他的跟前，其中一人急忙
小声问道："主教阁下，您现在想跟大家讲话吗？"

　　蒙泰尼里没有作声，挥手把他们打发到了一边。教士退了
下去，交头接耳地议论起来。这事异乎寻常，甚至不合规则，
但是红衣主教有权这样做。无疑他要发表意义特别重大的声明，
宣布罗马颁发新的改革法令，或者宣读圣父的特别圣谕。

　　蒙泰尼里从祭坛的台阶上俯看抬头仰望的众人。他们望着

---

① 拉丁语：三位一体的圣灵，他使我们世代相传，他的光荣永世长存，
永无终止。

② 拉丁语：永无终止。

他，充满了急切的期望。他站在他们的上方，幽灵一般，平静而又苍白。

"嘘——嘘！肃静！"游行队伍的领队轻声叫道，众人的窃窃低语声平息下来，就像一阵狂风消失在哗哗作响的树梢。

他一字一顿，开口说道："《约翰福音》写道：'神爱世人，甚至将他的独生子赐给他们，叫一切信他的，不致灭亡，反得永生。'"这是圣体和圣血的节日，受难者为了拯救你们而被杀戮。上帝的羔羊涤除了世间的罪恶，圣子为了你们的罪孽而死。你们聚集在这里，参加这个庄严的节日，吃下分给你们的牺牲，并且感激这样伟大的恩惠。我知道今天早晨，当你们前来参加这次盛宴，准备吃下受难者的圣体时，你们的内心充满了喜悦，因为你们想起了圣子受难，圣子为了拯救你们而死。

"但是告诉我，你们当中有谁想过他人的受难——圣父的受难？他献出了他的儿子，使他钉死在十字架上。你们当中有谁想起过在他走下神座，俯看加尔佛莱的时候，圣父的痛苦呢？

"今天，在你们排着庄严的队伍经过时，我观察过你们。我看见过你们的内心充满了喜悦，因为你们的罪孽已经赦免，你们庆贺自己得到了拯救。可是我请求你们考虑一下拯救的代价。代价当然很大，代价比红宝石还高。这是血的代价。"

聆听讲话的人群引发了一阵轻微而又持久的颤动。内殿里的教士躬身向前，交头接耳。但是红衣主教继续往下说，他们遂又安静下来。

"今天是我在跟你们讲话：我就是我。因为我照顾你们的懦弱和凄苦，照顾你们膝下的孩子。眼看他们必须死去，我的

354

心不禁怜悯他们。随后我又望着我那亲爱的儿子的眼睛，我知道赎罪的血就在那里。我竟自走去，留下他惨遭灭顶之灾。

"这就是赎罪，他为你们而死，黑暗已经吞噬了他。他死了，我没有儿子了。噢，我的孩子，我的孩子！"

红衣主教的声音变成了号啕大哭，惊愕的人们纷纷议论开来。所有的教士都从他们所在的地方站了起来，副主祭上前把他的双手放到红衣主教的肩上。但是他挣脱开来，突然面对他们，双眼冒火，就像一只发怒的野兽。

"干什么？血还不够吗？等着吧，还没轮到你们，你们这些豺狼。你们全都会被喂饱的！"

他们退了下去，缩在一起发抖。他们喘着粗气，脸色就像粉笔一样白。蒙泰尼里又转过身去。他们在他的前面摇晃颤抖，就像遭到飓风袭击的麦田。

"你们已经杀死了他！你们已经杀死了他！我却受着煎熬，因为我不愿让你们死去。现在，当你们来到我的面前，带着虚假的赞美和不洁的祈祷，我后悔不已——我后悔我竟做下了这样的事情！你们全都应该在你们的罪恶之中腐烂，在地狱无底的垃圾之中腐烂，而他应该活下来。你们的龌龊心灵又有什么价值，竟然应当付出这样的代价？但是太晚了——太晚了！我大声疾呼，但是他听不到我的声音；我敲打坟墓的门，但是他不会醒来了；我独自站在空旷的沙漠里，环视我的周围。我那亲亲宝贝埋在那片血迹斑斑的土地，而我孑然一身，置于空虚可怖的天空。我放弃了他。你们这些毒蛇的子孙，我为了你们放弃了他！

"拿走圣体吧，因为这是你们的！我把它扔给你们，就像把一根骨头扔给一群狂吠的恶狗！你们这次宴会的代价已经付给了你们。那么就来吧，狼吞虎咽般开怀大吃，你们这些食人的野人和吸血鬼——专吃腐肉的野兽！看看从我的宝贝心中淌出的热血流下了祭坛——这是为了你们而流的血啊！喝下它，把你们的嘴抹得通红！争抢圣体，大口吃吧——不要再麻烦我了！这是奉献给你们的遗体——看看它吧，它已被撕得七零八碎，鲜血淋漓，仍然带着受过酷刑的生命在跳动，并且由于濒死的剧痛而颤抖不已。把它拿过去，基督徒们，吃吧！"

他抓起装有圣体的龛子，把它举过他的头顶，然后把它摔到地上。就在金属镶边碰到石头上时，教士们冲上前去，20只手缚住了这个疯子。

这个时候，人们打破了沉寂，发出疯狂的歇斯底里的叫喊。他们推翻了椅子和长凳，冲向门口，相互践踏，忙乱之中撕下了门帘和花圈。骚动的人流涌出了街道。

尾声

"琼玛，楼下有人想要见你。"马尔蒂尼压低嗓门说道。这 10 天里，他们在无意之间都采用这样的语调。唯有这种语调和迟缓的言谈举止表现出了他们内心的哀痛。

琼玛赤着胳膊，连衣裙上系着布围裙。她正站在桌边，摞起准备分发的子弹盒。她从一大早起就站在这里工作。这会儿已是阳光灿烂的下午，她的脸庞因为劳累而显得憔悴。

"塞萨雷，有人？他想干什么？"

"我不知道，亲爱的。他不愿告诉我。他说必须单独和你交谈。"

"很好。"她解下布围裙，放下连衣裙的袖子。"我看我得出去见他，但是很有可能只是一个暗探。"

"反正我会在隔壁的房间里，随叫随到。等把他打发走了，你最好赶紧去躺一会儿，你今天一直都是这么站着。"

"噢，不！我还是情愿工作。"

她走下楼梯，马尔蒂尼默不作声地跟在后面。她在这几天里看上去老了 10 岁，头上的白发原先只有几缕，但是现在却已出现了一大片。现在，大多数的时候她都是垂下眼睛。但是偶尔在她抬起头来的时候，见到她眼里深处的恐惧，他禁不住会打个寒战。

她在小客厅里见到一个显得笨拙的人，他并着脚跟站在屋子的中央。当她进来时，他抬起头来，神情有些怯懦。从他的整个身体和他的表情来看，她认定他是一名瑞士卫兵。他身穿一件农民才穿的衬衫，这件衣服显然不是他的。而且他还不停地四下张望，好像害怕被人发现。

"您会说德语吗？"他操着浓重的苏黎世方言。

"会说一点。我听说你想见我。"

"您是波拉夫人吗？我给您带来了一封信。"

"一封信吗？"她开始颤抖起来，一只手撑在桌上稳住自己。

"我是那里的一名看守。"他指着窗外山上的城堡。"是——上个星期被枪杀的那个人托我捎来的。他是在死前的那天夜里写的。我答应过他，我会把它亲手交给您。"

她垂下了头。这么说来，他还是写了。

"过了这么长的时间我才带来，"那名士兵接着说道，"他说我不能把它交给任何人，只能交给您。可是我离不开身，他们总是盯着我。我得借来这些东西才能进来。"

他伸手探进衬衣，在胸前摸索。他取出了一张折叠起来的纸条。天气炎热，那张纸不但又脏又皱，而且还湿乎乎的。

他站了一会儿，局促不安地倒腾双脚，然后抬起一只手来摸着后脑勺。

"您不会说什么吧？"他又怯生生地说，将信将疑地看了她一眼。"我可是冒着生命危险到这里来的。"

"我当然什么也不会说。不会说的，等一下。"

在他转身离去之时，她叫住了他，然后伸手去摸皮夹。但是他直往后缩，有些生气。

"我不要您的钱，"他毫不客气地说，"我这是为了他，因为他请我帮忙。他一直对我都很好，愿上帝保佑我！"

他的嗓子有些哽咽，她不由得抬起头来。他正用积满污垢的袖子揉着眼睛。

"我们必须开枪，"他压低了声音，继续说道，"我和同伴们没有办法。军人以服从命令为天职。我们胡乱开枪，结果又得重来。他嘲笑我们，他说我们是一支蹩脚的行刑队，他一直对我都很好。"

屋子里静悄悄的。片刻之后，他直起身体，笨拙地敬了一个军礼，然后离去。

她愣愣地站了一会儿，手里拿着那张纸。随后她坐在敞开的窗户旁边读信。信是用铅笔写的，密密麻麻的，而且有几处的字迹很难辨认。但是开头的几个字十分清晰，而且是用英语写的：亲爱的吉姆：信上的字突然变得模糊不清。她又失去他，又失去了他！一见到这熟悉的小名，她重又陷入丧失亲人的绝望之中。

她茫然无助地伸出双手，仿佛堆在他身上的土块压在了她的心上。

她很快就拿起了信，继续往下读：

明天日出的时候，我就会被枪决。我答应过要把一切告诉你，所以如果我要遵守我的诺言，我必须现在就动手。但是，话又说回来，你我之间没有多少解释的必要。我们总是相互理解对方，不用太多的语言，甚至在我们还是孩童的时候就是这样。

所以，你瞧，我亲爱的，你不用为了一记耳光这样的旧事而伤心欲绝。当然打得很重，但是我也承受了许多别的打击，我还是挺过来了——甚至还曾回击了几次，我还在这儿，就像我们曾经读过的那本幼儿读物（我忘了书名）中的那条鲭鱼一样，"活得又蹦又跳，嗬！"

尽管这是我最后的一跳。还有，等到了明天早晨，剧终你我会翻译成："杂耍表演结束了。"

我们将会感谢诸神，至少他们已经给了我们这么多的慈悲。虽然并不太多，但是还算是有点。为了这个以及所有其他的恩惠，我们衷心表示感谢！

关于明天早晨的事情，我想让你和马尔蒂尼清楚地明白，我非常快乐，非常知足，再也不能奢求命运做出更好的安排。告诉马尔蒂尼，说我捎话给他，他是一个好人，一位好同志。他会明白的。你瞧，亲爱的，我就知道那些不可自拔的人们替我们做了一件好事，替他们做了一件坏事。他们这么快就重新动用审讯和处决的手段，我就知道如果你们这些留下的人团结起来，给他们猛烈的反击，你们将会见到宏业之实现。至于我嘛，我将走进院子，怀着轻松的心情，就像是一个放假回家的学童。我已经完成了我这一份工作，死刑就是我已经彻底完成了这份工作的证明。他们杀了我，因为他们害怕我，我心何求？

可是我的心里还有一个愿望。一个行将死去的人有权憧憬一个幻想，我的幻想就是你应该明白为什么我对你总是那么粗暴，为何久久忘却不掉旧日的怨恨。你当然明白是为什么，我告诉你只是因为我乐意写信给你。

在你还是一个难看的小姑娘时，琼玛，我就爱你。那时你穿着方格花布连衣裙，系着一块皱巴巴的围脖，扎着一根辫子拖在身后。我仍旧爱你。你还记得那天我亲吻你的手吗？当时你可怜兮兮地求我"再也不要这样做"。

我知道那是恶作剧，但是你必须原谅这种举动。现在我又吻了这张写有你名字的信纸。所以我吻了你两次，两次都没有得到你的同意。

就这样吧。再见，我亲爱的。

信上没有署名，但是末尾写有他们小时候一起学的一首小诗：

不管我活着

还是我死去

我都是一只牛虻

快乐地飞来飞去

半个小时以后，马尔蒂尼走进了屋里。沉默寡言了半辈子，他这时却惊醒了过来。他扔掉手中的布告，一把将她抱住。

"琼玛！看在上帝的分儿上，这是怎么回事？不要这样哭啊：你从来都不哭！琼玛，我亲爱的！"

"没什么，塞萨雷。回头我会告诉你的，我，现在说不出来。"

她匆忙把那封沾满泪水的信塞进口袋里，然后站起身来，倚着窗户把脸伸到外面。马尔蒂尼缄口不语，只是咬着胡须。

经过这么多年，他竟像学童一样失态——而她竟然没有注意到！

"大教堂敲响了钟声。"她过了一小会儿才说，这时她已恢复了自制，并且转过身来。"肯定是有人死了。"

"我就是拿来给你看的，"马尔蒂尼答道，声音如同平常一样。布告上匆忙地印着加有黑边的大字讣告：

我们敬爱的红衣主教阁下劳伦佐·蒙泰尼里大人，
因心脏动脉瘤破碎于拉文纳遽然长逝。

她迅速瞥了一眼那张布告，马尔蒂尼耸了耸肩膀，回答了她的眼睛没有提出的问题。

　　"夫人，你说怎么办？动脉瘤和别的致死之病都一样。"

（全书完）